U0835289

上海校园戏剧文本孵化中心1+1丛书

主编　陆军

衣被天下

——上海校园戏剧作品选

上海人民出版社

图书在版编目(CIP)数据

衣被天下:上海校园戏剧作品选/陆军主编.—
上海:上海人民出版社,2016
(上海校园戏剧文本孵化中心1+1丛书)
ISBN 978-7-208-13966-4

Ⅰ.①衣…　Ⅱ.①陆…　Ⅲ.①剧本-作品集-中国-当代　Ⅳ.①I230

中国版本图书馆CIP数据核字(2016)第164911号

责任编辑　赵蔚华
封面装帧　张志全

·上海校园戏剧文本孵化中心1+1丛书·
衣 被 天 下
——上海校园戏剧作品选
陆　军 主编
世 纪 出 版 集 团
上海人民出版社出版
(200001　上海福建中路193号　www.ewen.co)
世纪出版集团发行中心发行　　常熟市新骅印刷有限公司印刷
开本 890×1240　1/32　印张 9.75　插页 5　字数 223,000
2016年8月第1版　2016年8月第1次印刷
ISBN 978-7-208-13966-4/J·451
定价 48.00元

编委会

主　任　曹荣瑞　丁　力

编　委　赵靖茹　王力力　蒋萍芳　陆　军　张生泉
徐　珺　陈　寅　沈　亮　周　涛

策　划　上海校园戏剧文本孵化中心

支　持　上海市高峰学科编剧学建设《编剧人才培养模式创新实践与研究》项目组
上海戏剧学院编剧学研究中心
上海市教育系统劳模创新工作室——陆军编剧学创新工作室

序

高德毅

在历史的长河中，每一时期都会涌现出几位教育大师，以爱国之心、求真之志、奉献之情、创新之魂感染和引领一代又一代人。上海教育发展史上也有着一批值得被记忆的人物，他们始终抱着坚定的信念投身挚爱的教育和科研事业，爱国敬业，严谨治学，大爱无限，为社会主义建设培养了大批合格的建设者和接班人。这是一个崇尚文化涵养和精神传承的时代，走近大师、走进大师，应当成为当代青年学生价值观认同、精神启迪和思想引领的重要方式，弘扬大师们的精神是对社会主义核心价值的生动实践，也是对中华优秀传统文化的传承弘扬。

“向大师致敬——大师系列校园剧”是上海市教卫工作党委、市教委近年来聚焦立德树人，加强师德建设，推进校园文化建设而着力推进的一项创新模式。通过艺术化的生动演绎呈现大师的人生经历，弘扬大师严谨求实的治学风范和无私奉献的高尚品德，感染和教育广大师生胸怀坚定理想和高尚品德。大师系列校园剧采用“师生携手、共同演绎”的方式，鼓励学生参与剧目创作、排演、观摩及展演活动，积极引导他们主动探索大师的内心世界，成为大学精神凝练、校园文化育人的重要载体，引领“崇德向善”的社会道德新风尚。

当前，大师系列校园剧在上海高校已蔚然成风。继上海交通大学的《钱学森》、上海交通大学医学院的《清贫的牡丹——王振义》、上海音乐学院的《燕子之歌》、东华大学的《钱宝钧》、上海立信会计学院的《潘序伦》等陆续上演获得广泛好评后，上海中医药大学的《裘沛然》、上海理工大学的《刘湛恩》等一批大师系列校园剧也将陆续推出。本书精选了5部原创大师剧剧本，以戏剧的形式向更多年轻人娓娓道来。他们不仅仅是专业领域中的大师、校园内口口相传的传奇，他们更是师长，是学子可望可学的前辈。大师故事的呈现既蕴含着校园文化的丰富养分，也开启了一扇新窗，让年轻人有机会与传奇面对面。

“向大师致敬——大师系列校园剧”演出的是戏剧，传承的是文化，宣传的是大学精神，培育的是公民道德。“高山仰止，景行行止”，大师永远是我们敬仰的高度，更是汲取思想营养的不竭甘泉。期盼看到沪上更多高校尝试将本校历史上的大师级人物进行舞台重现，发挥大师精神的教育意义，让教育的长河川流不息，让教育的精神历久弥新。

2016年3月28日

（作者为中共上海市教卫工作党委副书记，上海市教委副主任）

目　录

序	高德毅	…… 001
钱学森	黄　溪	…… 001
潘序伦	牛文佳	…… 079
王振义（又名《清贫的牡丹》）	姚扣根	…… 121
钱宝钧（又名《衣被天下》）	王　濮	…… 177
我们的熊院长	孙祖平	…… 243
后记	陆　军	…… 300

话剧

钱学森

编剧：黄　溪

时　间：1925年—2009年

地　点：北京·上海·甘肃

人　物：钱学森——男，14岁至98岁，中国航天事业奠基人，著名科学家。

蒋　英——女，6岁至90岁，音乐家，钱学森的妻子。

乔贵先——男，22岁至60岁，交大校友。

孙天佑——男，22岁至60岁，交大校友。

赵有栋——男，30多岁，国民党第十九路军某连士兵。

冯·卡门——男，59岁至74岁，美国加州理工学院教授，世界闻名的工程力学和航空技术权威。

珍　妮——女，50多岁，冯·卡门教授家的黑人女佣。

金贝尔——男，55岁，美国海军次长。

鲍　尔——男，30多岁，金贝尔的秘书。

穆　里——男，32岁，美国联邦调查局探长。

蔡树林——男，35岁，中国人民解放军某部导弹发射基地负责人。

尕祁连——男，20多岁，中国人民解放军某部战士。

杭胜利——男，23岁，聂荣臻元帅的警卫员。

武　军——男，21岁，钱学森的勤务员。

1932年至1934年交大学生若干名

1945年冯·卡门的美、德、英、日籍学生若干名

1950年至1955年美国联邦调查局警探若干名、记者若干名

1961年至1966年现役中国人民解放军战士若干名

序　香山试飞

[北平香山，1925 年秋。

[出场人声：少年钱学森、童年蒋英，一群幼稚园的孩子们。

[天幕上，天蔚蓝、地碧绿、山青翠、枫叶艳红。

[在一群孩子清亮亮的天真无邪的笑声中幕启。

[天幕视频上显出剧名《钱学森》。

[孩子们远远的歌谣声："大哥哥，飞飞机，北平城，得第一。"

[字幕：北平，1925 年秋。

[字幕隐去，孩子们的笑声中，一红一绿两束追光一前一后调皮地追逐着跑上舞台，红光代表少年钱学森，绿光代表童年蒋英。

蒋　英　（画外音，下同）大哥哥，大哥哥，你等等我——

钱学森　（画外音，下同）英子，慢点跑，瞧你，满头大汗的。

蒋　英　（咯咯地笑着）大哥哥，你别走，看，小朋友们都来了。

孩子们　（声音渐近）大哥哥，飞飞机，北平城，得第一！

钱学森　英子的小朋友，英子应该跟他们玩才对呀。

蒋　英　他们可喜欢你了。

钱学森　（笑了）小孩子家家的，想看我的飞机对不对？

蒋　英　对对对，你给咱们飞一个。

钱学森　今天可不行。

蒋　英　为什么？

钱学森　大哥哥要参加比赛，我的飞机里有秘密……

蒋　英　不要不要，我答应他们了，你就给飞一个呗？

孩子们　飞一个！飞一个！飞一个！

钱学森　别吵别吵，明天给你们飞好吗？

孩子们　不要不要，今天飞，今天飞！

蒋　英　大哥哥，你不飞，英子会哭的。

钱学森　不哭不哭，大哥哥给你吹口琴。

［口琴声：12 31|12 31|34 50|34 50|

蒋　英　不听不听！（假哭）

钱学森　好了好了，还真哭呀，大哥哥给你飞一个。

［天幕上，一架纸飞机腾空而起。

孩子们　（拍手欢呼）噢——英子，你大哥哥好伟大！

钱学森　小孩子家家的，这算什么伟大，来，一人拿一个，你们也会飞的！

孩子们　（欢叫）噢，飞了！飞了！

［天幕上，一群彩色的纸飞机翩然飞舞，像一只只鸿鹄俯瞰大地。

孩子们　（大声地）大哥哥，飞飞机，北平城，得第一！

钱学森　算不了什么，等你们长大了，我要造出真正的飞机，带着你们飞到天上去，飞到太空去！

孩子们　噢，我们要飞上天了！我们要飞上天了——

［音乐起，追光收尽。

第一场　国难当头

［上海西南交通大学宿舍楼前，1932 年 2 月。

［出场人物：钱学森、乔贵先、孙天佑、赵有栋、军医、学生们、伤兵们。

［震耳欲聋的轰炸声、枪炮声骤然而起。

［视频：上海“一·二八”事变，日军的飞机蝗虫般飞来，炸弹倾泻而下，遍地狼烟，到处是逃难的民众。

［字幕：1932 年 2 月。

［视频外景：交大执信西斋马蹄形宿舍楼。

［宿舍楼前，孙天佑正站在台阶上演讲。

孙天佑　同学们！同学们！国家兴亡，匹夫有责！今天我们停下课来，给在前线战斗负伤的将士们腾出宿舍当病房，这是一项光荣的行动。要抓紧时间，早一分钟腾出床位，就早一分钟让伤员得到救治。同学们，不要忘了今天，更不要忘了 1932 年 1 月 28 日，不要忘了是谁践踏了我们的国土，是谁侵占了我们的领空，是谁玷污了我们的领海，他们是没有权利这么做的，他们是违背国际公约法的！他们冒天下之大不韪，肆意侵犯别国领空领土领海是十足的强盗行径，他们出动 9 万人，80 艘军舰，300 架飞机，在吴淞口立体侵犯，我守军十九路军将士奋起反击，连日来，今天，现在，战斗还在继续，我军伤亡惨重而日寇气焰越来越嚣张。同学们，同学们，让

我们赶快行动起来吧——(向左下)

[演讲声中,钱学森、乔贵先等数十名交大学生提着夹着生活、学习用品由左向右鱼贯而过,几个女生也在其中帮忙。

[平台上,七八个伤兵互相搀扶着,从台右向台左行进。

女生甲 (对另几个同学)梦兰,家惠,停一停,你们快看,那边几位是谁?

众同学 谁啊?(眺望)

女生甲 穿着护士服的几位。

女生乙 搀扶着伤病员的吗?

女生甲 是宋庆龄先生与何香凝先生啊!

众同学 (惊诧)真的?

女生甲 我听说,提议将咱们学校宿舍楼改为临时国民伤兵医院就是宋庆龄先生发起的!

女生乙 那咱们还愣着干嘛,上前搭把手啊,快走吧!

[女生们急急跑下。

[救护队抬着一副副担架上,孙天佑、钱学森、乔贵先等跑来帮忙。伤兵赵有栋从担架上挣扎着起来,他头上缠着带血的纱布,左眼和右腿都受了重伤。

孙天佑 学森,乔大哥,你们来了?

乔贵先 天佑,别光顾着演讲,赶紧回宿舍收拾东西。

孙天佑 我没几样东西……

赵有栋 让我起来,让我起来,我有话说!

钱学森 小心一点!(帮着放下担架)

赵有栋 (艰难地挪动脚步,走近孙天佑)刚才这位同学说,小日本气焰越来越嚣张,只是说对了一半,还有一半是我十九路军的

士气越来越高昂！只要有一口气，决不让敌人踏进上海一只脚！只要有一口气，我要重返前线！（转身朝校外走去）

［钱学森、乔贵先赶紧阻拦，一名军医上，挡住了赵有栋的去路。

军　医　兄弟，你可昏迷大半天了。

赵有栋　那不过是一阵迷糊，这会儿我可清醒得很！（挣扎着蹒跚前行）

军　医　（拽住）别激动兄弟，安静点好吗？

赵有栋　安静？我安静得下来吗？

孙天佑　这位勇士，你就是我们的楷模！（掏出小笔记本）请问尊姓大名？

赵有栋　告诉你让我走不？

孙天佑　你说！

赵有栋　我姓赵，叫赵有栋，我们班长王贵田，连长于常兴，我们军长就是大名鼎鼎的蔡廷锴。蔡廷锴，大名鼎鼎啊，28日，日本兵向我发难，他们夺下海口，四个钟点拿下吴淞。我蔡廷锴将军一声令下，打！霎时间炮火连天，杀声震地，到今天吴淞口还在我们手中！让开，让我回去！（拖着伤腿踉跄向前）

军　医　（扶）兄弟，你的腿受了重伤啊！

赵有栋　只要还有一滴血，我也要把它洒在前线！（激动起来）你知道吗？我们班长王贵田，连长于常兴，还有我们一个战壕里的八个弟兄，被他狗日的日本飞机炸得血肉横飞呀！（恸哭）那几天，日本人一拨一拨往上冲，我们十八连兄弟一阵一阵将他们打下去，眼睛都红了，整整三天四夜，一回回打得他们丢盔卸甲！我们顶得住正面敌人凶恶的子弹，可顶不住飞机扔下的炸弹啊！战壕里一片火海，我们的八个弟兄，还有班长王贵田、连长于常兴，就这么缺胳膊少腿地飞上了天！你们说，我能安心地躺进医院吗？我能不杀回战场为兄弟们报仇雪恨吗？

军　医　你以为偌大中国就你一个英雄，就你一个知道报仇雪恨吗？我也想重返前线以身殉国！当兵为什么？不能报效国家当的哪门子兵？可是我们说了不算，上头的上头下了命令，我们得全线撤退！

赵有栋　蔡将军不会同意的！我十九路军蔡将军决不会撤退的！

军　医　蔡将军也无可奈何，军令如山倒啊。

赵有栋　还如山倒，拉倒吧！我不信！

［赵有栋一步踩空摔倒在地，军医赶忙扶起，强行将他背下。

［同学们惊诧地看着这一幕唏嘘不已。

孙天佑　同学们！同学们！（大家以为他又要演说围拢过来）这一幕，倘若不是亲眼目睹，你能信以为真吗？

钱学森　天佑，你说说！

孙天佑　我说，同学们！面对日寇飞机大炮的威胁，我们政府竟然命令前线将士撤退了，今天，我……我无话可说！（掩面而泣，蹲下）

乔贵先　天佑他并非无话可说，此刻，他跟我们每个人一样，千言万语一起涌上喉咙，他不知该说哪一句啊！

孙天佑　（站起来，紧紧握住乔贵先的手）知我者，乔大哥也！

乔贵先　（启发地）天佑的心里话，第一句是不是日本国因何能够狂妄，欺辱我泱泱中华？

孙天佑　对！

乔贵先 第二句肯定是，我堂堂中华民国何以在小日本面前无能为力？

钱学森 是啊，去年东三省失守，如今吴淞口失守，眼前华北、中原将成累卵，这究竟是为什么，为什么？

乔贵先 问得好，学森！同学们，中华民国比他日本国，疆土不可谓不大。

同学甲 我国九百六十万平方公里是他日本的二十多倍。

乔贵先 人口不可谓不多。

同学乙 我国四万万同胞是他日本的五六倍。

乔贵先 资源不可谓不丰富。

同学丙 金银铜铁锡应有尽有，日本人正因为觊觎我国的物产资源，才冒险动武胆大妄为啊！

乔贵先 难道我国没有守土有责的军队？

孙天佑 北伐以来，我们军队将士人数远超过他日本人啊。

乔贵先 难道我国人民不爱惜自己的家乡国土，能够容忍日本强盗铁蹄践踏？

同学们 不能！

乔贵先 我中华民族决不甘心也不可能成为别国的奴隶，可今天的局势确已到了最危急的时刻！诚如学森所言，“九一八”东北沦陷，已成事实；吴淞失守，日寇铁蹄已经踏上了我长三角的土地。为何？它有 80 艘战舰横行海面，我军寥寥无几；它 300 架飞机轮番轰炸，使我方阵地失守将士伤亡……

孙天佑 我们的飞机在哪儿？如果有 200 架，哪怕是 100 架，也保管他们不敢横行霸道！

钱学森 只要性能好，即使 50 架，也能让他们 300 架束翅待毙！

乔贵先　我们是有30多架飞机，可都被困在南京、广州飞不过来，何应钦还下了不许抵抗的命令！

钱学森　不抵抗?！所以刚才那位伤员的班长、连长还有他的兄弟们都惨死在日本飞机的炸弹之下了！

孙天佑　悲剧啊！

乔贵先　更可悲的是敌人的炮火已经轰响，而国人还没能紧紧团结在一起，面对日寇发起的一次次进攻，政府的决策还在一摇三晃！

［女生甲穿着护士服急急上。

女生甲　孙天佑——孙天佑同学！

孙天佑　什么事?

女生甲　训务长让你转告同学们，下午大批伤员就要从前线撤到我们宿舍，还有一些宿舍没腾干净，请大家发扬互助友爱的精神，帮着抢时间，快一分钟准备好，就能快一分钟让伤员少受点罪。

孙天佑　还愣着干嘛，大家抓紧啊！（带着同学们奔向宿舍区）

乔贵先　学森，你等等！

钱学森　乔大哥！

乔贵先　（掏出歌谱）这里有一首歌，你先看看，再教给同学们唱。

钱学森　（接过歌谱）《抗日歌》?

乔贵先　黄自谱曲，韦翰章作词。

钱学森　（看谱，兴奋）好歌啊！

乔贵先　“九一八”事变后写的，现在全国都传唱开了，被誉为中华民族第一首抗日爱国歌曲。

［钱学森掏出口琴吹奏，乔贵先轻声哼唱。

乔贵先 （唱）中华锦绣江山谁是主人翁？

我们四万万同胞！

强虏入寇逞凶暴，

快一致永久抵抗将仇报！

家可破，国须保！

身可杀，志不挠！

一心一力团结牢！

[同学们渐渐围拢过来合唱。

[歌声响遏行云。

[暗转。

第二场　毕业歌

[上海交通大学正门前，1934 年夏。

[出场人物：钱学森、蒋英、乔贵先、孙天佑、同学们。

[视频字幕：1934 年夏

[毕业班的同学们穿着统一的学士服，赶在参加毕业典礼前相聚在校门前拍照留念。孙天佑选好位置调试着照相机。

同学甲 天佑兄，若干年后咱们同学都不会忘了这一刻，为了给大家拍照留念，你把家里吃饭的家什都偷出来了。

孙天佑 偷？这么开心的事，家父还巴不得我多干几回呢。（沪语）家父派头大来西，说咱们交大这些毕业生将来都是了不得的人才，别说拍张毕业照，就是再多拍点也不在话下。（将脑袋钻进照相机后的黑布里又钻出来）不过，我有言在先，免费拍这张毕业照，咱们可是有条件的。

同学乙 知道知道，照相排队，必须让你孙天佑跟考了第一名的钱学森站在一起，可是，（逗他）万一还有别的同学跟你是一个想法呢？

孙天佑 （赌气）那我就把机子扛回去！（突然发现队伍里没有钱学森）哎，钱学森呢？

同学们 钱学森？（分头招呼）钱学森——钱学森——

［钱学森拉着蒋英的手上。

钱学森 对不起对不起，我去接我家小妹英子，她从中西女塾过来找我。

同学们 （对着蒋英礼貌鼓掌）欢迎小妹妹！

蒋　英 （落落大方地）谢谢！

钱学森 都是哥的同学，好着呢。

［同学甲、乙赶紧一左一右拉着钱学森站到队伍中。

同学甲 天佑，准备开拍了——你可别过来，你过来了谁给拍呢。

孙天佑 （胸有成竹地）我早有准备，神秘人物马上就到！

［乔贵先拿着木胶片板底片夹上。

乔贵先 来了来了，各位好！

同学甲 乔大哥！

同学乙 贵先兄！这学期你去哪儿了？

孙天佑 贵先兄就在我们的身边，（神秘地）校方说他涉嫌共产党活动除了他的名……

同学甲 这不公平！

钱学森 可乔大哥一天都没离开过专业，他勤工俭学，刻苦自学。

同学乙　教材呢？

乔贵先　全靠大家帮忙，学森、天佑，还有好多人，教材、讲义、习题、试卷，一样不缺。

钱学森　毫不夸张地说，文凭学校不给，论学养水平，贵先兄一点不差。

同学甲　了不起呀，来，乔大哥跟我们一起拍照！

同学们　一起拍！一起拍！

乔贵先　都别客气了，今天我是来给你们拍的。（将底片夹插入相机内）站好了，准备——（孙天佑赶紧站在钱学森身边）等一等，怎么就是缺点精神？学森，起头唱首带劲的歌儿，我来抓拍一张。

钱学森　（唱《毕业歌》）同学们大家起来，担负起天下的兴亡——

［同学们加入合唱，蒋英听得入神，走到一旁托腮聆听。

［歌声由弱渐强，乔贵先抓住时机按下快门，闪出一团火光。视频上出现当时交大的资料照片。歌声不断，同学们散开，三三两两交流，围着钱学森、乔贵先握手话别、拥抱。

［歌声毕，同学们散去，留下钱学森、蒋英、乔贵先。

蒋　英　学森哥，这歌真好听。

钱学森　小小丫头，听得懂啊？

蒋　英　什么小丫头小丫头，人家都 15 岁了，上附中了！

钱学森　喃，贵先兄，你看我家英子妹妹，一下变成大姑娘了。

乔贵先　女大十八变，越变越好看！

蒋　英　（娇嗔地转过身去）学森哥——

钱学森　（笑）没事没事，夸你呢！（对乔）对不住了，听说你找我，我也正想找你呢，这不，小丫头来了，我就……

乔贵先　当然，女士优先，哈哈。

蒋　英　（一本正经地）我可是带着钱家爸爸妈妈、还有我爸妈的口信来的！

乔贵先　那更得让你先说了，我上那边歇会儿去。（欲走）

蒋　英　其实也没什么，就是爸爸妈妈们说了，出国留学可是大事，让你千万把稳了。

乔贵先　（止步）巧了，我找你也是这事。学森，我听说你要报考赴美留学生，也不知决心下了没有？

钱学森　这个……

蒋　英　听说报考清华航空专业的人好多，可惜只招一个。

钱学森　小丫头，你还不放心我？

乔贵先　你哥要是考不上，除非太阳绕着地球转！

钱学森　乔大哥，其实怎么选择我内心也还在挣扎，你看咱们国家东北三省已在日寇的铁蹄之下，狼子野心虎视眈眈，当年胡适先生说整个华北放不下一张课桌将成事实，当此时刻热血青年应像你贵先兄，投身抗敌救国第一线！我知道你早晚是要上前线去的，我们……

乔贵先　学森，你还记得十九路军那位叫赵有栋的士兵吗？

钱学森　当然记得！他现在还好吗？

乔贵先　他没等养好伤就返回了前线，每次打冲锋他都冲在最前面，上个月……以身殉国了。

钱学森　他是一个真正的士兵！我记得他曾经说过，只要还有一滴血，就要把它洒在前线！

乔贵先　（握住钱学森的双手，诚恳地）学森，你的心思我明白，可每一个人的具体情况不同，应当选择最为合适的方式。你钱学森可以怀着一腔热血投笔从戎，也能以你的天分和对航空事业的热情出国留学深造，学成归来后发展祖国的航空事业。一样报国，你是选择做拿枪的战士还是做一个制造飞机的科学家？

蒋　英　这我也能回答！多一个战士当然就少了一位科学家！

钱学森　大人说话小孩子不许插嘴！

乔贵先　人家不小了，而且说话挺在理上。血洒疆场是一个士兵的天职，那么你知不知道一个科学家的天职是什么？

钱学森　科学家的天职？

乔贵先　科学家的天职就是以一当十，以一当百，以一当万千，用科学的力量去报效国家！

钱学森　可是贵先兄，我心里急啊，我们这么一个大国，在科技上落后了世界一大截，怎么能不受欺凌？我急的就是速度啊，当年麦哲伦横渡太平洋用了一百天，如今乘飞机一个半钟就能飞渡。贵先兄，现在世界上的顶尖的科学家已经开始了火箭的研究，而我们这儿万马齐喑纹丝不动，若干年后差距岂不是越来越大？

乔贵先　中国非常需要这方面的人才，所以你更应该赶紧地出国去，快快进入航空领域，把最尖端的技术学到家，把最奥妙的方法学到手。学森，你有这个信心吗？

钱学森　炎黄子孙不比别人笨，别人能学会的我们也能学会，别的国家有的一切先进的东西我们中华民族也要有！

乔贵先　我相信你会选择一条正确的救国之路。学森，我们未来可能很长一段时间见不上面了。

钱学森　贵先兄你要去哪儿？

乔贵先　以后你会知道的。学森，记住！不管在哪儿，我都盼望你早日学成归来！

蒋　英　钱家爸爸妈妈，我爸妈，还有许许多多的人也盼学森哥早点归来！

钱学森　我一定会回来的！让我们一起改变祖国贫弱的面貌，让我们的人民有一天也能过上有尊严的幸福生活！

蒋　英　学森哥，你还答应过我要造出世界上最好最快的飞机！

乔贵先　好大的气魄！学森，我祝你马到成功！

钱学森　借你的吉言。

乔贵先　咱们后会有期！

钱学森　后会有期！

[钱学森和乔贵先拥抱，定格。

[暗转。

[一束追光打在蒋英身上。

蒋　英　1935 年 8 月，学森哥乘坐“杰克逊总统号”邮轮，进入美国麻省理工学院航空系攻读硕士学位。在景色迷人的查尔斯河畔，在波士顿文化名城坎布里奇市，他没有任何闲情逸致驻足欣赏。千里之外风雨飘摇的祖国时时刻刻在鞭策着他，学森哥把全部的精力都投入了如饥似渴的学习之中，仅用一年时间就取得了飞机机械工程的硕士学位。1936 年秋天，学森哥转学到加州理工学院，师从世界工程力学和航空技术的著名权威冯·卡门学习航空理论，从此，他跨入了一个更为广阔的科学天地。

第三场　冯·卡门家的圣诞夜

[美国加州冯·卡门教授的家中。

[出场人物：钱学森、冯·卡门、珍妮、汉斯、杰克逊、木村、美智子等。

[冯·卡门教授家宽敞的客厅，最显眼处摆放着一棵装饰得琳琅满目的圣诞树，餐桌被临时摆进客厅左侧，上面放着红酒、果品、烧鹅、西点、餐具之类。右边可见小圆桌、座椅等。

[远处教堂的钟声告诉人们圣诞节到了，窗外传来邻近住户家播放的爵士乐声。

[字幕：1940 年 12 月。

[冯·卡门教授家胖胖的黑人女佣珍妮端着满满一盘酒杯上，她手脚麻利地将酒杯放到餐桌上。

珍　妮　（高兴地嘟囔）噢，上帝！客人们眼看就要到了，这里里外外就靠我一个人忙乎，真恨不得有四只手八条腿才好！

[门铃响。

珍　妮　天哪，客人已经到了，我还得招待客人，简直是分身无术啊！（开门）

[钱学森夹着一只公文包上。

珍　妮　（喜出望外，热情地）密斯特钱，你可真是我的天使！快请进吧！

钱学森　你好，珍妮小姐！

珍　妮　（脱下身上的围裙给钱学森系上）不要躲，不要逃，今年的圣诞夜由你唱主角，冯·卡门教授亲自交待的。

钱学森　（想起来）哦，圣诞夜！嗨，教授说今天要请大家过节，每个学生都可以把自己要好的朋友带来，可没说让我当厨师啊。

珍　妮　（不由分说给钱学森系上围裙）谁让你厨艺高超来着？冯·卡门教授亲自点你的名了！

钱学森　（笑）珍妮小姐，你的厨艺比我可好多了。（脱下围裙还给珍妮，欲下）

珍　妮　（拦）你往哪里去？

钱学森　我刚从研究室过来，还没回过家，前几天冯·卡门教授交给我的这篇他新写的论文，我还得再仔细看看。

珍　妮　（拉住）不行！冯·卡门教授特别交待了，今天的开胃菜、正餐，包括烤鹅、烤牛排全由你做了，要怪就怪呢你自己吧，谁让你学习成绩第一，研究成果第一，加上厨房手艺第一呢？你可是冯·卡门先生最得意最喜欢的第一名学生，（把钱学森推进厨房）孩子，第一名是要付出代价的！（门铃又响了）来了！来了！（下去开门）

［冯·卡门教授的学生汉斯、杰克逊、木村等携好友或女伴带着大包小包的圣诞礼物上。

众学生　圣诞快乐！珍妮小姐！

珍　妮　圣诞快乐！圣诞快乐！（一一接过礼物堆在圣诞树下）噢，这些礼物真是太漂亮了，但愿天天都过圣诞节，热热闹闹的多让人兴奋啊！

木　村　（将穿着和服木屐落在后面的美智子带到珍妮面前）珍妮小姐，这位是我的女朋友美智子。

美智子　（鞠躬）你好，珍妮小姐！

珍　妮　（鞠躬）你好，美智子小姐！

美智子　（鞠躬）请多关照！

珍　妮　（鞠躬）请多关照！

美智子　（鞠躬）圣诞快乐！

珍　妮　（鞠躬）圣诞快乐……（扶腰）哎哟，我都快直不起腰来了！

［众笑。

汉　斯　珍妮小姐，冯·卡门教授呢？

珍　妮　（耸肩）我只知道他请你们这些学生来过节，不知道他这个主人为什么迟到——不管他，孩子们，想喝点什么，请吧！想听点什么，收音机在那边！

［杰克逊打开落地收音机，随着极富动感的爵士音乐跳起来，学生们端着饮料扭起来，珍妮夸张地迈着舞步走进厨房。

木　村　珍妮小姐，小心你的腰！（看到厨房里的钱学森，对大家）嘘——，钱学森在厨房，冯·卡门教授不在家，这里面肯定有问题，你们不觉得吗？

汉　斯　木村，你可别神经过敏。

木　村　汉斯你听我说，今天上午我去参加了一个学术讨论会，会上钱学森当场宣读了他的一篇论文，当时一位老教授提了意见，你们知道这位教授是谁吗？他就是享誉世界的力学权威冯·米塞斯教授！

杰克逊　天哪，米塞斯！如果我的论文米塞斯教授哪怕能看一眼呢，我都会幸福死的！

木　村　米塞斯提的可是否定的意见，批评的意见。

众学生　啊?!

汉　斯　冯·卡门教授当时在场吗?

木　村　不在场就好了,或许,这事让他太没面子了?

汉　斯　拜托了木村,你把话一口气讲完好不好?

木　村　(指着汉斯、杰克逊)如果是你,你,我,假如是我们的论文被米塞斯批评,我们会是什么态度呢?

汉　斯　在权威面前,我们只能簌簌发抖。

杰克逊　我们也应当簌簌发抖。

木　村　钱学森不,米塞斯话音刚落,钱学森就从座位上站了起来,很有礼貌地说,"尊敬的冯·米塞斯先生,尽管你是我心中的偶像,你的著作我从来都是虔诚拜读的,你的观点常常精辟入里,就像把真理镶嵌在枯燥的公式中闪光,可是今天你对我论文的批评却有悖于你一向的立论原则,请原谅我要对你说,你的批评错了!它错在哪儿呢?尊敬的先生们——"

汉　斯　(倒吸一口冷气)太可怕了!

木　村　钱学森指出了米塞斯的错误,当时全场鸦雀无声。我一看,冯·卡门教授在场,所有的人都知道钱学森是冯·卡门教授的学生,而且是最得意最引以为傲的学生!

汉　斯　你还指望教授能得意起来么?

木　村　冯·卡门教授满脸通红,他挺直了身体坐着,一言不发。

众学生　后来呢?

木　村　后来,后来就散会了。你们说冯·卡门先生到现在还没回家,他会不会是上门向米塞斯先生道歉去了?

汉　斯　不会吧——不过,也许有可能。

杰克逊 不管有没有可能，冯·卡门教授客肯定是生气了，他要是生起气来可够瞧的。

木 村 告诉钱学森，让他躲一躲？

汉 斯 那更不行！木村，今晚是圣诞夜，我们先把冯·卡门教授哄开心了，让他忘记这件事，过几天就好了。

杰克逊 没错，时间会冲淡一切的。

［门铃声，门外传来冯·卡门的声音“珍妮，珍妮，我回来了！”

［珍妮急急地从厨房跑出来去开门。

珍 妮 你总算回来了。冯·卡门先生！

［打扮成圣诞老人模样的冯·卡门教授上。

冯·卡门 哈哈哈哈，孩子们，圣诞快乐！

众学生 （欢呼起来）圣诞老人快乐！礼物礼物！

冯·卡门 礼物全在门厅里了。（大家朝门厅走去）回来吧，孩子们，给我把钱学森找来。

［众人愣住了。

木 村 冯·卡门教授，今天可是圣诞节！

汉 斯 圣诞老人是不会在这么美好的夜晚责怪孩子的！

冯·卡门 责怪？谁责怪谁？

杰克逊 木村说你今天生气了。

冯·卡门 木村，是吗？

木 村 今天的学术讨论会上，钱学森他……教授，他大概不是故意的。

冯·卡门 噢，哈哈哈哈……（脱下圣诞老人衣服和帽子，对着从厨房里走出来的钱学森乐不可支）他们说我因为你生气了！

汉　斯　木村说钱学森在会上顶撞了米塞斯教授，你当时满脸通红。

冯·卡门　那是兴奋的。

众学生　兴奋的？

冯·卡门　一个学生他敢于坚持真理，敢于跟权威挑战，这个学生的导师他能不激动吗？

杰克逊　木村还说你坐在那儿一言不发。

冯·卡门　对于米塞斯的发言，钱已经回答得十分完整，我还有什么话可说？好多人问我钱是不是犹太人，我说不，他是中国人，我为他感到骄傲！

众学生　钱！祝贺你呀，这难道不是上帝给你的最好的圣诞礼物吗？

钱学森　老师，祝你圣诞快乐！

冯·卡门　谢谢！看看，一个中国人，没几年的时间，不仅在学术上攀上了尖端，人格上也让人尊敬。

汉　斯　钱，今天这一切，比你的"卡门—钱公式"更激动人心！

木　村　比你用三年时间获得航空和数学博士学位更令人自豪！

珍　妮　孩子们，举起你们的酒杯，让我们为钱干杯！

众学生　（举起酒杯）为钱学森干杯！为冯·卡门教授干杯！圣诞节快乐！

珍　妮　把音乐开响一点，大家唱起来，跳起来！

［音乐声中，众学生跳起舞来。

［钱学森跟冯·卡门教授走到小圆桌边坐下。

钱学森　（从公文包里取出论文）教授，这是你的论文。

冯·卡门　（接过）这是我最近的一篇论文，它对飞机金属薄壳结构的研究具有突破性进展。

钱学森　当然，冯·卡门教授，不过，诚如你所说的，任何尚未经过实践的理论都难免会有瑕疵。

冯·卡门　噢？你有不同的想法？

钱学森　(又取出一份)这是复印件，教授，我有一些想法正想请教你呢。

冯·卡门　(急急翻阅)我看到你划的注意线了，钱，这三处是全篇论文的支撑。

钱学森　这正是我要请教你的地方。

冯·卡门　它怎么了？

钱学森　(斟酌地)可能，也许，(下了决心)教授，恕我直言，它存在偏差。

冯·卡门　我可是花了半年时间研究出来的！

钱学森　遗憾的是它出了偏差，就是说它错了。

冯·卡门　不可能！我演算给你看。(掏出钢笔在小圆桌白色的桌布上演算起来)

钱学森　教授，我已经反复演算了三天三夜，不幸的是它真的错了。

冯·卡门　你以为我冯·卡门写论文是随性而为？

钱学森　不是这样的教授，谬误和真理有时就是一步之差，你是不是再考虑考虑？

冯·卡门　我——你觉得有必要吗？

钱学森　是的。

冯·卡门　为什么？

钱学森　因为你是举世闻名的大科学家，你的任何一点失误都会让学界后人走好多弯路。

冯·卡门　危言耸听！

钱学森　教授，你说过科学家的态度应当是实事求是。

冯·卡门　(生气)我不喜欢你用这种口气跟我说话。

钱学森　教授你再发火它也是错的。

冯·卡门　浅尝辄止是年轻人常犯的毛病,你以为只有你有科学的研究态度,而我却是在可笑又愚蠢地卖弄风情?

钱学森　教授,请你冷静,真理不是偏激得来的。

冯·卡门　用不着你教训我!(猛地扯掉桌布,打翻了小圆桌上的果盘,冲向书房,传来重重的关门声)

[众人惊呆了,纷纷撤退,穿和服木屐的美智子迈着可笑的碎步又落在最后,木村赶紧拉她离开了。

[灯光渐暗。珍妮来陪钱学森。

珍　妮　冯·卡门先生有时像个长不大的孩子。

钱学森　珍妮小姐,我真有点后悔,刚才不该那样对自己的恩师讲话。

珍　妮　钱,我跟你说过,做第一名是要付出代价的!

钱学森　冯·卡门教授是我永远尊敬的老师。珍妮小姐,你先去休息吧。

[珍妮安慰地拍拍钱学森的肩膀,下。

[钱学森入神地看着论文,忍不住拿出笔演算起来。

[寂静,天渐渐亮了。书房门洞开,冯·卡门孩子似地跑出来。

冯·卡门　钱,我演算了一遍,真的是我错了,你是对的,请接受我的道歉!(鞠躬)

钱学森　(激动地)老师——

冯·卡门　去把所有的学生都叫来,我要告诉他们你是对的,我错了。

钱学森 不用了，老师。

冯·卡门 怎么，还要给我这个老头一点面子？（像父亲般紧紧搂住钱学森）孩子，我为你骄傲，为中国感到骄傲！

钱学森 （拿起演算稿）老师，我想向你请教一下，飞机全金属的薄壳结构在外压下容易垮瘪失效，如果我们的理论能够预测失效的压力临界值，是不是会有突破？

冯·卡门 （豁然开朗）没错！钱，你的发现太有价值了，你简直就是一个天才！

钱学森 不，是老师你给我的灵感。

冯·卡门 光有灵感是远远不够的，没有你的勤奋将一事无成。

钱学森 老师，你跟我说过，认识是无止境的，真理是相对的，终极的认识是不存在的。

冯·卡门 （感慨地）人们都说是我发现了钱学森，不，应该说是钱学森发现了我！

［暗转。

［《婚礼进行曲》响起。

［屏幕上出现钱学森和蒋英的结婚照。

［钱学森画外音："我钱学森，真诚地爱慕蒋英女士的品格及其才华，我愿娶她为妻。在我有生之年，我将与蒋英女士同甘共苦，这是我对蒋英女士的神圣誓言。"

［蒋英画外音："我蒋英，愿意选择钱学森先生做我的丈夫，不管将来我们的生活遇到怎样的曲折，我对钱学森先生的爱情将永不改变。我永远是他的好妻子。"

［热烈的掌声。宾客们的声音："请在世界乐坛上为中国争

得荣誉的女高音歌唱家、我们美丽的新娘子蒋英女士唱一首歌!”

[蒋英清纯甜美的歌声响起:“天涯呀,海角,觅呀觅知音,小妹妹唱歌郎奏琴,郎呀,咱们俩是一条心……”

[歌声渐隐。

[一束追光中身着旗袍的蒋英上。

蒋　英　1947 年 9 月,我和学森结婚后去了美国波士顿,那时他已是麻省理工学院最年轻的正教授。新中国成立后,我们的孩子永刚和永真先后来到这世上。正当我们一家人准备启程回国报效祖国的时候,反动的麦卡锡主义横行美国,掀起了一股迫害共产党人、进步人士的歇斯底里狂潮,他们借口学森是共产党员,诬陷他是间谍、非法入境、携带机密材料等,对他进行折磨和迫害,不许他回国,并实行监禁和监视,这种黑暗的日子长达 5 年之久。

第四场　归心似箭

[美国洛杉矶钱学森寓所。1950 年 4 月 7 日。

[出场人物:钱学森、蒋英、冯·卡门、鲍尔、警察等。

[字幕:1950 年 4 月 7 日

[美式装饰的钱学森寓所,客厅的一面墙被大书橱占满,沙发区的茶几上放着电话机,有通道连着卧室。

[此时已是晚上 9 点,蒋英抱着两个月大的女儿永真在客厅

来回慢慢地踱着，嘴里轻轻地唱着自编的催眠曲。

蒋　英　（唱）小白菜呀，泪汪汪呀。亲爹娘呀，在远方哪，看不见呀，好心伤呀……

［钱学森兴冲冲进门，听到曲子，不由停住脚步。

钱学森　真好听，把人的思乡情都勾起来了。（唱）小白菜呀，泪汪汪呀。亲爹娘呀，在远方哪，看不见呀，好心伤呀……

蒋　英　轻点，别吵着孩子。

钱学森　永刚人呢？

蒋　英　都 9 点了，还不睡啊。（见钱走进卧室）哎，别又拿胡子扎他！

钱学森　（从卧室出来）这小子，睡着了，还打呼呢。（笑）

蒋　英　你呀，儿子打个喷嚏你都能当古典乐听。

钱学森　当然，你也差不多。

蒋　英　饿了没？厨房里有点心。

钱学森　不饿。（兴奋地）英子，今天遇见乔大哥的一个朋友……

蒋　英　乔大哥？乔贵先大哥？

钱学森　对！你坐下来，慢慢听我跟你聊。（扶蒋英坐在沙发上，端起茶几上的杯子喝了口茶）去年北京新中国的开国大典上，这朋友就在现场！他说起咱们国家的开国大典啊，激动得眼泪汪汪的，说得我也是热血沸腾，这颗心怦怦直跳！几十万人在天安门广场集合游行，个个脸上像开了花似的，你说为什么？变天了，人民当家作主了，人民！旧的集权统治被彻底推翻了！一个崭新的中国如初升的太阳冉冉升起了！（唱）起来，不愿做奴隶的人们……

蒋　英　这是聂耳的《义勇军进行曲》。

钱学森　是咱们的国歌！还有这，你瞧！（从包里取出一面小小的五星红旗）这是乔大哥特意托那位朋友带给咱们的五星红旗，这五颗星代表工人、农民、小资产阶级、民族资产阶级紧紧围绕在党的周围，象征着团结进步繁荣发展，中华振兴有望啊！

蒋　英　给我看看！

［钱学森接过孩子，蒋英仔细地看着五星红旗，小心地将它插在墙壁上的一个画框上。电话响了，蒋英去听电话。

蒋　英　你好！哪位？金贝尔先生，噢，他在，你稍等。

钱学森　（将孩子交给蒋英，接电话）是我，金贝尔先生，你说，（对方的消息令他有些意外）什么?！不至于吧，你多虑了，难道我不是你们美国的朋友，而是美国的敌人？难道他警察局不是代表国家做事而是三K党的打手？我不怕！好好，谢谢你的好意，你的电话号码我这里有的，再见！（气愤地）真是岂有此理！

蒋　英　怎么了?

钱学森　我堂堂正正的中国人要回自己的国家何罪之有？我正大光明签证出境跟他警察局何干？他们竟然把我们托运的8个大箱子全部扣留在机场了！

蒋　英　这位金贝尔先生是哪儿的?

钱学森　美国海军部次长，他听过我的报告，也了解我对美国的贡献，估计他也看不惯他的同胞们搞的那一套！

蒋　英　究竟怎么回事?

钱学森　他说政府不会放行，提醒我当心警察局会对我有什么粗鲁的行动。

蒋　英　他们怎么可以这样对待一个科学家！

钱学森　这样的事他们还真没少干，但我不怕，就是站在面前我也不怕，谅他们不敢把我怎么着。

［门铃响了，钱学森让蒋英把孩子抱进卧室，进来的却是冯·卡门教授。

钱学森　冯·卡门教授，请，请！蒋英，冯·卡门教授来了！

蒋　英　（从卧室出来）冯·卡门教授，我给你煮杯咖啡。

冯·卡门　不用了，孩子们呢？

蒋　英　都睡了。

冯·卡门　那咱们就——红酒？

钱学森　好啊，你还是喜欢法国红酒。

冯·卡门　我知道你不擅长喝酒，要不还是按你们中国人的老话，客随主便吧。

蒋　英　老师，让我陪你喝一杯吧。

［说话间钱学森已取来酒杯酒瓶，斟上了红酒，递给冯·卡门和蒋英，自己也礼貌地斟了一点酒。

冯·卡门　（举杯）请吧，酒逢知己千杯少！

蒋　英　教授对中国文化也挺喜欢啊。

冯·卡门　再喜欢也比不了我这位中国学生啊，（对钱，不失诙谐地）你说呢，钱？（搂住钱的肩膀）

蒋　英　（笑）瞧你们这爷俩儿。

冯·卡门　（听不懂）爷俩儿？

钱学森　这是北京话，就是父亲和儿子。

冯·卡门　好！好！钱太太，在你们中国，父亲说的话，儿子会言听计从吗？

蒋　英　当然。

冯·卡门　（真诚地）钱，如果我让你留在美国工作，继续冯·卡门的事业和雄心壮志，你愿意吗？

［钱学森沉默。

蒋　英　教授，你是空气动力学领域独一无二的大师，学森他——

冯·卡门　他是紧随其后的世界级的科学家！事实上，在古根海姆喷气推进中心，关于新理论新技术的研究，从项目到人事安排，全是钱在主持，他功成名就、受人尊重、前程远大，是无可替代的继承者。

钱学森　谢谢你的夸奖，可我决心已下，教授……

冯·卡门　我去过中国，那里根本不适合你的科学研究工作。你现在是一个卓越的空气动力学家，应用数学和火箭航空领域的权威，掌握的是世界最前沿的技术，钱，这里有你立志终身为之奋斗的事业啊！

钱学森　英子，去把妈妈给我绣的那块手帕拿来。

蒋　英　哎！

［蒋英从一个行李箱里取出一方绣着红色枫叶的丝帕递给钱学森，默默走进卧室。

冯·卡门　（吃惊地）怎么，你们的行李已经收拾好了？

钱学森　老师，不瞒你说，这些行李我们天天放在这里，准备着随时可以动身搭飞机回国。

冯·卡门　用中国话说，这叫归心似箭。

钱学森　对，开弓没有回头的箭。老师，这块手帕是我来美国上学前，家母亲手给我绣的。

冯·卡门　红色的枫叶！

钱学森　妈妈知道我最喜欢北京西山的红叶，她用这枚红叶时时刻刻提醒着我，不管走到多远，不管离开多久，都要叶落归根。

冯·卡门　钱，你来美国有十五六年了吧？

钱学森　嗯。我到美国前四年是学习，后十几年是工作，所有的这一切都是在做准备，为了回到祖国后能为人民做点事。

冯·卡门　所以，这 15 年来，你既没有申请加入美国国籍，也没购买任何人寿保险？

钱学森　是的。母亲去世的时候我没能守在她的病床前尽一个儿子的孝心，可是她的话我永远都不会忘记！我生命的根是生我养育我的祖国！我把归宿落在我的祖国，是因为那里百废待兴，更需要大批科学人才的努力。那片博大的土地本来可以成为世人艳羡的幸福乐园，近百年却屡屡遭到列强欺凌。今天不同了，跟漂泊在外的游子们一样，我们苦苦等待的一个古老而崭新的中国已经诞生了！她像母亲呼唤孩子一样，眼巴巴地盼望着我们回归。

冯·卡门　我的故乡在匈牙利的布达佩斯，当年由于希特勒对犹太人的迫害来到美国，我非常能理解你的心情。不过，科学是不分国界的。

钱学森　但是科学家却有自己的祖国！老师，我记得你跟我讲过，谁不属于自己的祖国，那么他就不属于人类！

冯·卡门　钱，你赢了！就像几年前你说毛泽东会赢一样，你赢了！（珍惜地将丝帕折好还给钱学森）让这片中国的红叶跟着你一起回家吧！你的祖国应该拥有你这样的科学家，而美国，你已经为它做了常人难有的贡献。其实，我今天来请你留下来，是明知道说服不了你的，没有什么能改变一个爱国者的心，请接受我的祝福吧！（冯·卡门和钱学森紧紧拥抱，然后从口袋里取出一张照片）这张照片，送给你作为临别的纪念吧。

[钱学森恭敬地接过，天幕视频上出现冯·卡门的签名照。

钱学森 老师，谢谢你！如果说我对美国还有什么留恋的话，唯一放不下的就是你了！这么多年来，你给予我的科学技术知识，代表了当今世界最先进的研究成果，你对事业一丝不苟的态度，以及严谨的治学精神，将会使我一生受用不尽……

冯·卡门 不，钱，你太谦虚了，很多成果都是咱们共同努力的结晶，你接二连三地攻克了理论难题，攀越上一个又一个科学高峰。

钱学森 老师，我们一定还会再见面的！

冯·卡门 不知道什么时候才能相见了……钱，我真羡慕你，叶落归根，可是我的根在哪里呢？

[冯·卡门神色黯然地朝门外走去，突然他又停住了脚步，转身走到钱学森的身边。

冯·卡门 钱，我还有话说，否则我心里憋得难受！你知道，我已经七十多岁了，两年前母亲和唯一的妹妹先后去世，把我这么一个老人孤单单地留在那幢空空的大房子里，我原来还有一线希望，希望你，还有孩子们能在我身边，让他们看见我的时候叫我一声爷爷，我就不觉得孤单了。这两年我已经习惯这样快乐的生活了，可突然间这一切都变了，都没了，一切都变得空空荡荡了，上帝怎么可以这样对待一个老人呐！

[冯·卡门伤感地转过身急急离去。

钱学森 老师，让我送送你！

［钱学森追至门口，被门外的两名警察逼回。

钱学森　对不起，你们走错门了吧？

警察甲　很抱歉，我们找的正是你。

警察乙　你叫钱学森，中国人？

警察甲　你被捕了。

警察乙　请跟我们走吧。

钱学森　为什么？！

警察甲　这是逮捕证，我们是奉命办事。

警察乙　（亮了亮手铐）难道你需要这个吗？

蒋　英　（冲出来）你们要干什么？

钱学森　（对蒋平静地）他们想让我跟他们走一趟。别担心，告诉孩子们，我就会回家的。

［钱学森跟着警察下。

蒋　英　（无奈地目送丈夫离开，急忙回到客厅打电话）你好，院长先生，钱学森突然被警察带走了！这究竟是为什么？出了什么状况？他们为什么要把一个无辜的科学家从家里野蛮地带走？这是绑架！摧残！犯罪！（气愤地挂了电话）

［鲍尔上。

鲍　尔　（站在门外）请问太太，这是钱学森教授的家吗？（不待回答，继续往下说）我是金贝尔副部长的秘书，金贝尔先生对此事非常关注，他让我转告太太，他会积极地寻求转机，金贝尔先生希望钱教授能有一个积极的态度。

蒋　英　请你转告金贝尔将军，没什么可以动摇钱学森一家回国的决心，哪怕是诬告！陷害！

［暗转。

第五场　冲破黎明前的黑暗

［美国洛杉矶。1950 年至 1955 年。

［出场人物：钱学森、蒋英、冯·卡门、金贝尔、穆里、警察等。

［舞台右侧后一角，一束阳光照在铁窗里的钱学森身上，稍顷，蒋英迎接钱学森出狱，夫妇俩相见拥抱在一起。

［多媒体视频出现一名新闻主持人："美国当局以莫须有的罪名拘捕钱学森，这一爆炸新闻立即在全世界掀起轩然大波，各国著名媒体纷纷谴责这令人发指的恶劣行径。"

［视频上各种报刊的标题叠现。

［新闻主持人："12 天后，在各方营救下，钱学森获得保释，然而善良的人们不曾想到，这竟然是噩梦的开始……"

［钱学森寓所外草坪。随着尖利的警笛声，联邦调查局警长穆里和 8 名警员分别从左右上，在舞台上站成一排。

穆　里　各位，我是美国联邦调查局上校军官穆里，从今天开始，我就是你们的行政长官了。

众警员　是，穆里长官，穆先生！

穆　里　整齐点行吗先生们？请叫我穆里上校！（右手做了一个由上而下劈刺的动作）

众警员　（齐刷刷地）穆里上校！

穆　里　谢谢！听着，我们——我们是临时组织的特别的队伍，我们的任务各位想必已经明白，我就不再重复了。问题是重点在哪儿各位？（众警员交头接耳，不解）嘿嘿，摸不着重点的警察一事无成！要睁大眼睛竖起耳朵一刻不停地监视这幢屋子的主人，他叫——（又做了一个劈刺的动作）

众警员 钱、学、森！

穆　里 还有他的太太叫——（做劈刺动作）

众警员 蒋英！

穆　里 我们的任务是——（更凶巴巴的劈刺动作）

众警员 监视他们！

穆　里 对！连一根头发丝都不许放过！不管他们去哪里，都要跟踪；不管有什么人来，都要调查。（越说越快）他家的电话需要监听，他家的信件需要拆封，他们每月都必须到移民机关签到登记，即使想离开半步也必须提出申请获得批准后才能放行。另外我要特别强调的是，钱学森作为一个目标，他一分一秒不能离开我们的视线，他的一举一动必须在我们的监控之下，他的任何行动都要经过美国海军金贝尔上将的准许！（大喘一口气）记住了没有？你们给我背一遍！

［众警员七嘴八舌背得稀里哗啦。

穆　里 重来！（使劲做劈刺动作）

众警员 不管他们去哪里，都要跟踪；不管有什么人来，都要调查。（以下又乱了）

穆　里 停！换一个方法，你们一个一个地背！一等兵肯德基出列！你背一遍。

肯德基 不管他们去哪里，都要跟踪；不管有什么人来，都要调查。

穆　里 速度太慢，有谁可以背快点？

麦当劳 （出列）报告，我可以！

穆　里　你叫什么名字？

麦当劳　我叫麦当劳。

穆　里　（皱眉）怎么都是卖快餐的？

麦当劳　报告，现在流行吃快餐，我这是新改的名字。

穆　里　背吧。

麦当劳　不管他们去哪里，都要跟踪；不管有什么人来，都要调查。他家的电话需要监听，他家的信件需要拆封……

穆　里　有谁能背得更熟练一点？

汉　堡　（出列）我！

穆　里　你叫什么名字？

汉　堡　我叫汉堡。（背）我们要让这屋子里的主人在我们的监控之下，不管他们去哪里，我们都要跟踪；不管有什么人来，我们都要调查。我们……我们的电话他要监听，我们的信件他要拆封……

穆　里　（急）汉堡！从今天起你可以改名了！

汉　堡　你的意思是改——

穆　里　蠢驴！

［一群记者扛着长枪短炮蜂拥而来，其中有人认识穆里。

记者甲　穆里探长！就是他！

［众警员除汉堡被穆里拽住外，其他全散开了，下。

［记者们将穆里和汉堡团团围住。

记者甲　穆里探长，请你说说当局为什么要监控钱学森？

记者乙　美国是个法治国家，为什么要无法无天？

记者丙　你们有什么权利限制一个科学家的自由？

记者丁　钱学森是不是被软禁了？什么时候能解禁？

记者戊　你们就不怕舆论的压力吗？你们是否知道社会各界对你们的行为都十分反感？

记者甲　穆里探长，请你回答我们的问题！

［穆里装傻充愣一言不发。

汉　堡　（解围）各位，穆里上校他不可能回答。

记者乙　为什么？

汉　堡　他是聋子！

记者丙　不可能！无稽之谈！

汉　堡　你们跟他说什么他都听不见，不信我试试。穆里先生，你是真正的蠢驴！

［穆里只得继续装聋作哑。汉堡逮住一个空隙溜下，穆里见机追下，记者们跟踪而去。

［钱学森出门，从舞台左后下，有警探尾随下。

［蒋英出门，向舞台右后下，警探紧跟。

［字幕：1955 年。

［钱学森寓所。

［夜深了，钱学森拎着一只公文包回到家里，后面跟着监视的警探，钱学森置若罔闻，神情自若。

［客厅角落里依然放着三只轻便的行李箱。

钱学森　（兴奋地）英子，英子快来！给你看样好东西！

蒋　英　（从卧室出来）嘘，轻一点，当心把孩子们吵醒了。

钱学森　乔大哥来信了！

蒋　英　咱们回国的事有眉目了？

钱学森　嗯，这封信是乔大哥通过香港的一位记者朋友转过来的。

（蒋英迫不及待地接过信看起来）太老师陈叔通先生接到咱们的求救信后，当天就把它交给了周恩来总理，总理立即做了周密部署，火速将信送到了正在日内瓦谈判的王炳南大使手中，揭穿了美国人的谎言！

蒋　英　（念信）中美双方已就两国平民回国问题达成重要协议……这么说，咱们很快就可以自由了，回家了？

钱学森　（百感交集）假如没有中华人民共和国，恐怕我这一辈子都要流落异乡，寄人篱下，饮恨终生了！

蒋　英　学森，你放心，母亲是不会不管她的孩子的。

钱学森　（取出随身携带的绣着枫叶的丝帕）学森无一日一时一刻不想着回去，参加建设伟大的祖国……

［又是一个夜晚，钱学森寓所外。

［穆里上，在钱学森家附近东张西望，透过窗户、门缝窥视。

汉　堡　（上）报告长官！

穆　里　（冷不防吓了一跳，踢了汉堡一脚）蠢驴！没见我忙着吗？说！

汉　堡　钱博士今天早晨开车去了加州理工大学讲课，一课完了接下一课，之后吃饭、喝咖啡、进洗手间。

穆　里　嗯，让他们就这么盯着。

汉　堡　是！（下）

肯德基　（上）报告长官，钱太太早晨 7 点 36 分出门去超市，买了面包牛奶糖果咖啡，在超市门前碰到一胖一瘦两个老太太聊了 11 分钟，步行回家，从后门进屋了。

穆　里　晚上就在这窗前门边值班，每一个动静都给我记录下来，24

小时都这么给我盯着，一直盯到他们回心转意为止。

肯德基 是！（下）

麦当劳 （上）报告，钱太太跟两个孩子在家吃饭、洗澡、听音乐、睡觉。

穆　里 有没有什么不正常现象？

麦当劳 没有。

汉　堡 （跌跌撞撞地又跑上来了）报……报告！钱博士从后门回家了，有两个人到他们家里做客。

穆　里 他们说些什么？

汉　堡 我听不懂中国话。

穆　里 （又踢他一脚）蠢驴！慢慢就听懂了，死死给我盯着！

汉　堡 是！蠢驴！

［暗转。

［钱学森、蒋英来到冯·卡门教授家门口，按门铃。

冯·卡门 （开门，惊喜地）钱，你们来了，我太高兴了！（亲热地和钱学森、蒋英拥抱）

蒋　英 教授，我们一家人都很想念你。

冯·卡门 孩子们都长大了吧？（看见窗外来回走动的警探）简直令人窒息！钱，我很遗憾帮不了你。

钱学森 老师，你放心，五年前我们不怕，如今更不怕了。

［门外有警探偷听，冯·卡门突然将门打开，那名警探一下子摔进屋内。

冯·卡门 （怒喝）滚！（警探连滚带爬下）简直是岂有此理！

蒋　英 教授，你别生气，五年了，天天如此，我们已经习惯了。

冯·卡门　（气愤地）这样对待一个科学家是政府的耻辱！

钱学森　跟他们犯不着理论。老师，我这儿有两本书请教你。（送上新书）

冯·卡门　（接过）《工程控制论》、《动力学讲义》。

钱学森　刚出版的。

冯·卡门　我已经看过样书了，它们注定要轰动学术界！

钱学森　谢谢老师鼓励。

冯·卡门　钱，即使在这被禁锢的五年之中，你从来没有停歇过在科研道路上前行的脚步，它们证明了这样一个事实：钱，你的学术水平已经超过我了！

钱学森　（激动）老师，你永远是我的老师！

［暗转。

［钱学森寓所外草坪。穆里吹着哨子带着警探们上。

穆　里　立定！稍息！

肯德基　报告长官！钱博士今天早晨开车去了加州理工大学讲课，一课完了接下一课，之后吃饭、喝咖啡、进洗手间。

穆　里　胡说！今天学校都放假了他还去上什么课？

麦当劳　报告长官！钱太太早晨 7 点 36 分出门去超市，买了面包牛奶糖果咖啡，在超市门前碰到一胖一瘦两个老太太聊了 11 分钟，步行回家，从后门进屋了。

汉　堡　报告长官！钱太太跟两个孩子在家吃饭、洗澡、听音乐、睡觉。

穆　里　（不耐烦地）同样的内容你俩都汇报 5 年了，不是去超市就是在家看孩子听音乐，就不能来点新鲜的？

汉　堡　穆里上校，你允许瞎编吗？

穆　里　（气急败坏地踢他一脚）蠢驴！

汉　堡　是长官！

穆　里　（踢麦当劳）蠢驴！

麦当劳　是长官！

穆　里　（踢肯德基）蠢驴！！

肯德基　是长官！

穆　里　一帮蠢货！实话告诉你们，钱学森和他的太太已经买好了船票，今天就要启程回中国了！

警探们　（面面相觑）啊？！

穆　里　（讽刺地）这就是你们滴水不漏跟踪的结果！你们竖直了脑袋给我听着！海军次长金贝尔上将马上要来找钱学森谈话，每个人都必须在自己的位置上仔细盯紧了，再有什么闪失，小心脑袋搬家！

众警探　是！长官！（散下）

［钱学森寓所。

［钱学森夫妇提着行李箱走出门来。

钱学森　（感慨地）永别了，美国。

蒋　英　孩子们都走了，快点吧。（欲将房门关上）

［金贝尔和他的秘书鲍尔上。

金贝尔　钱教授！夫人！

鲍　尔　金贝尔上将特意来给你们送行。

钱学森　谢谢。

金贝尔　怎么，不请我进去喝杯咖啡吗？

蒋　英　不好意思，孩子们被朋友们领着先一步走了，在码头等着我们上船呢。

金贝尔　钱教授，奉政府命令，我来跟你谈一次话。

钱学森　好呀，咱们边走边谈。

金贝尔　不不，就在这儿吧。（推开房门）

钱学森　“克利夫兰总统号”轮船即将启航，我怕时间——

鲍　尔　没关系，你们不谈完，它是不会离开码头的。

钱学森　（预感来者不善，无奈地）那，请吧。（随金贝尔走进房间）

金贝尔　我愿意这次谈话是愉快的积极的，它对你我对美国对科学事业都有裨益。

钱学森　金贝尔先生请你理解，我现在只想尽快地回到自己的祖国。

蒋　英　（跟进房间）学森，那么多朋友在码头上等着我们呢。

金贝尔　夫人，请你先把行李箱放下。

蒋　英　不，这些行李我们已经准备了 5 年，现在终于可以带着它们回中国了。

金贝尔　要不，夫人你先请？

蒋　英　不，我是一定要陪着先生的，我就在门口等着他。（提着行李箱走出房门等候）

金贝尔　钱教授，难道你不想听听我给你带来的好消息吗？

钱学森　当然。不过说实在的——

金贝尔　前几天政府已经决定对你解除一切保护措施。

钱学森　那是监视。

金贝尔　说法不同罢了。政府还特别批准你为国家火箭研发中心主任，你可以直接把所有的科研成果在美国政府的帮助下投入实验，从而享誉世界，当然你的火箭梦想也将尽快得以实现。

钱学森 你应该了解，在被监禁的 5 年中，我已经远离了军事和国防问题的科学研究。

金贝尔 我可不像联邦调查局官员那么愚蠢，钱，关于航空和喷射推进科学方面的秘密全部都装在你的脑子里，不是吗？

钱学森 它们是我知识的一部分，是属于我的。

金贝尔 （傲慢地）这些知识你都是在美国学到的，你在美国 20 年，你敢发誓你是忠于美国政府的吗？

钱学森 我是中国人，我忠于中国人民，也忠于对中国人民友好的政府。二战期间，我早已将所学的知识用在美国了。

金贝尔 没错，你在美国火箭事业的发展中具有举足轻重的地位，做出了卓越的贡献，获得了一系列的表彰。假如美国和红色中国发生冲突，你还会为美国服务吗？

钱学森 家父曾经嘱咐我说，“天听自我民听，天视自我民视”。

金贝尔 什么意思？

钱学森 人民大众喜欢什么，我就说什么；人民大众喜欢什么，我就做什么。我的前途在中国。

金贝尔 这么说，你是不肯听从于美国政府了？你不觉得美国是世界上最自由最民主的国家吗？

钱学森 所谓的民主和自由我都已经亲身感受了。

金贝尔 金钱、名誉、地位，美国已经给你很多，将来还会给你更多，你的祖国给了你什么？

钱学森 我的祖国给了我生命和智慧，你觉得这还不够吗？

金贝尔 那你又能给你的祖国什么？

钱学森 爱！如果我的爱能对祖国有一点点贡献，我将百死不辞，毕生有幸！

金贝尔　遗憾的是你们的国家现在一穷二白，老百姓连肚子都吃不饱，你能指望在那里造导弹吗？钱，我以一个朋友的身份站在你的角度忠告你，请你改变主意，去中国你的才华将无以施展，你的梦想更是难以实现。

钱学森　你不了解我的祖国已经发生了改天换地的变化。

金贝尔　我了解！那儿连一架像样的脚踏车都造不出来，你堂堂一个空气动力科学家，回去是帮着造脚踏车呢，还是种苹果树？

钱学森　那也是中国的苹果树！

金贝尔　钱，我怎么说才能打消你的隔阂呢？我是你的朋友不是吗？六年前美国火箭协会在纽约召开年会，你在会上作了精彩的报告，很多章节至今我还能倒背如流呢。

钱学森　你还记得？

金贝尔　因为实在是精彩绝伦！你描述了一种新型的飞机，我没理解错的话你指的就是火箭，你说这种新型飞机长度 80 英尺，重 5 吨，它垂直起飞，最快以每小时 2 000 英里的速度穿越云层，然后时速达到一万英里，以椭圆形轨道飞行，然后再进入大气层飞行，滑行 1 800 英里后着陆。

钱学森　在这个会上你发了言。

金贝尔　谢谢你也没忘。当时我说，科学家们积累的研究成果跟武器及战略积累一样，对美国的将来同样重要，钱学森就是能够贡献这种积累的杰出人才——

钱学森　谢谢，当时我认为你的话是真诚的。

金贝尔　今天一样。只要你改变主意，所有的绿灯都会为你开放，所有的光环将为你闪烁，请你不要拒绝我的好意。

钱学森　你这些年所作的努力我已经领教，请不要再为我费心了。

蒋　英　学森，我们真的该走了。

鲍　尔　（原形毕露）钱先生，你们走不了。

钱学森　为什么？

金贝尔　你即使到了码头，也会看到那里站着的警察，没有我的命令，哪怕你上了船，“克利夫兰总统号”也不敢启航，你不可能离开美国。

钱学森　如果我有联邦政府颁发的通行证呢？

金贝尔　那自然另当别论，但你不可能有。

钱学森　（取出通行证）请看！

［金贝尔接过欲撕。

钱学森　那是复印件。（携妻决然下）

金贝尔　（看着钱学森夫妇的背影，慌忙找到电话）喂，联邦调查局，接局长办公室！喂，局长大人，谁给钱学森颁发的通行证？你知道我们犯了怎样的错误吗？现在撤回还不晚！什么？不可能？为什么？是外交部办的？有总统签字？天哪，愚蠢之极！美国会为此付出代价，会追悔莫及的！没错，一个钱学森是换回了 11 个美国战俘，可我还要告诉你，一个钱学森能换 5 个正规师！（扔下话筒）一个钱学森起码能换 5 个师！（气急败坏地）到什么地方都能换 5 个正规师！放他回中国，还不如毙了他！！

［金贝尔失控地掏出手枪，朝天扣响了扳机。

［暗转。

［轮船长长的汽笛声。

［多媒体屏幕上出现钱学森一家四口在“克利夫兰总统号”

轮船上的合影、钱学森一手牵着儿子、一手提着吉他从香港步入深圳罗湖桥的镜头、党和国家领导人接见的照片等。

[一束追光打在蒋英身上。

蒋　英　1955年10月8日，我们一家人终于回到了魂牵梦绕的祖国，见到了阔别多年的亲人。沐浴着和煦的阳光，呼吸着自由的空气，学森的心情变得如此欢畅，他身上似乎有着无穷的力量，闯戈壁，战风沙，不知疲倦地跨越了一座又一座科学高峰，开始了他从事新中国火箭、导弹和航天事业的壮丽生涯。

第六场　戈壁惊雷

[甘肃酒泉弱水河畔，中国人民解放军导弹发射基地。1960年11月。

[视频：戈壁滩茫茫一片，近处一丛丛红柳火焰般窜向天空。远处，1059号导弹平地矗起，傲视蓝天。

[尕祁连和五六个战士拿着锣鼓、脸盆等，欢快地敲打着上。蔡树林闻声从远处跑来。

蔡树林　停！停停！尕祁连，乱敲什么玩意儿！

尕祁连　营长，这不你安排的吗？

蔡树林　我安排你们把这些家伙什儿弄得热闹合拍，谁让你们这样锣齐鼓不齐的！

尕祁连　放心吧营长，这不刚上手练嘛。

蔡树林　还练哪？（指远处导弹）看，马上就点火了，点火后8分钟，如果击中目标就有好消息传过来，这时候，别说咱这儿整个基地先要热闹起来，整个部队都要庆功！这么跟你们说吧，全中国都会震动，鼓舞人心啊！咱们中国的火箭也能——

尕祁连 慢！营长，钱院长说过的，讲话办事得实事求是，大话等导弹上了天再说也来得及。

蔡树林 嘿，你这尕娃子，说起话来倒是火箭上绑暖壶——

众战士 此话怎讲？

蔡树林 水平（瓶）挺高嘛！

［众战士笑。

蔡树林 （眺望远处矗立的导弹）这 1059 可是咱们的"争气弹"啊！两个月前，正是 1059 研制的关键时刻，苏联政府出尔反尔釜底抽薪撤离了全部的专家和顾问，带走了所有的资料和图纸……国外压我们，国内经济又困难，是钱院长带领大家自力更生群策群力，夜以继日克服了无数的难关。这就叫自尊、自信、自强！

尕祁连 对！咱们钱院长说中国的科技人员不比别人笨，外国人能做到的中国人一定也能做到！

蔡树林 你们朝那边看，聂荣臻元帅、张爱萍将军、部队首长军区头头脑脑全来了，没点把握能来吗？首长们跟我交待了，说今天火箭发射成功，要准备好酒菜，大家都喝两口！

［众战士欢呼。

战士甲 （提着一个大桶上）酒泉大曲这里备好了！

蔡树林 晚上还要开联欢会，聂帅、张爱萍将军、还有军区的首长们要跟咱基地全体指战员联欢，尕娃子，我交待你准备的那甘肃快板到时候代表咱基地给首长们拉呱拉呱。

尕祁连 嗨，我那水平有点像骡肉包子——上不了台面。

蔡树林 不能，你那两下子，我看是大丈夫骑大马——大气派！

战士甲 是骡子是马拉出来遛遛，尕娃子，上！（众战士呼应）

尕祁连 那战友们，咱要不就先在领导面前练练？

众战士 练练就练练。

［尕祁连连比划带唱，欢乐的情绪感染着每一个战士，这一段快板演得活泼热烈，正合当时人们的心情。

尕祁连 （数）同志们，向前看！

众战士 （合）眼前立了个大导弹。

尕祁连 它有多长有多宽，
有谁给咱算一算？
它有啥威力能跑多远，
有谁给咱算一算？
它对敌人有多震撼，
有谁给咱算一算？
造导弹，不简单，
没几个国家玩得转。
要揽瓷器活儿，
先要有金刚钻，
没两把刷子你靠边站。

众战士 解放军，英雄汉，
天大的题目我们算，
天大的危险我们担，
天大的困难不服软，
天大的压力更向前！

尕祁连　钱学森，领头干，

千军万马齐作战，

艰苦奋斗整五年，

众战士　造出来导弹真稀罕！

尕祁连　只见它——

众战士　威风凛凛迎风站，

笑傲酒泉戈壁滩，

首长令下就倒计时，

5、4、3、2、1

这屁股底下把火点！

尕祁连　就听轰隆一声响，

导弹"腾"地就上了天！

战士甲　喂，这火还没点，万一……

尕祁连　呸呸，乌鸦嘴！谁说有问题我跟谁急！

［远处传来哨声。

［指挥处声："各部门请注意，现在进入准备时刻，现在进入准备时刻……"

［导弹进入发射准备，所有人屏声息气。

［指挥员倒数的声音："十、九、八、七、六、五、四、三、二、一，点火！"

［视频：1059号导弹点火后声浪惊天，腾空而去，众人欢呼。

蔡树林　慢点，慢点同志们，导弹发射后要击中预定距离外的靶心才算成功，要庆祝还得再等8分钟。

［所有人静静翘盼远方消息，等待扣人心弦的时刻。

战士甲　（紧张得憋不住）真是急死人，我的心都快跳出来了！（一把

抱住尕祁连）

尕祁连 嘘——（轻轻扣动快板，缓慢而紧张地数板）

八分钟，不算长，

放到这儿赛八年，

嘀嗒嘀嗒的小闹钟，

牵动万名将士的心。

我神经拽得紧绷绷，

我摸摸心脏扑腾腾。

就觉得浑身热烘烘，

好容易等足八分钟！

蔡树林 （看表）时间到了！

［现场大喇叭里传来高亢的声音："同志们，战友们，报告大家一个喜讯，刚刚发射前方传来好消息，我国自行研制的1059号导弹精确无误地击中了目标！"

［众战士雀跃欢腾，敲锣打鼓。

［喇叭里的声音还在继续："导弹在空中飞行了7分37秒，距离550公里……"

蔡树林 （激动得眼含泪花）同志们快看，聂帅和咱们钱院长紧紧拥抱在一起了！

［战士们龙腾虎跃用自己的方式分享喜悦和兴奋。

尕祁连 嗨嗨，咱们的大科学家钱院长来了！

［未等战士们迎上前，钱学森已经兴高采烈地快步走来。

钱学森 同志们好！

众　人 首长好！

钱学森 大家好！我先传达一下首长指示，刚才聂元帅说，今天在我国的地平线上发射了我国自己制造的第一枚导弹，晚上庆祝宴会上要为第一枚导弹的成功发射干杯！（众欢呼）我说我先去向基地同志道声辛苦，聂帅说好，代我向大家表示祝贺！

蔡树林 拿酒来！

钱学森 这就要开喝啊？

蔡树林 庆功酒早就准备好了！

钱学森 好！（接过战士们斟满酒的军用搪瓷杯）第一杯，我先感谢基地每一位指战员不分昼夜的辛勤劳动，确保1059试飞成功，干杯！

［众人共同干杯。

钱学森 第二杯，我感谢基地党组织带出这样一支世界级的优秀队伍，干杯！

［众人再干一杯。

钱学森 第三杯，我要通过各位，转达对远在千里之外的家属们的感谢，感谢他们的大力支持，干杯干杯！

［众人又干了一杯。

钱学森 谢谢各位！（看看手中杯子）这酒泉烧，虽说度数低，多喝也冲头啊！

蔡树林 没事钱院长，今天是大喜的日子，希望你一醉方休！1059能够上天，首长们夸你是头等功臣啊！

钱学森 不敢当不敢当。

尕祁连 敢当！钱院长，同志们都说你是咱们中国的导弹之父！

钱学森 （微醺）荒唐！小蔡，你替我刮他三个鼻子，根本不了解情况嘛！1059这么大一个工程，是举国之力的结果，你知道吗？光参加这工程的单位，就有1 400多家，涉及科学家、工程师、技术员、解放军战士、后勤，包括咱基地的人员不计其数！导弹之父，我敢当吗？所有的设计方案光图纸就能装好几卡车，数不清的辛劳和汗水灌溉出了1059，它集中了全国人民的心力！你们说，谁敢称导弹之父？

蔡树林 不管怎么说，钱院长，你是咱1059项目的带头人，我代表基地党支部敬你一杯！（与钱学森干杯）

钱学森 （喝了一大口后摇头）一切成就归功于党归功于集体！

尕祁连 报告首长！党和集体是具体的，其中也包括科学家，更包括你这样的党员科学家！所以，请允许一个小战士敬你一杯！（一饮而尽）

钱学森 （推托不了也喝了）一切成就归于党归于集体！

众战士 钱院长，让我们一起庆贺1059成功，干！

钱学森 我是不胜酒力的，但这一杯我喝了！（脚步蹒跚，醉）一切成就归于党，别以为它是句口号，它是我的心里话！年轻人，不经过那么多事，不经过那么多坎，不会理解的。我在跟你们一般大的时候，我们的这个国家千疮百孔百业凋敝民不聊生，帝国主义列强随意欺侮。中国共产党领导全国人民顽强奋斗，无数先烈出生入死浴血奋战才换来崭新的中国呀！同志们，给我再来一杯，今天我要喝，一醉方休！我从来没有像今天这么高兴过！我高兴中国终于有了自己的导弹，尽管它刚刚起步，还是仿制的，那也了不起！它仅仅用了两年多的时间，比美国仿制德国的导弹快了五六年啊！苏联撤走专家使我们的工作陷入了停顿，在这样的时刻，是党领导我们依靠自己的力量创造了奇迹！全国人民是我们坚强的后盾！一切成就归于党归于集体，这是我的心里话呀！来来来，拿酒来！

蔡树林　钱院长，你慢点喝，先坐下歇一会儿。（扶钱学森坐下）

尕祁连　首长，你当心身体，别喝了！（想拿钱的酒杯）

钱学森　（让开）不不，要喝就喝个痛快！今天是什么日子？我有一肚子的话要说，我要告诉世界，苏联想看我们的笑话它看不到！我们要造出一枚比一枚更先进的导弹，精确打击到地球的任何一个落点！我要告诉美国人告诉金贝尔，他们永远也不会懂，一个贫穷落后的国家为什么也能造出世界上最尖端的武器？这是因为中国人的血管里流的是汹涌澎湃所向披靡的血液！就像那滔滔的黄河流向大海不达目的誓不回头！金贝尔，你听见我说的话吗？我是钱学森！怎么，你没听见？那我唱给你听！（激动的情绪难以抑制，放声歌唱）"天下黄河九十九道弯，九十九道弯上九十九座滩……"

众战士　（跟着合唱）天下黄河九十九道弯，九十九道弯上九十九座滩……

［暗转。

第七场　难忘那一夜

［酒泉发射基地。时间：1966 年 10 月 26 日晚。

［"东风二号甲"载核导弹发射前夕，参与工作的官兵们紧张而忙碌。观众可以看到这是一间简陋的房子，里面放着饭桌椅、长条凳、脸盆架、小马扎等，一盏白炽灯悬挂在屋子的

中央。

［聂荣臻元帅的警卫员杭胜利背着军用挎包跑上。

杭胜利　（喊）小武——小武——（进屋，发觉没人，屋里屋外寻找）武军，武军在吗？

［武军军装外套着炊事班的服装上。

武　军　哎哟，小杭，杭胜利！你怎么来了？

杭胜利　你跑哪儿去了？怎么，在帮厨？

武　军　首长在前方指挥所忙成那样，用不上我了，正好炊事班缺人手——

杭胜利　得了，咱们先把正事办了。

武　军　什么事还劳烦聂元帅警卫的大驾？招呼一声，咱们跑腿啊。

杭胜利　别贫嘴啊，（到桌前卸下挎包，取出两罐奶粉）这两罐奶粉是聂元帅特意让我拿来送给钱院长的，这可是稀罕物。

武　军　那当然，又好吃又有营养，哪儿找去啊，谢谢你了。

杭胜利　待会儿你转给钱院长——（开玩笑地）可不许偷吃啊！我走了。（欲下）

武　军　（拖住）慢点，要送你自己送啊。

杭胜利　我那边还忙着呢，你转给钱院长不就得了吗？

武　军　不行不行，有一回事务长给他送来一碗红烧肉，让他好一顿尅。钱院长说，现在国家困难，毛主席都不吃肉了，你怎么还给我送这个，端回去！当时我就在边上，都吓坏了。

杭胜利　那都是好几年前的故事了。

武　军　现在国家也不富裕，什么都得凭票，奶粉谁见过呀？

杭胜利　你小子，作为一个警卫员你责任在哪儿？作为一个军人你阶级感情到哪儿去了？这两罐奶粉来之不易你知不知道！

聂帅说了，要关心科学家的生活，他们是国家的宝贝。给科学家的营养品叫特供，这奶粉就是特供懂不懂？

武　军　（听得一愣一愣）你说的当真啊？

杭胜利　咱是干什么的，能说假话吗？拿着！（将奶粉递给武军，武军躲闪）怎么大姑娘似的？这可是高级补品，没见你们首长一天比一天瘦吗？就说这些天吧，他一直待在指挥所里，几天几夜没合眼了，他需要营养！

武　军　那聂帅也待在指挥所，他也需要营养，你给他带去吧。

杭胜利　这是聂帅特意安排送给钱院长的，你叫我再拿回去，你和聂帅谁大啊？

武　军　我是说聂帅更需要营养。

杭胜利　我明白了，闹了半天你对钱院长漠不关心呀。

武　军　（急了）你说啥呢！

杭胜利　那就是你不知道聂帅对科学家有多上心。

武　军　我说呀，聂帅更需要！他是指挥千军万马的大元帅呀！咱钱院长——

杭胜利　你是压根不了解你们钱院长啊？那听我给你掰扯掰扯。钱院长，大号钱学森，导弹研究中心主任，1935 年到美国留学，师从世界一流科学家冯·卡门教授，以突出的学业和成就赢得尊重，1955 年突破种种阻力回国，我国第一枚火箭上天，他立了头功。

武　军　我知道。

杭胜利　知道你还不收下。

武　军　要这么说那聂帅更不得了，毛主席周总理点将让抓的工程，关键时刻没聂帅坐镇能行吗？

杭胜利　你不了解。有一回，发射架上的火箭出了点问题，要不要按时点火，钱院长亲自爬上去看了半天说可以，签字同意了，但现场没人敢拍板，一直请示到聂帅那里。聂帅说专业上听钱学森的，他说可以就是可以！你听听，钱院长在咱聂帅心里是什么分量！这点营养品算什么？

武　军　我看还是给聂帅吃吧，我也给你说个秘密，你就明白聂帅有多了不起了。

杭胜利　你小子还有秘密？

武　军　看不起人啊？咱怎么说也是钱院长身边的人，能不知道点情况吗？

杭胜利　那你给说说。

武　军　当年，小日本侵略咱们，兵犯中原。咱八路军为打击日寇，树立中华民族必胜的信心，决定在平型关打一个歼灭战。那可是一场艰苦的战斗啊，日军光往山沟里开的汽车就一百多辆，辎重都数不清，加上几千个兵，阵势大啊！这仗打不打？怎么打？打不打得下来？这时候聂帅就一个字"打"！这一打，就打出了威风，打出了信心，打得敌人闻风丧胆！这就是震惊中外的平型关大捷！你说聂元帅是何等英雄？

杭胜利　哈哈，这么说，你早就知道聂帅了不起了？

武　军　都是钱院长跟我们说的。

杭胜利　说明钱院长佩服聂帅啊，你呢？聂帅的话你敢不听吗？

武　军　你敢啊？

杭胜利　还是乖乖完成好任务，我走了。（下）

武　军　（愣了一下，反应过来）嗨，我傻呀，这矛盾交给司务长处理呀！（自说自话）报告司务长，刚才聂帅的警卫员杭胜利给咱们钱院长送了点奶粉，请你替他增加点营养。司务长肯定会说，（陕北话）太好了，这事我包下了。（得意）哈哈！（拿着奶粉下）

［钱学森从指挥所回，杭胜利紧跟在后面。

杭胜利　钱院长，聂帅让你回宿舍休息的，可不是上这儿。

钱学森　小杭，咱俩各让一步，你的任务不是看着我回宿舍睡觉吗？

杭胜利　聂帅下的命令，说你三天三夜都没合眼了。

钱学森　你看我这精神头，像是想睡觉的人吗？

杭胜利　那我不管，聂帅让我必须看着你睡觉，我得服从命令。

钱学森　所以嘛，咱们就抓紧时间在这儿休息了。（欲坐下）

杭胜利　（敬礼）报告首长，聂帅说让你回宿舍睡。（急）你都三天三夜没合眼了，明天可有大事，咱们的“东风二号甲”装的可是原子弹啊，万万不能有差错。明天你是总指挥，今天再不休息，明天万一累了——

钱学森　所以我不能离开指挥部，就算离开也不能太远，懂不懂小杭同志？这载核导弹的发射，不但咱军队，咱全国人民盼着，全世界都瞧着呢，这次载核导弹的发射具有划时代的意义——

杭胜利　明白，是给老虎插上翅膀！看谁还敢嘲笑咱们“有弹无枪”！

钱学森　“两弹结合”试验危险性很大，要在剧烈的原子分裂和强大的质子轰击下进行，我国又是世界上第一个在自己国土上进行飞行试验的国家，因此不允许有半点的纰漏。

杭胜利　你放心，从空爆到冷试验到这次热试验，咱们基地的每一个人都牢记着周总理的十六字诀：“严肃认真，周到细致，稳妥可靠，万无一失"，怎么还会有纰漏呢？

钱学森　决不能掉以轻心，指挥所那边我离不开。（欲下）

杭胜利　（拦，只好让步）得，你就在这儿歇会儿吧，哪里也别去了。

［武军上，进门。

钱学森　小武，你来得正好，陪小杭聊会儿天吧。（欲下）

武　军　首长，刚才军委罗干事跟我交待，让小杭立马回到聂帅那儿去。

钱学森　（乐）这就对了！

杭胜利　真的？

钱学森　这事还能掺假呀，行了，你就快走吧。

武　军　他的任务交给我了。

钱学森　什么任务？

武　军　让我代替小杭看着你回宿舍踏踏实实睡一晚上觉。

杭胜利　这任务可不轻。

武　军　我还求之不得呢。

杭胜利　那我走了，再见。（下）

钱学森　（看杭走后）小武军，咱们这么办——

武　军　（情急）首长！军委罗干事说了，完不成任务他要找我算账的！

钱学森　好了好了，这样吧，咱们不回宿舍了，就在这儿休息，行了吧？

武　军　（知道拗不过）好吧，你在这条长板凳上歇着，累了就睡会儿。

钱学森　小武，这些天你也累了，来，坐下，如果困就趴桌上冲个盹儿。

武　军　(认真地)不,我要看着你先睡。

钱学森　(无奈)好吧,我还真有点困了。(躺到长凳上)

［武军轻手轻脚取来一件棉大衣给钱学森盖上,又关掉了白炽灯,淡淡的月光悄悄晃入屋内。

［钱学森和警卫,一个卧在条凳上,一个趴在桌子上,渐渐睡着了。

［戈壁的夜风挤进门缝,吹得窗棂吱吱作响。

［梦中的钱学森似乎又听见了蒋英童年唱的歌谣:“大哥哥,飞飞机,北平城,数第一!”……

［钱学森慢慢坐起来,恍然看到蒋英来了。两束追光照在他俩身上。

钱学森　英子,你怎么来了?

蒋　英　我来看你,不欢迎啊?

钱学森　当然欢迎,意外之喜啊!家里怎么样?你和孩子们都还好吧?

蒋　英　你还想得起家呀?8个月音讯全无啊。

钱学森　都8个月了?真快。英子,这些日子忙,其实只要一空下来,我的思绪就立马飞到你身边了。

蒋　英　可惜你空不下来。

钱学森　还真有点忙。说实在的我心里也急呀,(内疚)老觉得对不住你,对不住孩子们。

蒋　英　好像挺内疚似的,(笑)刚才我不过吓唬吓唬你。说真心话,干你们这行的,家属们大都这样,早习惯了,没人怪你们。你们做的事情光荣,家里人也跟着一块儿光荣。我来看你,就是担心你不会照顾自己。吃得好吗?

钱学森 好的好的，领导挺关心的。

蒋　英 睡得香吗？

钱学森 好的好的，我还是老习惯，脑袋一沾枕头就着。

蒋　英 戈壁滩风大天冷，你多穿点。

钱学森 没事，军大衣保暖着呢。

蒋　英 （走近长条凳）怎么，你就睡这儿？

钱学森 不是为了给你造上天的大飞机嘛，再说也只是临时躺一会儿。

蒋　英 临时也不行，这光板凳还不硌得慌呀。

钱学森 凑合一宿没事。（坐下）你也坐会儿？

蒋　英 别凑合呀，我却给你拿床被子垫垫。（向门外走去）

钱学森 别，这深更半夜的，别麻烦人家了。

［钱学森追蒋英，蒋英却不见了。追光里站着的是金贝尔。

钱学森 金贝尔，怎么是你？

金贝尔 觉得奇怪吗？这么多年了，我可从来没有忘记你，我们一直关注着你。

钱学森 关注我的长条凳？

金贝尔 哈哈，这不重要。我们关注的是一个天才之星运行的轨迹，上升还是降落。

钱学森 那你来得正好，“东风二号甲”已经箭在弦上。

金贝尔 “东风二号甲”？

钱学森 明天全世界的媒体都会在头版刊载这一消息，你们会大吃一惊的。

金贝尔 不见得吧，对你们的导弹我们有所了解，基本还在初级阶段徘徊。

钱学森　“东风二号甲”运载的可是核武器，这颗原子弹明天将在指定的时间和地点成功爆炸。

金贝尔　笑话！你们的火箭还在仿制阶段，或者说比仿制稍微强一点，无法想象你们能够载核发射，当今世界上掌握这项技术的国家屈指可数。

钱学森　可我们偏偏做到了。

金贝尔　中国能做到？那是奇迹，奇迹是不会发生的。

钱学森　中国是什么奇迹都能创造出来的国家。

金贝尔　天哪！如果这是真的，世界的格局将因此而改变，不，这不可能！

钱学森　现在，“东风二号甲”就矗立在发射架上，走吧，我带你去看看，那到底是发射架还是苹果树。（见金不动）怎么不走啊？

金贝尔　你不怕泄露机密？

钱学森　能被你识破的机密就不是机密，我们不但能发射载核导弹，马上还要发射人造卫星、洲际导弹、飞鱼……在海陆空全面筑起中国的科技长城！（笑）哈哈，请吧，请吧！（大声地）请吧，金贝尔先生——

［金贝尔溜走。钱学森从梦中惊起，抬头看窗外，东方渐白。钱学森从脸盆架上取下毛巾擦了擦脸，轻轻将大衣给熟睡的武军盖上，踮着脚朝门外走去。

武　军　（醒，看条凳上没人）钱院长，钱院长——（追出门外）

［视频字幕：1964 年 10 月 16 日，我国在新疆罗布泊成功爆炸第一颗原子弹东风三号载核火箭。升腾的蘑菇云画面。

［暗转。

第八场　“东方红”声震寰宇

[北京钱学森家客厅。1970年5月1日。

[出场人物：钱学森、蒋英、孙天佑、乔贵先。

[天幕礼花璀璨。1970年4月24日，我国成功发射第一颗人造卫星。

5月1日夜，毛泽东主席在天安门广场参加庆祝“五一”大会，同首都十万群众共同见证我国自行研发设计的“东方红一号”卫星经过北京上空。透过电台，乐曲《东方红》的旋律清晰可闻。这一夜万众欢腾，中国航天事业这一重大突破为节日增添了浓重的色彩。

[字幕：1970年5月1日。

[钱学森家布置简洁的客厅，墙上挂着一张1964年10月16日我国第一颗原子弹爆炸蘑菇云升腾的照片。

[孙天佑穿着当时流行的灰色军便服，拎着一只人造革包，挎着一只照相机上。

孙天佑　(敲门)请问，家里有人吗？

蒋　英　(从内屋出来，开门)你是——

孙天佑　(一下认出对方)你是钱学森家的妹妹小英子！

蒋　英　(笑)我是蒋英。(回忆地)噢，我想起来了，你是1934年学森毕业那天，在交大门口拍毕业照的那位同学。

孙天佑　对对，就是我孙天佑嘛，一晃36年了，你还是跟当年似地那么漂亮。

蒋　英　老了！来来，快请坐！（斟茶端上）早上学森走的时候交待说，今晚有两个老同学到家聚会，原来是你呀！

孙天佑　两个老同学？还有一位是谁呀？

蒋　英　乔大哥！

孙天佑　乔贵先乔大哥？

蒋　英　对，就是他。

孙天佑　太好了！都 36 年没见了！（一兴奋就从沙发上站起来走到墙上的照片前）不对呀，学森怎么挂这个呀？（指了指“蘑菇云”）

蒋　英　他说咱们原子弹 1964 年成功爆炸先走了一步，挂这张照片对自己是个鞭策。

孙天佑　（急于采访）蒋英，那你先说说吧。（掏出采访本）这导弹咱们是怎么造出来的？还有卫星怎么就上了天？

蒋　英　我哪儿知道呀，这都是秘密。

孙天佑　我知道属于机密，可你跟学森是两口子呀，他还不跟你透露点儿？

蒋　英　他呀，在家只字没提，我也不问，问也不明白，再说他也绝不能够告诉我。

孙天佑　还是你没问。

蒋　英　谁问也不会透露。

孙天佑　我就不一样了。

蒋　英　恐怕你也一样，他可是守口如瓶呀。

孙天佑　等会儿你看我怎么把他这瓶盖子打开。

蒋　英　（笑，续水）那我就看着呗。

孙天佑　真的，不是跟你吹，我条件好啊，谁让我是他老同学呢，这叫先天优势，他不能不给面子。我的目的是要把两弹一星的功臣宣传出去，激励全国人民革命志气，动机绝对纯洁，过程绝对透明，结果绝对——

蒋　英　你的口才还像年轻时候那么好。

孙天佑　不如年轻时候利索了，常常心到口不到。

蒋　英　学森这些年订的规矩，不写传记不见记者，你还不了解吧？

孙天佑　那是平时！今天是什么时候？我国第一颗人造卫星上天，这会儿毛主席正在天安门同首都十万群众看着它经过北京上空唱响《东方红》，一起庆祝"五一"，而且，我独家新闻啊，毛主席还要接见两弹一星功臣们，学森现在很有可能正坐在毛主席身边呢。

蒋　英　那敢情好。

孙天佑　激动了不是？我今天是特地带了酒来的，等学森一回来咱们就喝庆功酒。

蒋　英　他可滴酒不沾。

孙天佑　那得看啥时候，你没听说？1960 年在酒泉，第一枚导弹发射时，他就喝高过。

蒋　英　所以现在不喝了。

孙天佑　那可不一定，再说我这也不是烈酒，（从包里取出酒）香槟，是上海我八十多岁的老爹送的，解放前的货，偷偷给的，千万别让红卫兵看到。

蒋　英　有红卫兵什么事？

孙天佑　（慌）我说红卫兵了？你就当我没说过你也没听见。

蒋　英　（配合地）是呀，你没说，我也没听见。

［钱学森和乔贵先上。

钱学森 英子，你看谁来了？

孙天佑 （快一步迎上）学森、乔大哥，我想你们呀！

［三位花甲之年的老同学久别重逢紧紧拥抱，是那么的激动热烈，蒋英被他们感染得润湿了眼眶。

钱学森 英子，快来见见啊，你该都认识的，（介绍）这是乔大哥乔贵先，这是——

孙天佑 我早来了半天了。

钱学森 好好，英子，快沏茶沏茶，好茶叶，我家乡杭州的西湖龙井。

孙天佑 咱们还是喝酒，我带了香槟，首先庆贺卫星上天，第二祝贺学森又见了毛主席，第三咱们老同学36年后重逢，不容易啊！（欲开酒瓶）

钱学森 等等等等，我是早滴酒不沾的了。今天我们就以茶代酒，喝到天亮！

孙天佑 那可不行——

乔贵先 天佑，咱们这儿女主人说了算。

蒋　英 你们还是尝尝这江南水乡的味道吧。

孙天佑 （悻悻地）这香槟可是我八十多岁老爹特地让我从上海带来的！

钱学森 那可稀罕，要不先放下，我给你珍藏着。

孙天佑 这还差不多，要不然回去我也没法交待呀。家父关照我替他向你带个好，要你当心身体。家父还说，全国人民看着你呢，火箭、卫星什么的，担子可不轻。家父还让我好好向你学习，说啥时候赶上你啥时候他闭眼。我说这辈子算没戏了，正好你老就睁着眼慢慢活吧。

［大家都乐了。

乔贵先　天佑还是老脾气，当年热血青年那股劲儿还一如既往啊！

钱学森　从小看大，本性难改。

孙天佑　没错，当年在交大读书的时候，学森是一天到晚扎在图书馆，星期天都拽不出来。你看他这会儿，满腹经纶不说，那读书的习惯必定还是一成不改。（指书架）就这些书，吓人啊！

蒋　英　可不是嘛，只要是在家里，每天晚饭后泡一杯茶，钻进书房里就出不来了，几十年雷打不动。（续茶）

孙天佑　（得意）看看，我说得没错吧？

乔贵先　读书人的习惯嘛，你家里书也少不了。

孙天佑　本来是不少，可架不住红卫兵左一抄右一抄的——（觉得失言）算我没说，英子你没听见啊。

蒋　英　（笑）没听见，没听见。（持空茶壶下）

钱学森　（对乔）他怎么回事？这是在家里。

孙天佑　我是一朝被——

乔贵先　一朝被蛇咬，十年怕井绳。

钱学森　（明白了）不谈这个，不谈这个。天佑，这三十多年，你都在忙些什么呀。

孙天佑　一言难尽。家父的理想就是让我像詹天佑那样，做人人景仰的铁道工程师，毕业后他托人让我进了铁路局，解放后先在地方，后期到了北京铁道部。

乔贵先　合着咱们出差什么的，来来回回乘火车，都托着你的福啊。

孙天佑　惭愧惭愧，不值一提。再怎么说，咱也不过是在地上跑来跑去，哪能跟学森比，不是导弹火箭，就是人造卫星，嗖嗖嗖直往天上蹿，了不得啊！从 1955 年你从海外归来，我就一直留意你的消息——

钱学森　(有意岔开话题)喝茶喝茶。

孙天佑　(呷了口茶，继续)乔大哥，想必你也清楚，学森现在是个人物啊，真是为咱老同学长脸为学校增光为国家争气为——

钱学森　(打断)哎，我说咱老同学见面，别光拿我说事啊。

孙天佑　我也想说自己，可平淡无奇，要么乔大哥你有啥咱不了解的情况。

乔贵先　我跟你没啥两样。

孙天佑　还是的，学森跟咱们这样的平头百姓就是不一样，再说分享的快乐就是双倍的快乐，啊不，三倍的快乐——

钱学森　你还真有得说。乔大哥，你们继续，我去给你们做道点心去。

乔贵先　别麻烦了。

钱学森　请你们尝尝我的手艺，自己家里可别见外啊。(下)

孙天佑　不能这么说，也没外国人。(对乔)乔大哥，你没觉得我烦人吧？

乔贵先　不会，你不就这个脾气嘛。

孙天佑　关键是本人一辈子没多大情况，眼看就要退休了，雁过留声，人过留名啊，就想着写点什么留给后人。专业上我是望尘莫及，有一项空白我可得填补。你看咱交大建校七十多年，从学校走出去的校友成千上万，其中拔尖的不是精英就是专家，起码在单位也是个挑大梁的。我得把其中出类拔萃的尽可能写下来出一本书，让后来人了解这些同学是怎么样成才的。

乔贵先　这事儿还真有意义。

孙天佑　等母校百年校庆那一天，我打算将这本书送到学校，还要争取上台演讲。

乔贵先　那会儿你该八十多了。

孙天佑　真的是老老头了。（想象未来的演讲）各位校友，各位来宾——那会儿嗓子应该没这么亮了吧？（压低嗓音）尊敬的领导同志们，亲爱的学弟学妹们！我叫孙天佑，是三四届的学生，今年86岁了，回到母校就觉得一下子变成26了，哈哈，今天我给母校的百年校庆献上一份薄礼，就是自己用了26年时间写的一本书，这书里写的人物全是咱们杰出的校友，他们有的为中华民族的伟大振兴作出巨大贡献，有的在祖国的建设事业中立了大功，有蔡元培、黄炎培、钱学森、张光斗、茅以升等共计100位，让我们学习他们的事迹，传承他们的精神，他们的今天就是各位的明天，台下的学弟学妹们中间必然坐着许多小钱学森，小茅以升，让我们为你们光辉灿烂的明天鼓掌——

［钱学森、蒋英端着红枣汤上。

钱学森　红枣汤来了——天佑，你这是干嘛呢？

乔贵先　演讲啊，说是要到母校百年校庆的时候露一手。

钱学森　好嘛，你这日子过得比火箭还快啊。

蒋　英　（递汤）来来，喝碗红枣汤。

孙天佑　（接）正好嘴干了。

乔贵先　天佑想写本书，把咱们的杰出校友都宣传宣传，这不先跑到你这儿挖材料来了。

钱学森　只要不写我我全支持。

孙天佑　(赶紧吞下一口汤)学森,你可是重头戏。

钱学森　我还重头戏,千万别闹笑话啊。

孙天佑　嗨,谁都知道你在国防科委身居要职,两弹一星——喏,今天咱们头顶上飞过去的卫星就跟你有直接的关系,你是居功至伟啊!乔大哥你说是不是?

乔贵先　我说是他也不认啊。

钱学森　不是我不认,我都说了一百遍了,咱们就是做了该做的那一部分,两弹一星的科学成果是全国人民的智慧结晶。

孙天佑　(见钱不悦,调节气氛)今天这气氛怎么了?卫星上天,全国人民共同庆贺都热血沸腾,咱们最应该欢天喜地的当事人反倒无动于衷。

乔贵先　岂止无动于衷,刚才回来的路上还闷闷不乐呢。

孙天佑　怎么回事学森?毛主席都在天安门上拍巴掌了,你怎么还……

钱学森　其实我也高兴,不过越高兴压力越大,本来我们的卫星上天是可以做到世界第三的,可惜被人为地耽误了时间……

孙天佑　(下意识地)你是说红卫兵,(又缩回)我没说啊,你们也都没听见。

［大家都被逗乐了。

孙天佑　不管怎么说,学森让卫星上天这事儿可是千真万确的,这么大的事情你们说我能不写到书里留给后人吗?

钱学森　你一定要写,就写“五一”节这天晚上,钱学森受到毛主席接见后,在回家的路上心里又激动还又特别不是滋味。卫星上天不假,可作为科学家,我们的努力还远远不够呀,咱们国家航天事业的发展仅仅是万里长征迈了一小步啊,实际上美国和苏联都领先我们几十年，一想到这儿，我心里就跟着了火似地，要马不停蹄地追啊！（拿起孙天佑送的香槟）天佑，什么时候追上了，就到开你这瓶香槟的时候了！现在，我还真不配。

乔贵先　学森，你别太自责了，饭要一口一口吃，事儿要一点一点做。你得相信未来，我们国家我们党未来无限光明！你心急如焚我能理解，可妄自菲薄也没必要，老外起步早，咱们的优势是速度快，十年二十年不停地赶，距离会大大缩短的。

钱学森　乔大哥，你这道理我不是不懂，可关键时刻总想急于求成。

乔贵先　心急吃不了热豆腐。

［电话铃响，蒋英接听后将话筒转给乔贵先。

蒋　英　乔大哥，你的电话。

乔贵先　（接电话）好好，我就过来。（放下话筒，对众人）你们继续聊，单位有事，我先走了。（下）

孙天佑　嗨，这乔大哥，一辈子神神秘秘的。

钱学森　你了解乔大哥？

孙天佑　道听途说而已。听说他当年从上海奔赴延安后一直在隐蔽战线工作。

钱学森　来来来，我跟你说说。（将孙天佑拉到墙上的照片前）这张照片是我国制造的第一颗原子弹爆炸时拍的，1964 年就成了，咱们乔大哥就是负责人之一。

孙天佑　（惊诧）乔大哥是负责人？

钱学森　对！乔大哥学生时代就是党的地下工作者，去延安后又到国外留学，学成归国后投身祖国的国防科研事业，山沟里、戈壁滩、大沙漠，哪里艰苦他到哪里去。他带的那一批人从

1958年起到现在，研究成功了一个又一个原子弹、氢弹，其威力让所有的同胞欢欣鼓舞，让那些不怀好意的人胆战心惊，他们最有理由接受人们的掌声和鲜花，可工作性质又决定他们必须远离人们的视线。这一领域像乔大哥这样默默奉献的何止千万！他们什么时候向组织要过名利？更不用说他们当中还有许多因公牺牲的同事！在他们面前，天佑啊，你说我还有什么资格显摆，有什么资格写传？

孙天佑　所以，你一直在家中挂着这张照片？

蒋　英　他说看到这张照片就好像看到乔大哥，回国15年了，两人有见面的时候，可从来都不问对方的工作，因为那是规定。

钱学森　从大学那会儿认识他起，乔大哥就是一盏明灯，一直在前头领着我，在他面前，你会觉得浑身通亮。也说不出来什么理由，你跟他坐在一块儿，他不说话，你也觉得有劲儿；他不在你身边，可是一想到他你就会觉得踏实。

孙天佑　（感叹地）学森啊，你这一番话来真让我太感动了！英子，你说乔大哥这品性我怎么就没看出来呢？境界啊，科学家竟然如此谦虚，我真的是五体投地，别说我这辈子赶不上他们两个，看来下辈子也赶不上了！

钱学森　又演讲了。

孙天佑　我跟你保证学森，别的不说，就这谦虚谨慎的境界，我孙天佑在百年校庆之前怎么地也得学到家，学不到家永远不来见你！（下）

蒋　英　怎么跟孩子似地？学森，别愣着，快把人家追回来。

钱学森　哎，天佑，你给我回来——（追下）

[暗转。

第九场　又到红叶满山时

[北京香山附近一座花园内，2009年秋。

[出场人物：钱学森、蒋英、学生们。

[远处满山红叶，天空晚霞绚丽辉煌。

[蒋英推着坐轮椅的钱学森上，两人鹤发童颜，如同行走在画中。

[两位老人静静地坐着，好似又回想起儿时的情景，那是让他们甜蜜了八十多年的美好时刻。

[孩子们清亮亮的天真无邪的笑声。

[孩子们远远的歌谣声："大哥哥，飞飞机，北平城，得第一"。

[一红一绿两束追光一前一后调皮地追逐着跑上舞台，红光代表少年钱学森，绿光代表童年蒋英。

蒋　英　（画外音，下同）大哥哥，大哥哥，你等等我——

钱学森　（画外音，下同）英子，慢点跑，瞧你，满头大汗的。

蒋　英　（咯咯地笑着）大哥哥，你别走，看，小朋友们都来了。

孩子们　（声音渐近）大哥哥，飞飞机，北平城，得第一！

钱学森　英子的小朋友，英子应该跟他们玩才对呀。

蒋　英　他们可喜欢你了。

钱学森　（笑了）小孩子家家的，想看我的飞机对不对？

蒋　英　对对对，你给咱们飞一个。

钱学森　今天可不行。

蒋　英　为什么？

钱学森　大哥哥要参加比赛，我的飞机里有秘密……

蒋　英　不要不要，我答应他们了，你就给飞一个呗。

孩子们　飞一个！飞一个！飞一个！

钱学森　别吵别吵，明天给你们飞好吗？

孩子们　不要不要，今天飞，今天飞！

蒋　英　大哥哥，你不飞，英子会哭的。

钱学森　不哭不哭，大哥哥给你吹口琴。

［口琴声：12 31|12 31|34 50|34 50|

蒋　英　不听不听！（假哭）

钱学森　好了好了，还真哭呀，大哥哥给你飞一个。

［天幕上，一个纸飞机腾空而起。

孩子们　（拍手欢呼）噢——英子，你大哥哥好伟大！

钱学森　小孩子家家的，这算什么伟大，来，一人拿一个，你们也会飞的！

孩子们　（欢叫）噢，飞了！飞了！

［天幕上，一群彩色的纸飞机翩然飞舞，像一只只鸿鹄俯瞰大地。

孩子们　（大声地）大哥哥，飞飞机，北平城，得第一！

钱学森　算不了什么，等你们长大了，我要造出真正的飞机，带着你们飞到天上去，飞到宇宙去！

孩子们　噢，我们要飞上天了！我们要飞上天了——

［追光收尽，音乐起。

［两位老人沉浸在回忆中，脸上漾出幸福的微笑。

钱学森　英子，又想起我们小时候的事儿了？

蒋　英　嗯，年纪大了，老远的事儿反倒记得清清楚楚。

钱学森　说来惭愧，小英子啊，当年我答应带你飞到宇宙去，可八十多年了都没做到，你得原谅啊，大哥哥食言了。

蒋　英　大哥哥，你想什么呢，当年你操心的导弹一个个都飞上了天，卫星唱着歌儿进了宇宙了。如今咱们国家的载人飞船不是一次又一次到了太空。

钱学森　可惜到底没能把你带上去。

蒋　英　你想带如今我这身子骨也吃不消哇。

钱学森　那还是技术没过关！你等着，我就琢磨着有这么一天，咱们国家的航天技术又有了新的突破，不用特别训练，哪怕老弱病残，想去宇宙参观，坐上咱们中国的飞船，"滋儿——"走人，跟玩儿似地。

蒋　英　（被逗得大笑）大哥哥，你也太搞笑了吧？

钱学森　（正色）你是不是嫌我老了？

蒋　英　没有，你还没满百岁呢。

钱学森　那是的。再说咱们这个国家什么样的奇迹创造不出来？我老了，可后继有人，江山代有才人出！你去科委、二炮、清华北大、还有咱们交通大学看看，那人才，一拨一拨的，脑子比咱们强太多了，论反应，论思辨，论逻辑，要说他美国人，我就一句话：没得比！

蒋　英　大哥哥呀，你这一辈子算是跟美国人较上劲儿了。

钱学森　（纠正）少数美国人。

蒋　英　是跟少数美国人较上劲儿了。

钱学森　里头多数人也是好的。

蒋　英　比方说你的恩师冯·卡门教授。

钱学森　卡门教授身在美国，可他一辈子最想念的是他的故乡——匈牙利布达佩斯，他把毕生精力都贡献给了科学。

蒋　英　你说他是全世界的科学先驱。

钱学森　百分之百啊！（凑近，兴奋地）小英子，你还记得不，1955年，我们回国前，他说什么来着？

蒋　英　（故意）说什么来着？

钱学森　这么大事儿你这么能忘呢？

蒋　英　（逗他）多大的事？

钱学森　（有点急）那天我把《工程控制论》送给他，他看后说了句什么？

蒋　英　（绷住）说了吗？没听到呀！

钱学森　你想急死我呀！（蒋英憋不住笑了）小英子，你跟我使坏呀。

蒋　英　非叫别人说出来你才乐呀？

钱学森　那当然，哪有一天自己夸自己的呀？

蒋　英　那天，冯·卡门教授那表情不好形容，他好像特别严肃里头带着自豪地说，"钱，你的水平超过我了。"

钱学森　不简单啊，人家何许人，世界泰斗级人物啊，这句话能随便说吗？小英子，当时我就觉得，那么多年我没白辛苦，我为咱中国人增光了！

蒋　英　前些日子，美国学术界还给你发过奖章。

钱学森　谢谢他们的好意，其实你知道我，我并不稀罕。我总以为，咱活着不就是为人民服务嘛，人民满意了才是最高的奖赏。记得那一年不？中组部把我跟雷锋、王进喜、焦裕禄摆到一块儿评价，也不是奖状奖章，就是一篇不起眼的文章，可把我乐坏了。

蒋　英　那天晚上，你回家来到处找酒喝。

钱学森　人家雷锋、王进喜、焦裕禄是何等样人？一个人就是一面红旗，站在一起就是一座金矿啊！我能有幸跟他们排在一起，多大的荣耀啊，我受宠若惊啊！（眼睛有些湿）

蒋　英　大哥哥，别激动，上年纪了，（递手绢）容易动感情。

钱学森　话匣子打开了，关了难受。（拭眼角）可也有说不出话来的时候。1959年我入党宣誓的那一天，激动得整整一个晚上没睡着。

蒋　英　你说过，比领导人接见还激动。

钱学森　那是的，感觉不一样。领导人一人一个特点，毛泽东、邓小平、江泽民，还有胡锦涛同志是去年春天的时候到我们家的对不对？

蒋　英　对，他就坐在你的床边，那么亲近地跟你聊。

钱学森　是的，我一双手被他握得热乎乎的。

蒋　英　边上看着的人心里都觉得暖和。

钱学森　还有特别的时候，那年"文革"还没结束，我去开一个什么会，周总理主持，那时候他应经病得很重了，消瘦得腮帮子都凹进去了，眼睛里布满血丝，看着叫人心疼！散会了，他握住我的手，没等我开口，总理说，钱学森同志，你要保重身体啊！总理自己都病成那样了他还惦记着我，小英子，当时我是眼泪止不住地淌啊！（泪水簌簌而下）

蒋　英　（替丈夫擦拭）看，叫你别激动的，好了，好了。

钱学森　楷模啊总理！小英子，这么多年，好多人问我，两弹一星是怎么上天的？我心想，甭问啊，有这么出色的领导人，这么优秀的人民，他们都深深爱着我们这片土地，深深爱着我们伟大的祖国，什么样惊天动地的事做不出来？中华民族有理由自强于世界民族之林啊！（感慨地）噢，岁月不饶人，终于老了，小英子，给我唱支歌吧，让我听着歌儿休息一会儿。

蒋　英　（饱含深情地唱起《我爱你中国》）百灵鸟从蓝天飞过，我爱你中国，我爱你中国，我爱你春天蓬勃的秧苗，我爱你秋日金黄的硕果……

［歌声中视频里出现“两弹一星”画面、我国航天事业日新月异的成就、上海交大钱学森图书馆内朝气蓬勃的学子们……

［字幕：谨以此剧献给杰出的人民科学家钱学森。

［全剧终。

2012年6月19日初稿

2012年6月25日二稿

2012年7月15日三稿

2012年12月18日四稿

2012年12月20日五稿

多场次话剧

潘序伦

编剧：牛文佳

人　物： 潘序伦
苏　雅
黄炎培
蔡经济
顾　准
马寅初
甲乙丙丁等群众演员

第一场

［在噼里啪啦的算盘声中开幕，歌队在舞台的两侧，背后是LED大屏幕，舞台上几个学生正在埋头珠算。音乐起，歌队唱《算盘歌》。

歌　队　下边的当一，上边的当五，
一盘小小的算珠儿，把世界算了个清清楚楚；
哪个贪赃枉法，哪个洁白清苦，
俺教您心中有个数。
三下五去二，二一添作五，
天有几多风云，人有几多祸福，
君知否这世界缺不了加减乘除。

［潘序伦在打算盘的同学间巡视，歌队退去，潘序伦指着一位同学的习题。

潘序伦　蔡经济同学，请告诉我你在干什么？

蔡经济　我……我这步演算过程出错了，我用橡皮擦掉。

潘序伦　擦掉？我是怎么要求的？

甲　在习题演算发生错误时，决不允许涂抹或者用橡皮擦去。

乙　我们要如同在账簿上一样整齐地用红双线划去予以改正，最后还要盖上你们的小图章以示负责。

潘序伦　作为会计就要对自己的一言一行负责任，这枚小小的图章代表了良心、承诺和责任。

［蔡经济从演员中跳出。

蔡经济 这位严厉的老师就是我国著名会计学家、教育家，上海立信会计学院创始人、被誉为“中国现代会计之父”的潘序伦。

［下课铃响起。

潘序伦 今天的课上到这，同学们，下课，再见！（鞠躬）

［全体学生鞠躬还礼，但都低头不起。

潘序伦 （惊诧）你们今天这是干什么？

甲 潘老师，我们有一事相求。

潘序伦 好了，我知道什么事情，不要说了，这是不可能的。

乙 潘老师，我们想知道，他们会受到怎样的处理？

潘序伦 作为立信的学生，你们自己不知道吗？这么简单的校纪校规难道还要我来解答？

丙 潘老师，校纪校规上的确写着“作弊者一律开除学籍”，其中一位是看了另一位的考卷，理应开除，但是，被别人看考卷的同学，是不是可以从轻处理？

潘序伦 我问你们，被抄的这位同学，他自己知道别人在偷看他的试卷吗？

甲 知……知道吧……

潘序伦 知道却没有制止，没有将自己的试卷收好，也没有举报，这就是放纵作弊者！

丁 这位同学是初犯，请您从轻处理！

甲 他平日学习成绩还是挺不错的，这样开除了真的很可惜！

丙 我们都是同班同学，我们不忍心看着他就这样被开除。

丁 再给他一次机会，请您从轻处理！

合 潘老师，再给他一次机会，请您从轻处理！

潘序伦 停！你们认为我很不讲情面是吧？你们认为我是铁石心肠是吧？你们认为自己现在的请愿很有人情味是吧？但是我告诉你们，在原则问题上没有情面、没有人情味、甚至没有同学友谊，没有师生关系！抄别人的算作弊，那被人抄的就不算是作弊吗？贪污和行贿同样是犯罪，这样的人没有资格担任财会工作。你们现在站在同学的角度上同情他，我可以理解，也请各位站在一位财会工作者的角度上审视这件事情，看看你们的请愿有没有道理？你们的价值判断有没有失衡？你们的道德底线有没有失守？同学们，立信几十年来未发现毕业生因贪污受贿而判刑，诚信是我们的立校之本，也是我们职业的道德底线，你们有信心坚守住这条底线吗？你们记得我们的校训是什么？

［同学们抬起头，互相审视，思考。

甲 信以立志，信以守身，

乙 信以处世，信以待人，

丙 毋忘立信，当必有成。

合 信以立志，信以守身，信以处世，信以待人，毋忘立信，当必有成。

潘序伦 同学们，在青年时期由于我自己的过错，在求学、就业方面走过许多弯路，其中有一段时间，我险些坠入污泥浊水之中，幸好我的老师及时点醒了我，没有放纵我，让我悬崖勒马认清了自己眼下的路，我才走上了我毕生从事会计的事业，我希望青年学子引以为戒，庶免重蹈我的覆辙……

［定格。蔡经济跳出。

蔡经济 潘序伦先生的少年时代历经蹉跎，从一个少年顽子成长为留学哈佛大学、哥伦比亚大学的青年才俊。在他的成长轨迹中，有一个人起到了至关重要的作用，那就是他的恩师，著名教育家黄炎培先生。

［一扇落地窗代表了黄炎培的房间，潘序伦回到了年少的场景。

［潘序伦和他的同学们拿着课本大喊大叫。

潘序伦 抗议抗议！抗议抗议！

［一群同学跟在他后面一起起哄，经过黄炎培的房间门口。

同学1 潘序伦，这是黄炎培校长的房间，你应该向黄校长慷慨陈词！

潘序伦 对，我要上书黄校长！不过……（犹豫）黄校长会不会……

同学2 男子汉敢作敢当，你怎么现在变懦夫了？

潘序伦 我……我怎么会害怕？

［众人把他推进去。

潘序伦 黄……黄先生，我是……

黄炎培 潘序伦？

潘序伦 您，您认识我？我……我要向您……！

同学1 （窗外）上书！

潘序伦 （鼓足勇气）对，我要上书！

黄炎培 上书？是为你交白卷上书吗？那你说说，为什么你要交白卷？

潘序伦 因为老师批分太严格了，我……我不服气！

黄炎培 老师要求严格不对吗？老师要求严格是为了什么？老师要求严格与否对他自己而言有何好处吗？

潘序伦 虽然对他自己没有任何好处，但是……但是……

黄炎培 但是让你们不自在了？让你们没时间上树下河捕鸟抓虾了

吧？你的那些同学们也都是这么想的吧？

［外面的同学们慌忙，把头从窗下缩回去，想躲起来。

黄炎培 那你知道交白卷的后果吗？

潘序伦 后果？有什么后果？

黄炎培 看来你并没有真正认识到你的行为啊！

潘序伦 我……我怎么了？大不了零分！

黄炎培 不是零分，而是开除学籍。

［门外的同学冲进来。

潘序伦 什么？开除学籍？黄校长，我没有听错吧？我可是各科成绩全优，连续多年的第一名啊，难道学校要开除第一名？

黄炎培 你违反了校规，即使是第一名，也要开除，而且你现在依然没有悔改的意思。潘序伦，我欣赏你聪明过人，但是你如果始终自恃清高，骄傲自满定将一事无成。"不能知其非，即不能自改其非，而过因之成矣。"

潘序伦 那都是书本上的大道理……

黄炎培 书本上的大道理？那这句呢？"明知为非，而故为掩饰者，小人之所为"。

潘序伦 （恍然大悟）这……这都是我写的作文……

黄炎培 没错，刚才这两句根本不是课本里的大道理，而是你自己写的那篇《知非》的作文里的话语，希望你的言行要跟你写的文章一样"知非"。

潘序伦 黄校长，我写的作文您还记得？

黄炎培 你这篇作文在校报上发表，每一个学生的每一点成绩，我都记得。我不能成为你笔下的小人，作为老师，我为你的错误而感到痛心。

潘序伦　黄校长，对……对不起……我知道错了……

黄炎培　依然用你作文里的一句话来告诫你：反省者知非之法也；虚心者，知非之原也。潘序伦，现在你虽然被浦东中学开除，但你始终是我黄炎培的学生。

［潘序伦垂头丧气走出黄炎培的房间，同学们跟在他后面，他撒腿跑下场。

［光重启。

［一群人正在排队，都是书生的样子，而潘序伦在他们其中，显得有些落寞和格格不入。

甲　你看我这个方程式算的对吗？

乙　没错，这道题目的答案和我做的一样。

丙　你们两位才子做的就是标准答案啊！为什么我这方程式解不开啊？

丁　我看你是脑子打结了解不开吧！我们啊，就是来凑热闹，陪太子读书的！

甲　我跟你说，你们可别浪费这次机会啊，这次海军军官学校招生，条件可优惠了！

乙　不仅管吃管住，每个月还发生活费呢！

丙　那可不是嘛，要不然这么多人在排队啊！不过，这次招收的条件可不是一般的严格啊！

潘序伦　南京海军军官学校招考试在这里吗？

甲　你也是来报考的？

潘序伦　对，你们也都是来报考的啊？

乙　你以前是哪个学校的？

潘序伦　我……我没学校……不是……我是说，我没毕业……

丙　呵呵……没毕业啊，那你还想考海军军官学校？真是笑死人了。

丁　呵呵……我想你不用担心垫底了，有人来帮你垫背了，呵呵……

潘序伦　你……你们……走着瞧！

丁　唉唉唉，你们看，军官来了，军官来了！多神气啊！

众　人　快，快，快，快去抢报名单啊！

［众人争先恐后围住军官。

军　官　（拿着一张告示）南京海军军官学校招生了！学费、膳食费、住宿费全免，每月每人发放生活费 18 块银元，每学期发放冬夏两季军服一套！

潘序伦　这么优厚的待遇！我报名！

群　众　（冲进第二演区）我报名，我报名！

军　官　拿号排队，拿号排队！

甲　我第 17 个！

乙　我第 523 个！

丙　我第 979 个……

丁　我第 1 256 个……

潘序伦　我第 1 300 个。

［配合大屏幕，动作表现紧张的考试场景和无情的淘汰。

军　官　今年我们将从 1 300 多名考生中考试录取 21 名，下面我宣布成绩，第一名——潘序伦！

众　人　潘序伦是谁？谁是潘序伦？是他?!

潘序伦　从那天起，我成为中国第一批学习无线电专业的学生。在南京海军军官学校，我依然每科都考 100 分，黄炎培先生的教诲抛到脑后，由于骄傲自满，对师长礼貌不周，毕业时被分配到海军某舰上做了一名无线电收发报员，舰上生活乏味单调，艰苦辛劳，于是只能抱病回家，这也是我第一次失业。随后又有两次失业经历，一次是从造币厂辞职失业、另一次从一名乡村代课老师变为回乡务农。一时间我无所事事，天天四处游荡……

[第三演区光启。甲乙丙丁一群小混混几个人叼着烟，掂量着银元，盯着牌九，场上乌烟瘴气。

甲　下注，下注！买进离手，买进离手！

乙　押呀，押呀！

丙　买大，买大！

潘序伦　我也买大，我也买大！

丁　开了，开了啊！小！呵呵……收钱收钱……

潘序伦　（摸摸口袋）哎，最后一个银元也输了！（意志消沉，坐在地上）

[此时一个西装革履的青年走到他面前。两人四目相对，有点都认不出对方来。

潘序伦　周……周铭？是你？

周　铭　潘序伦？你怎么这个样子啊？

潘序伦　我……呵呵……没什么……几年不见你这人模狗样啊！

周　铭　我刚从美国回来，前几年我去美国勤工俭学，外面的世界不一样……

潘序伦　外面的世界不一样？

[强烈的画外音重叠在一起，呈现他内心的思考。

画外音　你违反了校规，即使是第一名，也要开除……

第一名潘序伦……

但是你如果始终自恃清高，骄傲自满定将一事无成……

潘序伦 外面的世界不一样……不一样？我也要去看一看外面的世界！

［第一演区光启。

黄炎培 潘序伦，我愿意给你写介绍信，我的好友朱友渔博士在圣约翰大学任教并兼职牧师，我推荐你去圣约翰大学做旁听生，先提高英语水平。

潘序伦 那一年，我29岁，英文几乎只会“YES”和“NO”。我只有拼命用功。

黄炎培 朱友渔教授跟我说，只要你本学期大考各科全数及格，便可以升做大学四年级正式生！

潘序伦 学期大考，八门功课里，虽有一门心理学成绩略差几分未能及格，但是校长和主任还是允许我升为四年级的正式生，把以前海军学校所读功课，充作大学前三年的学分，这是圣约翰大学首开先例。

黄炎培 近日南洋兄弟烟草公司招考留学生，录取后每月膳食费80美元，往返路费、服装费全部由公司负责，但报考条件是要有国内名牌大学保送。这是一个难得的机会，你赶紧向校方提出申请，我也会修书保荐。

潘序伦 这次我没有给黄校长丢脸，圣约翰保送的4名考生中，我以第一名被录取，向太平洋彼岸的哈佛大学进军。

周　铭 在留美的中国学生中，潘序伦是最拼命的一个，他夜以继日地勤学苦读，星期天和假日从不休息，在哈佛的时间他都是在图书馆里度过的，从未看过一场电影、没到餐馆吃过一顿饭，有时连做饭的时间都没有，只好买个面包就着一杯温水充饥。

［一扇美式古典落地窗，月光照进来，潘序伦正在座位上翻看着英文典籍，埋头做着笔记。

同学 1 潘序伦，你还不走啊？今天是周末，我们中国留学生组织了周末舞会，你来参加吗？

潘序伦 不了，不了，你们玩吧！

同学 1 你每次都不来，整天泡在图书馆有什么意思啊？今晚很多人都参加的，你不来会后悔的！

［潘序伦低头不语，挥挥手和他再见。

同学 1 真是怪人，不合群！

同学 2 潘序伦，你还没走啊？

潘序伦 我再看一会书，你们先走吧。

同学 2 再晚了餐厅就没有晚饭了！

潘序伦 没关系，我随便应付点就行。

同学 2 要不然跟我们一起去饭店里吃吧，好久没开小灶了，我们也算是改善一下生活！

潘序伦 我有饭，我有饭。（低着头从书包里拿出一个面包，其实是一本字典）

同学 2 呵呵呵……你这哪是面包，明明是一本字典，你这样下去要学傻掉了！你看你来美国这段时间，都瘦了十几斤了，哎，你……你何必这样为难自己呢？

潘序伦 不为难，不为难，时间不够啊，时间不够啊！（挥手再见）

同学 2 （没办法）哎……（下场）

［潘序伦的读书声和其他两个演区的震耳欲聋的音乐声和

欢笑声形成鲜明对比。

[一位美丽的女同学抱着一摞书走到潘序伦的身后。

苏　雅　潘序伦……

潘序伦　马上就走，马上就走！（头也不抬）不会影响您下班的。

苏　雅　呵呵，我不是图书管理员。你好！我是苏雅！

潘序伦　你认识我？

苏　雅　图书馆里谁不认识你啊？呵呵，（指着手中的书）有个问题我想请教你一下，不知道你有时间吗？

潘序伦　不敢当，不敢当，你请坐，哪道题目？

苏　雅　就是这道！

潘序伦　哦，这道题目我还真研究过，这是我做的笔记，（翻找自己的本子）你看看，是否写清楚了？

苏　雅　（认真看笔记）嗯，你公式这么一列，倒是清楚很多了，这个公式我怎么就没想到啊！呵呵，还是你厉害！

潘序伦　不敢当，不敢当！

[突然一串叮叮当当的钥匙声音。

潘序伦　图书馆要关门了，你赶紧走吧。

苏　雅　你不走吗？

潘序伦　我会隐身，呵呵。

苏　雅　那我跟你一起隐身！

[钥匙声和脚步声越来越近。

潘序伦　这边，这边……（两人躲在一张张桌子下，用椅子遮住自己）

[灯光熄灭，脚步远去，锁门声。

潘序伦　好了，出来吧！（打着手电筒）小心啊！

[苏雅撞到了椅子，潘序伦示意她小声点。

苏　雅　原来你是这样隐身的，要不然怎么能看完这么多的大部头书籍呢。

潘序伦　你怎么知道？

苏　雅　在没见到你之前，我都是在借书卡上认识你的，我借过好多本书，卡片前面总有你的名字，我就在想潘序伦到底是谁，为什么总能走在我前面？而且为什么这么多书他都读过？

潘序伦　你想潘序伦一定是个书呆子吧？

苏　雅　我想他一定是个问不倒的不倒翁，今天一见果然名不虚传啊！

潘序伦　惭愧惭愧！

［寒暄后两人突然静场，显得有些尴尬，同样又显得有些浪漫。

［两人为了打破尴尬，赶紧找话题。

潘序伦　今年冬天好冷……

苏　雅　你老家在哪……

潘序伦　我祖籍宜兴。

苏　雅　是挺冷的。

［两人的话题始终没有统一，两人为此也会心笑了。

潘序伦　（脱下外套给苏雅披上）披一下吧，这个点暖气关了。

苏　雅　（看看外套上的补丁）马上过新年了，不准备买件新衣服？

潘序伦　呵呵，衣服只要能保暖就行。

苏　雅　为什么从来没有见过你参加中国同乡会的活动啊？

潘序伦　你看这里有这么多书，就是一天24小时不睡觉，这书也读不完啊，明年毕业就得回国了，现在能多学一点就是一点啊。

苏　雅　你要回国？不准备留在美国吗？

潘序伦　我们祖国已经落后了，如果我们学成归国，对国家发展有贡献，那岂不是比在这赚美元、住别墅有价值、有意义啊！

苏　雅　可是现在的中国有你发展的土壤吗？美国的平台可是国际的平台！

潘序伦　错！正是祖国没有这片土壤，所以才需要我们去开荒、去拓土！没有环境我们自己创造环境，如果我们这些年轻人再没有一点开创事业的勇气，那我们的民族、我们的国家真的要永远落后了，正所谓少年智则国智，少年强则国强！

苏　雅　那你回去准备做什么啊？

潘序伦　这个我早有打算！据我所知，目前国内会计学还基本处于空白，记账还用的是老式记账法，我准备回去推广复式记账法！（越说越兴奋，站到了椅子上）我首先想开一个学校专门教会计学，有了基础之后再开一个新式会计事务所，最后还要办一家出版社，把我们的学术成果推广出去！

苏　雅　嗯，听上去真不错！那以后我就去你那里谋职，我可以做一名老师，呵呵。

潘序伦　那你就是我的第一名员工了！呵呵，不过我可给不了你高工资啊！

苏　雅　我要求不高，能吃饱饭就行了！呵呵，对了，时间不早了，你肚子饿吗？

潘序伦　还真有点饿，我这有面包。（在包里翻找，却没找到，突然想起来）嗨，被我中午吃完了。

苏　雅　（从书包里掏出一个面包，掰成两半）给。

潘序伦　我怎么能吃你的……

苏　雅　（顽皮地塞到他嘴里）你还义务给我讲题呢！

潘序伦　那以后我补上！不过美国的大餐我可请不起，这样吧，等回国我给你烧我们的家乡菜吃！

苏　雅　行，一言为定！

潘序伦　嗯，一言为定！

［两人继续用手电筒照亮苦读。

［一声长长的汽笛。

［歌队上。

歌　队　长亭外，古道边，芳草碧连天
晚风拂柳笛声残，夕阳山外山
天之涯，地之角，知交半零落
人生难得是欢聚，唯有别离多
长亭外，古道边，芳草碧连天
问君此去几时还，来时莫徘徊
天之涯，地之角，知交半零落
一壶浊洒尽余欢，今宵别梦寒

第二场

［歌队演唱中转场。蔡经济上场。

蔡经济　潘序伦从美国学成归国，移植到国内的新式簿记——现代会计学，是完全不同于中国传统的旧式簿记的一种新的会计理论和方法。从此，潘序伦在现代中国会计史上，创办了

富有特色的金融学校、事务所、出版社于一体的立信会计事业，其间培养和聚集了一大批中国现代财会、经济学大师、名家。在这一事业的架构发展中，顾准既得益成才，也贡献殊多，功不可没。

［甲带着顾准上场。顾准蹦蹦跳跳，东跑西看的。

甲 顾准，顾准，你这孩子，别顽皮啊，我跟你说一会见到潘先生要记得叫人，知道吗？

顾　准 知道了，潘先生是老师？

甲 对，是留过洋的老师。

顾　准 那就是很有学问了？他是教什么的？

甲 教……教会计的。

顾　准 会计是什么啊？

甲 会计就是算账，算盘噼里啪啦一打，就像账房先生一样！

顾　准 哦……我知道了！会计就是一上一，二上二，三上三，一下五去四，二下五去三，三下五去二吗？呵呵……这个我也会。

潘序伦 （从后面上场）这是谁家孩子，这么聪明啊？

甲 （毕恭毕敬）潘先生，您好！他就是我跟您说的顾准，顾准，快叫人啊！

顾　准 潘先生好！

潘序伦 你今年多大啊？

顾　准 12 岁！

潘序伦 只有 12 岁啊？

顾　准 先生，您别看我年纪小，我可什么都能干，我……我力气大得很啊！（看到旁边正好有一个麻袋，准备拎起来）你看，我把这个麻袋拎过头顶可轻松了！

潘序伦　（惊讶）什么？你能把这个麻袋拎过头顶？呵呵……小小年纪，口气不小啊！

甲　你这孩子，就知道顽皮，这麻袋我和潘先生两个人都拎不起来。

顾　准　你们……你们小看我？（上去抓麻袋，但是没想到果然很重，麻袋纹丝不动）

潘序伦　呵呵……顾准，那如果你能把这个麻袋拎过头顶，我就收你为练习生，怎么样？

甲　潘先生，您千万别跟小孩子生气，嘴上无毛办事不牢，您别听他的。

顾　准　一言为定？

潘序伦　一言既出驷马难追！

顾　准　好，一言为定。（急中生智，一个倒立翻到了麻袋的上面，手撑着麻袋，两脚朝天）潘先生，您看，我是不是把麻袋拎过头顶了？

甲　哈哈……你原来是这样拎过头顶的啊！哈哈……潘先生，您看这算吗？这明明是耍赖啊！

顾　准　不是耍赖，不是耍赖，潘先生没有规定，不能倒立的啊！

潘序伦　（欣喜）哈哈……好聪明的少年啊！你赢了，先生输了，我收你为练习生！

顾　准　太好了，太好了！呵呵……我是练习生啦，我是练习生了！（在舞台上欢快地从倒立变成翻跟头）

甲　你这孩子，快点过来，不许顽皮。

潘序伦　孩子就是孩子，毕竟只有 12 岁啊！呵呵……

顾　准　潘先生，您是老师？以后我能听您的课吗？

　　甲　潘先生，顾准家境困难，本来想到学校学个一技之长也好谋个差事，早点补贴家用。没想到，学费实在太贵负担不起，所以这初中没读完就……

潘序伦　你想继续读书？

顾　准　那当然，我喜欢读书。我想跟您学会计。

潘序伦　呵呵，你还知道会计啊？那好，从今往后，白天在我事务所里当练习生，做些工作，膳宿费用由所里供给，每月再支给你生活津贴，晚上你就去我们夜校补习会计簿记。

顾　准　谢谢潘先生，我的生活津贴就作为学费。

潘序伦　呵呵，孩子，不收学费。

顾　准　什么？不收学费？还有这样的好事！

　　甲　还不快快谢过潘先生！

顾　准　（准备跪下）谢谢潘先生！请受学生一拜！

潘序伦　快起来，快起来，无需行此大礼，我们学的是新式簿记，不需要按照传统老法来拜师，呵呵……

顾　准　那新式礼节应该是怎样的？

潘序伦　新式礼节？呵呵……那就是握手啊！

顾　准　（双手伸过去）谢谢潘先生！

［两人握手。甲从剧中跳出。

　　甲　就从这一次握手开始，潘序伦和顾准两人超越了年龄、政见，缔结了深厚的师生情谊。

［转场。七年后。顾准的言谈举止已经成熟了许多，俨然成为自信沉稳的助教和会计师。

［顾准急匆匆夹着一个文件夹上场，站定掏出怀表看，暗喜。

突然听到办公室里声音嘈杂。

[一位身穿长袍,头戴礼帽,戴着墨镜,叼着雪茄的大亨正坐在潘序伦的沙发上。

大　亨　潘先生,我敬重您才请您为我们公司审计的,但是,我不知道您审计出的结果,为什么总不令我们满意呢。

潘序伦　笑话,会计师审计、查账,是为了保护企业的正当经营,查出公司的违规操作,我是为事实服务的,我的工作是让社会满意,是让所有守法的经营者满意,我的工作凭什么要让您满意?

大　亨　潘序伦,你不就是个破算账的吗?没听人说吗,你们就是一把算盘一支笔,算来算去没出息,你还跟我横,你可要知道是谁照顾你生意的!

潘序伦　钱又怎么样?你有几个臭钱有什么了不起,我告诉你,你那点身家连我潘某人经手审计金额总数的一个零头都不够,你这点钱还真吓不倒我!

大　亨　潘序伦,敬酒不吃吃罚酒是吧?给我动手!

[大亨身后的打手准备动手,一个抱起花瓶,一个跳在桌上。顾准冲进来。

顾　准　放肆!什么人敢在这里撒野?公安厅马厅长马上就到,他来请潘老先生出山查一个公司的账,他如果看到你们在这里张牙舞爪,你想想后果会怎样?万一潘老先生被你们惊吓了,无法帮助马厅长查账,这个后果你们担待得起吗?

打　手　马厅长算……算哪棵葱啊?给我砸!

大　亨　放肆!有眼不识泰山,你们眼睛被狗叼走了啊!潘先生跟马厅长如果是好朋友,那我们就是一家人啊,潘先生,潘老

先生，潘大人，您大人不记小人过，我有眼无珠，大水冲了龙王庙，还望潘大人高抬贵手，行个方便！（说着往潘序伦口袋里塞红包）

潘序伦 哼哼……你也太小看我潘某人了吧，如果我就为你这点蝇头小利折腰，你说我这腰板是不是太软了？顾准，送客！

顾　准 好咪，几位请便吧，恕不远送！

大　亨 潘序伦，你……等着，我们走着瞧！

顾　准 呵呵……您看他气成那样，真是可笑！

潘序伦 你嘴上那位马厅长何许人也啊？

顾　准 我这不是唬他们的嘛，呵呵……潘先生，你怎么来这么早？

潘序伦 你不是也很早嘛？呵呵……

顾　准 我们社9点上班，这才刚刚8点多一点，我以为今天我能是第一个呢，没想到您还是比我早。

潘序伦 呵呵，我们老头子睡不着，早上起得早，你们小伙子可比不了。

顾　准 先生，谁说您老了？呵呵……你这精力比我们年轻人好得多呢，潘先生，您今天的报纸看了吗？有一条重要新闻！（迫不及待）北方黄河大水成灾，上海各界成立“黄河水灾赈济委员会”，该委员会中有稽核一科，拟请会计师担任，以示公开。这对我们来说可是一个机会啊，不但是一个大项目，同时我们立信会计事务所也可以通过此事提高知名度。

潘序伦 呵呵，说得好！

［电话铃响。

顾　准 喂，您好！您找我们潘先生，您是哪位？什么？徐永祚会计师？潘先生在的，请稍等。

潘序伦　（接电话）徐大会计师，你好，今天怎么有兴致给我这个竞争对手打电话啊？什么？你刚才也给黄河赈济委员会打电话了？呵呵……是的，是的，我早你十分钟把这活给揽下来了，承让承让……我们知道，笨鸟就得先飞啊……呵呵……有机会我们一起合作，再见！

顾　准　潘先生，您已经给他们打过电话了啊？呵呵，还是您快！

［杭州之江大学校长李培恩上场。

李培恩　潘先生，别来无恙？

潘序伦　李校长，请坐，有失远迎，有失远迎。

顾　准　（倒茶看座）校长请喝茶。

潘序伦　之江大学从杭州迁到上海租界上课，我还一直没有去拜访李校长。不知迁校是否一切顺利？

李培恩　托您的福，还算顺利，就是师资缺得厉害啊，我今天来就是为了上次信中所说，请您推荐一位银行会计教师的。

潘序伦　人选已有，就是这位，（指着顾准）他可是我的得意门生……

李培恩　潘先生，且慢！我们之江大学也算是江南一带的名校，上课教书岂能儿戏？

潘序伦　李校长此话怎讲？

李培恩　（小声）他不就是一个斟茶倒水的跑堂的嘛，怎能去教大学啊！

潘序伦　呵呵，你可不要小看他啊……

李培恩　（打断）我来问问他，小伙子，你今年多大？

顾　准　19 岁！

李培恩　什么？19 岁！这简直是玩笑嘛，这学生年龄都比他大！

潘序伦　年龄又不代表一切，我从哥伦比亚大学回国在暨南大学任教的时候，学生里面有好几个年纪比我大。

李培恩　那您也是从哈佛到了哥伦比亚，再从哥伦比亚回到中国的，那敢问他是什么学历？

顾　准　我……初中……

李培恩　这简直是滑天下之大稽嘛，潘先生，您听说过一个初中生给大学生当老师的嘛？

潘序伦　他在我们立信学校已经当老师了啊！

李培恩　好了，潘先生，我不知道您是出于什么想法，但是，我们作为老师就要对学生负责，对他们的前途负责。

潘序伦　李校长，作为一名教育者，怎么可以以貌取人呢？

李培恩　我今天还就是以貌取人了，我不相信一个19岁的孩子能够登上大学的讲台。

潘序伦　（强硬起来）那我跟你说，我们立信就推荐他了，别无其他人选！

［两人僵持不下。

李培恩　潘先生，我知道立信名师荟萃，我代表之江大学的学生恳请您支援我们还不行吗？我知道您这有一位老师，撰写了《银行会计》《中华银行会计制度》等好几本书，名叫顾准，我们希望请顾老师为学生上课。

潘序伦　顾准老师去不了！

李培恩　为什么？

潘序伦　年龄太小，学历太低，教不了大学生，不符合您的要求。

李培恩　您又在跟我开玩笑，顾准老师写了厚厚一本书，怎么会教不了课呢？

潘序伦　您刚才自己说的啊，让他来教大学生（指着顾准）那不是滑天下之大稽！

李培恩 （惊呆）什么？这位就是顾准老师？真是不敢想象，年轻有为啊，居然只有 19 岁，就有如此高的造诣。

顾　准 过奖，过奖。

李培恩 潘先生果然名师出高徒，在下眼拙，还请海涵。

［顾准跳出角色。转场。

顾　准 我从 12 岁到 27 岁，最美好的时光都是在立信度过的，直到 1940 年秋，中日战争已经爆发，上海租界岌岌可危，我不得不提出辞职的申请。

［潘序伦正拿着《生活日报》上场。

顾　准 潘先生，这么晚了还没睡？

潘序伦 我们努力创建的《生活日报》看来是要泡汤了，虽然社会招募股款达到了 15 万，热心读者的汇款也是络绎不绝，但是也正是各界踊跃的盛况，吓坏了国民党当局。

顾　准 那邹韬奋先生是什么意思？

潘序伦 在上海目前只能忍痛停办，以后在香港择机创刊。

顾　准 我们的力量还不够强大啊。

潘序伦 你这么晚是有什么急事？

顾　准 我是向您请辞的，我可能要离开立信一段时间。

潘序伦 怎么？你在立信做得不开心吗？

顾　准 潘先生，我在立信 15 年，这就像我的家一样，我怎么会不开心呢，我只是想走出去看一看外面的世界。

潘序伦 那你准备去哪里呢？

顾　准 我……我准备……往西边走吧……

潘序伦 哦，我知道了，你是准备去寻找更强大的力量队伍。

顾　准　没错，跟着队伍去寻找一条中国正确的道路！

潘序伦　是去延安？

顾　准　（点点头）潘先生，从12岁我跟随在您身边，我从一个毛头小子成长到今天的样子，我没来得及报恩就走了，我惭愧，等到革命胜利的时候，我定将回来感谢师恩！

潘序伦　言重了，你对立信功不可没，我只是不舍得你走啊，15年我已经习惯了你在我身边，你这一走，我心里肯定空荡荡的。不过，你自己要小心，毕竟革命是要付出鲜血的。

顾　准　我已经做好了最坏的打算，为了理想我愿意。

潘序伦　（从口袋里拿出怀表）顾准，你要走了我也没有什么可以表示的，这里几箱纸送给你。

顾　准　纸？那可是我们出版社印书的纸啊！目前也只有出版社还允许存纸张。

潘序伦　你到了那边应该用得到。

顾　准　太好了！现在白色恐怖，为了控制言论，市面上纸张都被查封了，大后方有很多思想没法传播。

潘序伦　一定要掩藏好，注意安全啊！

顾　准　潘先生！请受学生一拜！（单膝跪地）

潘序伦　（一把拉起来）快快请起，当年你拜师的时候我们就是握手，我虽然无党无派，但是今天我们还是像你们革命同志一样握手！

顾　准　潘先生，我不能在您身边侍奉您，请多保重。

潘序伦　一路顺风！

［两人从握手到紧紧拥抱。

［歌队上。《桃李劫》插曲。

歌　队　同学们，大家起来，
担负起天下的兴亡！
听吧，满耳是大众的嗟伤！
看吧，一年年国土的沦丧！
我们是要选择“战”还是“降”？
我们要做主人去拼死在疆场，
我们不愿做奴隶而青云直上！
我们今天是桃李芬芳，
明天是社会的栋梁；
我们今天是弦歌在一堂，
明天要掀起民族自救的巨浪！
巨浪，巨浪，不断地增长！
同学们！同学们！
快拿出力量，
担负起天下的兴亡！
共建伟大的民族！

第三场

［视频是内迁重庆时的历史资料。

［祝寿的音乐和轰炸机的呼啸声交杂在一起。甲乙丙丁正在忙活着端瓜子花生，挂寿字。

甲　潘老先生，您今天五十大寿，怎么就穿这么件大褂啊！（手上拿着一件新衣服）重庆的冬天真冷啊！

苏　雅　衣服能保暖就行了。

潘序伦　没错，这句话我听着好耳熟啊！好像是我自己说的吧。

苏　雅　在哈佛图书馆，你忘记了？

潘序伦　呵呵，想起来了，想起来了，我还欠你一顿大餐！

苏　雅　到现在还没还上呢！

潘序伦　（环顾四周）这是你们谁想出来的馊主意？

乙　是他！（指甲）

甲　是他！（指丙）

丙　是他！（指丁）

苏　雅　你们这帮调皮鬼啊！敢做不敢当啊？

合　（不好意思）是我们一起想出来的！呵呵……潘先生，要怪就怪我们大家吧，就算是为了我们学生，为了立信的同学们，您就委屈一次啊！师母，您倒是帮我们说说情啊！

苏　雅　他们说的也是，这不是为你过生日，是为了学校，为了立信这块牌子，孩子们也是迫不得已，也是上学心切啊！可以理解，可以理解！

潘序伦　（无奈地摇摇头）你们早就串通好了啊！里应外合啊！（学生们笑着给他穿上新衣服）

[一位位达官贵人上场，穿梭于舞台上，相互打招呼，到潘序伦老先生面前祝寿。

甲　时间差不多了，潘先生开始吧？（清清嗓子）各位老板、各位经理们，大家晚上好！欢迎大家参加潘序伦先生五十大寿生日宴会，首先有请潘序伦先生致辞。

潘序伦　各位迁川工厂联合会和纱厂联谊会的同仁们，你们好！我潘某人初来重庆，蒙各位厚爱在百忙之中来给我祝寿，不怕大家笑话这还是有生以来第一次过生日，五十知天命，本应该安享晚年的时候了，但我天生就是劳碌命，我们的学校、事务所因为乱世而颠沛流离，我们要在重庆扎根就必须有自己的校舍，现在准备建造一栋三千平方米的小楼，满足学生上课的基本需求。包工头开价 40 万，分四期交付，目前还有将近 20 万没有着落。今天请大家来，一是聚一聚增进感情，另外就是看看大家有什么办法，希望各位仁人志士能够鼎力相助，帮立信闯过这个难关！谢谢大家了！

［静场三秒钟。

老板一　我捐 2 万！

学生合　谢谢您！

老板二　我捐 3 万！

学生合　谢谢！

老板三　我代表大明纱厂捐 5 万！

学生合　谢谢！

甲　就这样，在各方支援下，在重庆市中心开始建造“立信大楼”，谁知道好事偏偏多磨，工地又起风波，就在大楼动工不久，四川军阀杨森部下的一个师长虎视眈眈，来找潘先生的麻烦。

［乙被几个吊儿郎当的兵推了进来。

乙　你们干嘛？你们干嘛？

甲　（进入）几位长官，几位长官，不知有何贵干啊？

［熊师长进来。

熊师长　谁……谁……他妈是这管事的啊？给我滚出来！

［乙吓得钻到了桌子下面。

甲　（指着乙）你这胆小鬼，你出来啊。

潘序伦　我是这里的校长，你是谁？

伪　兵　他，他……你都不认识，是我们大名鼎鼎……鼎鼎……的熊……熊……熊……熊师长。

熊师长　滚一边去，舌头都没捋直！你是校长？你就是潘序伦？

潘序伦　你应该叫我潘校长，或者潘先生。

熊师长　你少跟我废话！我问你的校园干嘛盖到我家的地盘上？

潘序伦　你家的地盘？这明明是房东卖给我的土地，怎么能说是你家的地盘呢？

熊师长　你们大楼的东南角侵占了我们家，本来我们家围墙要扩建出来的，这地盘本来就是我们家的，你大楼一修我围墙怎么扩建啊！我现在已经命令他们停工了。

潘序伦　你有什么权力让我的工人停工？

熊师长　权力？（一拍腰间的枪匣子）老子腰里别的就是权力！我告诉你给你两条选择，要不然这楼推倒重建，让出我们家围墙的位置……

甲　什么？推倒重建这得多少钱啊？简直就是流氓啊！

熊师长　要不然给我经济赔偿！

苏　雅　多少钱？

熊师长　10万！

苏　雅　简直是强盗！

甲　凭什么你说占了你家地盘就是你家地盘啊？

丙　凭什么你说10万就是10万啊？你们有凭证吗？

丁　我们就是不给呢？

合　抗议！抗议！

熊师长　抗议？那就别怪我不客气！（掏出枪指着甲的鼻子）

潘序伦　住手！他们只是学生！（挡在学生面前）

熊师长　呵呵，师生情深啊，我没工夫跟你们废话，要么赔钱，要么卷铺盖滚蛋！给你们十分钟时间，我就在门口等着，你们商量一下吧。我提醒一下，我耐性不好，别让我着急上火！

［众人扬长而去。

苏　雅　熊师长、熊师长……

潘序伦　你去干嘛？

苏　雅　跟他求求情啊，人在屋檐下不得不低头……

潘序伦　回来！我堂堂知识分子要向一个无赖低头！

［苏雅站在原地。

甲　潘先生，怎么办啊？

丙　是呀，怎么办啊？如果推倒大楼重建，那二十几万的投入就打了水漂，如果不推倒，我们刚四处募捐了 20 万，谁还能再借给我们 10 万啊？

［苏雅把潘序伦拉到一边。

苏　雅　学校暂时停一停行吗？

潘序伦　不行。

苏　雅　我的意思是暂时停一停，等以后有机会再复课，咱们惹不起还躲不起吗？

潘序伦　我还不相信，天底下没有说理的地方了？就能让这无赖横行？

苏　雅　你还没看清现在这世道嘛？我们等一等行不行？等乱世过去了我们再开学校行不行？

潘序伦　什么都能等，但是教育不能等啊，什么都能停下来，学习不能停下来，这些孩子等得起吗？

苏　雅　等不起那你拼得起吗？你都50岁了，不是年轻人，你这把老骨头还能折腾几天啊？天底下比你潘序伦有能耐的人多得是，你能不能稍微为自己，为我们这个家考虑一下？为你的女儿考虑一下？

潘序伦　（叹气）我有时候也想一了百了，甩手不干，可是回过头来想想，我已经50岁了，没有几年可干了，现在立信刚有点头绪……

苏　雅　好了，你别说这些了，难道我不想让这些孩子有书读有课上吗？可是现实困难就摆在你面前，我们该怎么办？10万块钱，去哪里找？我们没有多余的一块钱了。（抽泣）

［潘序伦一筹莫展，沉默。

甲　潘先生，师母说的对，要不我们停一停吧，您别为难了。

丙　潘先生，您为我们花费了全部心血，以后我们再回报！

丁　我想这乱世应该不会很久，这种军阀不会一直得逞的，我们等他们自取灭亡以后再回来上课。（鞠躬）潘先生，您保重！

合　您多保重！（鞠躬）

［学生含泪下场。

［潘序伦无助，没有解决的办法。

苏　雅　没办法，真的没办法啊，谁都不想看到这种情况，可是有时候回避也是一种办法，留得青山在，不怕没柴烧。

潘序伦　是不是这次真的没办法了？

苏　雅　真的没办法了。

潘序伦　哎，我无能啊，连自己的学校都保护不了，我这大半辈子的事业就这样说停就停了，这么多学生说散就散了，我们大老远从上海一路到重庆，到头来还是一场空……

苏　雅　我们只是暂时的忍一忍，说不定没几天军阀就倒台了……

潘序伦　熊师长倒台，还会有驴师长、狗师长，哪一天才能到头啊！我一辈子追求的梦想，今天说破灭就破灭了，我对不起这么多跟随着我的老师们，对不起这些学生，也对不起你和孩子啊，这么多人跟着我居无定所、食不果腹，我振臂一挥他们就来了，可是到头来我这么两手一摊就散了，我一辈子教育学生立信、立信，这次却失信于所有人，我还有什么颜面面对他们啊。

苏　雅　你别说了，这都是暂时的，会好的，会好起来的……

［潘序伦默默无言，深深叹息，再抬起头来，已是深深的泪痕。

［伪兵推门进来。

伪兵甲　怎么样了？割地还是赔款啊？

苏　雅　我们没有钱。

伪兵甲　那我们就动手拆楼了！

［乙突然从桌子下钻出来。

乙　你们谁敢拆楼，我就跟他拼了。（冲到面前）

苏　雅　孩子，别犯傻，他们有枪！

伪兵甲　我今天不给你点颜色看看……（两人扭打在一起，潘序伦和妻子被其他伪兵控制）

熊师长　（进来）住手！

伪兵甲　报告师长，这狗娘养的刚才居然……

熊师长　你才狗娘养的呢！

伪兵甲　不是，这小兔崽子是潘序伦的学生！

熊师长 你才小兔崽子呢！他是我儿子！

伪兵甲 原来是熊公子啊！我说刚才出来那么威风，那么有气势！真是老子英雄儿好汉啊！

乙 我不是他儿子！

熊师长 你怎么在这？赶紧回家！

乙 我是立信的学生，我是潘先生的学生，我要保护我的学校，我要保护我的老师！我也没有你这样一个霸道、无礼、无赖的父亲，我从来不敢跟别人说我的父亲是谁，我怕被人指着鼻子骂，我真的以你为耻，所以，我再也不会回家！以后立信学校就是我家，谁要是想打学校主意，我绝不同意。有什么本事，你们朝我来！（步步逼向父亲）

熊师长 混账！（抬起手来，却不忍心打下去）

乙 你根本不配做我的父亲，你除了生了我还给我什么？是潘先生教我们知识，教我们做人，教我们做一个对社会、对国家有价值的人！

［学生们返回。

甲 说得太好了！

苏　雅 你们怎么又回来了？

丙 立信就是我们的家，我们怎么能扔下家不管呢？

熊师长 （拿儿子没有办法）我们走！

［一伙人灰溜溜地下场。

［同学们围拢在一起，纷纷向乙竖起了大拇指。

乙 潘先生、师母，对不起！我替我父亲向大家赔礼！

甲 这不怪你，跟你没关系。

乙 他一时半会儿不敢把我怎么样的，我一定会保护好学校！

合　我们一起保护学校！

潘序伦　谢谢同学们！谢谢同学们！（向同学鞠躬）

甲　（跳出）学校暂且保住，没几天此事传到了校董卢作孚耳里，他主动出面斡旋调停，最终才平复此事。

［音乐起。

［定点光，马寅初正在大声疾呼。

马寅初　为了真理我不能不讲，如今的老百姓穷得连饭都吃不饱，还要这个捐、那个税的，我看要捐税，首先应该向四大家族开刀，应该向大发国难财的孔宋豪门征收"战时财产税"！

［灯熄。另一光区起。

教育官　潘校长，我今天找您是关于马寅初先生的，您应该知道他因为大放厥词、蛊惑人心、诽谤政府被关过，现在放出来了，不代表他重获自由。

潘序伦　我不太明白您的意思，既然放出来了，那就说明之前抓错了，说明是冤假错案，那为什么还没有自由呢？

教育官　您是明知故问吧？我们国民政府教育部明文规定任何大学不准聘马寅初任教！我希望您能够遵从教育部的指示，马上解聘马寅初，否则后果自负！

潘序伦　后果？您说说看最坏的后果是什么？是要了我这项上人头吗？我相信作为分管教育的高级官员您对立信的校风学风应该非常清楚，"立信者，立信于人也。既已下聘书，就不能无故解聘！"

教育官　你……你不要给我上课，我只要一个结果，那就是马寅初马上离开立信！

潘序伦　不可能！

教育官 走着瞧！

［光急收。马寅初定点光亮。

马寅初 （上课）同学们，我们继续《经济与哲学》课，正如潘校长所说，目前抗战工作，人们都认为七分靠经济，三分靠军事。

［潘序伦走上讲台。

潘序伦 同学们，我们在座的里面好像掺杂了不是我们立信的生面孔，我不知道这几位好学的同学是哪里的，但他们的眼睛永远不在书本上，而是东张西望，你们是来学习的还是来搅局的？我可以告诉在座的各位，一直都会听到马先生的课，不会因为任何人的阻挠而中断！

马寅初 为了真理我不能不讲，为了你们的前途我不能不讲，为了国家的明天我不能不讲！我带了棺材，是准备吃特务的子弹，我带了女儿来，是让她亲眼看着，特务是怎样卑鄙地向爸爸开黑枪的，以便她更加坚定地继承我的遗志。

潘序伦 我和马先生站在一起！

学　生 （一群学生跑上来）我们都和马先生在一起！（用身体围住了马寅初）

［马寅初从剧中跳出。

马寅初 只要同学们想听，只要立信需要我，不管前面是刀山火海，是枪林弹雨，我都会讲下去。潘先生广设立信分校，名师名人（校董）众多，立信枝繁叶茂、桃李芬芳，我也只是其中一个枝丫的绿叶，我对于立信的感情，那就是绿叶对根的情意，潘先生对开拓中国新式会计有功，不要说来教书，就是要我替他倒夜壶，我也愿意！

［光收。

第四场

［歌队上场。朗诵立信校歌歌词。

歌　队　美哉校之名，

大哉校之训，

立信立信，正其本

学万千，此则一，

会计当而已，

今古应无异。

……

［视频从柿子湾到复校时的历史照片。师母和潘序伦相互搀扶，从历史的照片中走过。知了叫着，充满了校园的气息。

苏　雅　现在这校园真漂亮呢！

潘序伦　这操场是平坦多了啊，你看那篮球架都是新的。

苏　雅　你当年可是个体育迷啊，现在不要说打篮球不行了，就是看篮球比赛眼神都跟不上了吧！

潘序伦　呵呵，当年，我们为了给学生们弄出块操场来，那真是螺蛳壳里做道场，把人家的坟地都给挖了。

苏　雅　你为了学校那时候胆子也真大，那本来都是些无名坟，你这一刨开，这孤魂野鬼还不都晚上来找你算账啊！

潘序伦　呵呵……我也是没办法，学生们都是长身体的时候，体育锻炼多重要啊，光知道死读书有什么用啊，身体才是革命的本钱！那些孤魂野鬼估计也理解我，我不做亏心事，不怕鬼敲门啊！呵呵……

［甲经过校园。

甲　潘校长，您和师母来了啊？你们怎么满头大汗的啊？

苏　雅　这老头子不肯坐车，非要从家走来，他以为他还是年轻小伙子呢！就是不服老！

潘序伦　那来回不是能节省一块钱吗，我们又不赶时间，走走对身体有好处，我这老胳膊老腿的还行。

甲　潘校长，您给我打个电话啊，我让专车去接您！

潘序伦　打住，王老师，你别跟我提专车，以后绝不准专车来接送我，学校现在刚刚复校，百废待兴，用钱的地方多着呢。

苏　雅　对了，上次你用公车送潘先生去医院，他回来说要把汽油钱给你，我算了一下，应该是 3 块 6 毛钱，你收下啊。

甲　师母，这都是学校应该做的啊！潘老德高望重，有辆专车也是天经地义啊。

苏　雅　你就收下吧，要不然这老头子，天天跟我絮叨这件事情，呵呵……你就帮帮忙，让我耳根子清净一点啊！（硬塞给甲）

［甲把师母拉到一边。

甲　师母，还有一件事情，市委统战部的通知，太原路的大房子已经给潘老安排好了，您看要不做做他的工作，就早点搬过去，那里的条件比您那亭子间好多了！

苏　雅　不要，不要，你们潘老师一定说，把这房子让给更需要的人，让给年轻人、让给教学一线的老师，我们住着亭子间挺好的！

甲 师母，房子这件事情您可不能再听从潘老的了，他年事已高，身体状况不能跟二十年前比啊，别的不说，就说他这老寒腿，天天爬那又陡又窄的楼梯多危险，还有那房子潮湿本身对关节就不好，您一定帮我们劝劝他。他搬到太原路不是为他自己，是为我们好、是为立信好，再说他已经四次让出住房了，比他资历低、级别低的都住上了大房子，您就做做他工作，找一天我帮你们来搬家啊！

苏　雅 （憧憬）那是不是有抽水马桶就不用倒马桶了？朝向应该是朝南的吧，冬天应该比东北方向的阳光好吧？

甲 师母，那是肯定的，潘老和您年纪都大了，现在的居住环境对身体不好……

苏　雅 （想想失望）不过我了解他，我敢保证他一定不会同意搬过去的！再说我们一辈子也简朴惯了，什么样的苦没吃过啊。

甲 我来跟潘老说。（走到潘老跟前）潘老，市委统战部来催了，请您早日搬到太原路的大房子里。

潘序伦 什么？搬到太原路？为什么？

甲 那里条件好啊，您在那里可以安享晚年！

潘序伦 真的很好？

甲 真的很好，您住进去一定舒服！

潘序伦 那好，帮我卖掉，把钱全部捐给学校，不是实验室还缺设备吗？

甲 这房子不能卖，这是您的福利，您应该享受的！再说，您不喜欢住大房子，但是师母、您的女儿喜欢啊，不能因为您一个人害得他们也跟着受苦吧？

潘序伦 （发怒）你说什么？小王老师，你是我的学生，我以前怎么教你们做人的你都忘了吗？我的家人跟我苦了一辈子了，也不差这几天，我对不对得起我的家人我自己心里有数，用不着你来跟我说，我告诉你，小王老师，以后如果再跟我提这件事情，别怪我不认你这个学生！

甲 潘老，潘老！

［潘序伦牵着太太的手疾步下场，师母回头，向甲示意不好意思。

甲 这是潘先生第一次冲我发这么大的脾气，做他学生的时候，即使题目做错了，即使脑子转得慢了，甚至偶尔偷懒，他都没有发这么大的火，我没想到他对享乐这么恨之入骨，我也没想到他可以什么都奉献给学校。没多久，师母的身体每况愈下，直到临终的时候，还是住在那个逼仄的老房子里。师母走后，潘先生对她是一辈子的愧疚之情。那天潘老突然提出来要去太原路的房子看一看。

［宽敞明亮的洋房。

甲 潘老，这就是一直要给您的房子，这几天有位教授刚搬出去，所以空着呢。

潘序伦 （点点头）好好，我自己看看，你先出去吧。（环顾四周，自言自语）老伴啊，我今天替你来看看本应该属于我们的家，这里是一扇大窗，你最喜欢养花花草草，这个窗台正好；里面是卧室和书房，两间分开，晚上我看书就不会影响到你睡觉了；那边是厨房和卫生间，都在屋子里，不用跑到走廊里了。这房子真不错，呵呵……（停顿）老伴，是我对不起你啊，这一辈子跟着我受苦了，到老都没给你个像样的家啊。

潘序伦 老伴啊，你还记得吗？我们在图书馆你分了我半个面包，那时候我就说以后给你亲手做一顿家乡菜，可是回国后一直忙，再后来你成为我妻子了，几十年了我还是没有完成我的诺言，我总以为会有机会的，但是没想到，时间就这样过去了……我潘序伦一辈子奉行诚实守信，可没想到对自己的妻子，我食言了……

［潘序伦颤颤巍巍拿出一个饭盒。

潘序伦 老伴啊，今天我要说到做到，做了几个小菜，你看清蒸鱼、红烧肉、还有虾仁跑蛋；你知道我喜欢吃虾仁跑蛋，可是家里实在清苦，你每次就放四五颗虾仁，而且还都给我吃，我知道你也爱吃，只是你舍不得吃啊，（倒上两杯酒）老伴，我敬你一杯！这一辈子我没有给你荣华富贵，甚至连平静安逸都算不上，委屈你了啊！（一饮而下）

［潘序伦伤心抽泣。

［潘序伦妻缓缓上台，与潘序伦遥对。

苏　雅 序伦，你不要再自责了，都老夫老妻了说这些话多生分啊，几十年来跟着你东奔西跑，没日没夜，有时候甚至还要替你担惊受怕，我对你怨过、恨过，但是从在美国读书那会我就认定你是个可以依靠的人，我从来没有后悔过。我先走了，不能再照顾你了，记得每天按时吃饭，你的小药瓶在柜子中间的抽屉里，每天看书时间别太长……好了，我走了，来世我们再做夫妻……

潘序伦 老伴，下辈子我侍候你！

［音乐起，收光。

［立信校歌的伴奏声中上场。

甲 潘老，今天是校庆日，老校友们来看望您了！

潘序伦　请进，快请进！

［鱼贯而入。

甲　潘老，您还认识他吗？

潘序伦　时间长了，有点看不出了。

群众1　向潘老汇报，我是1947届上海立信会计专科学校毕业的孙志坚，学号1947002011。

群众2　我是1951届上海立信高级会计职业学校毕业的李梅，学号1951011037。

群众3　我是一名肄业生，学号1979022402。

潘序伦　嗯？肄业？

群众3　我就是您当年开除的那位作弊给别人抄考卷的学生，潘老，您虽然开除了我，但是却写信鼓励我不要自暴自弃，也是您改变了我的人生，改变了我的价值观，潘老，现在我一点都不恨您，您让我避免了人生中可能会遇到的更大的弯路！

合　我们向潘老汇报！

［大屏幕显示知名校友照片。

［大屏幕转换松江大学城的新校区。潘序伦在远演区高点，时空变化，众多当代立信大学生上场。

群众4　向潘老汇报，我毕业于2005届经贸学院。

群众5　我毕业于2008届会计与财务学院。

群体1　我们是2013级金融学院的学生。

群体2　我们是2013级财税学院的学生。

群体3　我们是2013级文法学院的学生。

合　我们向母校汇报，我们向潘老汇报。

铭记校训，勇攀高峰。

甲　信以立志，信以守身，

乙　信以处世，信以待人，

丙　毋忘立信，当必有成。

合　信以立志，信以守身，信以处世，信以待人，毋忘立信，当必有成。

［歌队上场，演唱校歌。

［幕落。

［剧终。

多场次话剧

王振义
（又名《清贫的牡丹》）

编剧：姚扣根

人　物：王振义

谢竞雄

主持人

表演者甲乙丙丁，两男两女，随时进戏出戏，担当各类角色

［舞台中央悬挂着一个大屏幕。

［舞台灯光控制演区。

［演员们上场。男演员着深色西装，系领带，风度优雅；女演员盛装具有个性，时尚新潮。当他们扮演医生角色时，套上白大褂。当他们扮演其他角色时，根据需要穿戴有文化符号意义的饰品。

主持人： 女士们，先生们，欢迎观看我们的节目。我是今天这一场节目的主持人。今天，有一个话题，大家一定很不乐意在休闲的时间里谈论，因为它们严重威胁着我们的生存。这个话题就是——癌。癌症，具有巨大的毁灭力量。对此，世界各个国家，聚集了众多的学者、医生、研究人员，通过各种不懈的努力和奋斗，在攻克这个世纪性的难题。下面，请看大屏幕，这是人类攻克癌症史中的一个奇迹。创造奇迹者，是我们身边的人，王振义医生！

［屏幕：集照片、图片和各种图像资料的影像资料片。

解说词： 王振义医生，1924 年 11 月生于上海。1948 年毕业于震旦大学，获医学博士学位。现为中国工程院院士，上海交通大学医学院附属瑞金医院终身教授，上海血液学研究所名誉所长。

［王振义院士的工作和生活图像资料。

解说词：20 世纪 80 年代中期，王振义医生开创了用“全反式维甲酸诱导分化治疗急性早幼粒细胞白血病”的先例，使这种凶险、高死亡率的急性白血病缓解率达到 90%—95%，5 年生存率上升到目前的 90%—92%。他的关于全反式维甲酸临床应用论文，在国际具有学术权威的杂志《血液》上发表，立即引起国际医学界强烈震动，被广泛引用，并被誉为全球百年 86 篇最具有影响的代表论文之一。

［颁奖大会的图像资料。

解说词：1994 年，王振义医生获国际肿瘤学界最高奖——凯特林奖。评委会称王振义医生为“人类癌症治疗史上应用诱导分化疗法获得成功的第一人”。2011 年，王振义医生获得国家最高科技奖。

主持人：有请王振义医生。

［扮演王振义的演员健步上场。

主持人：王振义医生的扮演者，演员 * * * 。

［主持人上前伸手搀扶，王振义站住，听从主持人安排，脚步明显缓慢，被搀扶着引导着到舞台中央。

王振义：我今年 88 岁，走路没有问题，我坚持每天至少要走半个小时，已经十多年了。

主持人：对不起，刚才……

王振义：你伸手搀扶，尊重老人，是我们民族的好传统，我应该配合你。

主持人：您老风趣。

王振义：人已老，其言真。

主持人：谢谢，同时谢谢王振义医生对我们节目的配合，我们大家今天将欣赏到一个真实的故事。

王振义：首先申明一点，这个项目的成功，是我们的团队、我们医院和上海乃至全国各大医院共同努力和协作的结果。

主持人：凯特林奖，您是第一个获此殊荣的中国人。最近，您获得了我们国家最高科技奖。多次颁奖，您有什么感言？

王振义：当然是感谢。我要感谢的人员很多，我的老师，我的团队，我的父母，甚至我的病人……

主持人：能否说出您最想感谢的一个人？

王振义：当然是我的妻子，她应该出现在颁奖仪式上，无论我获什么奖，她都应该有一份。如果她在，我想她一定泪流满面，为我高兴……非常遗憾，她已经走了。

主持人：王医生的妻子谢竞雄，是一位医生，是一位杰出的小儿血液学专家。他们两位是震旦大学医学院的同学，在同一个班级。1942 年，他们开始了最初的交往……

[屏幕是梧桐树的街景。

谢竞雄：我家在高安路。

王振义：我家也在高安路。

谢竞雄：真巧，我们同路。

王振义：这条路行人很少。

谢竞雄：我很喜欢这条路，两旁法国梧桐，尤其到了秋天，地上全是落叶……

王振义：你的名字，竞雄，竞赛超过男人，要与男人比高低的，很阳刚，志向不小。

谢竞雄：我要做一个新知识女性。

王振义：你表哥费孝通是搞社会学的，你怎么学医了？

谢竞雄：你也不是来自医学世家啊。

王振义：我大哥学电机，他想搞工程，以后当工程师。三弟、四弟、五弟也都想当工程师，实现他们实业救国的理想。我大姐想继承我父亲的工作，做金融保险这一行。他们都不想在外国人开的公司里干，我父亲想独立开我们中国人的保险公司。

谢竞雄：就你一个人想做医生，为什么？

王振义：你说呢？

谢竞雄：医生职业比较可靠……有社会地位……

王振义：不为良相，则为良医。

谢竞雄：当医生，凭借技术，能做一个对社会有用的人。

王振义：像那些名医一样，生于民族危难之际，长于内忧外患之时，以民族大义为重，悬壶济世，救死扶伤。

谢竞雄：你志向不小！

王振义：做医生的，谁不想做一个良医、名医，既能治病救人，又有一定的社会地位和经济基础。

谢竞雄：我们能做到吗？

王振义：我们？！

谢竞雄：你别乱想。

王振义：怎么是乱想，谁不想当个好医生？！

……

主持人：1942 年，谢竞雄医生 21 岁，王振义医生 18 岁。

［屏幕里一张照片：王振义医生和谢竞雄医生当年结婚的小洋房。

［王振义取出一张老式的胶木黑唱片，放进一架老式的唱机里。顿时，贝多芬小提琴协奏曲轻轻地响起。

甲：1950 年，他们喜结良缘。这是王振义医生在当年结婚房前的留影。结婚以后，谢医生烧菜，王医生洗碗，几十年不变；他们各自读专业书，一起搞研究，合作发表了《血友病的实验诊断》、《用红血球素代替血小板进行凝血活酶生成试验以诊断血浆凝血活酶应子缺乏症》等论文。

乙：1951 年，王振义医生在老师邝安坤教授的指导下，参加有关血液的研究项目。那年，他在《中华医学杂志》外文版上发表了论文，后来医院让他和血液细胞学专家徐福燕一起主管血液组工作。

丙：1956 年至 1958 年，王振义医生和谢竞雄医生一起合作翻译了 30 多万字的《出血性疾病》。

丁：内科血液的日常医疗，王振义医生碰上了许多急性白血病患者。1959 年，医院设立了白血病病房，王振义医生挑起了主任的重担。那年，王振义医生 35 岁。1959 年，是个特殊的年代，三年自然灾害，"人定胜天、亩产万斤、赶超英美……"

［甲乙穿上白大褂。

王振义：患者的痛苦，使我们下了决心，设立了白血病病房，拥有 20 张床位。我们奢望"几年内"攻克白血病。

甲：第 1 号病例：男，21 岁，急性白血病，治疗 7 天，死亡。

乙：第 2 号病例：女，11 岁，急性白血病，治疗 16 天，死亡。

甲：第 3 号病例：男，5 岁，急性白血病，治疗 20 天，死亡。

乙：第 7 号病例：女，12 岁，急性白血病……

小患者：叔叔，我的血是白的吗？

王振义：不是。

小患者：白的血是生病了吗？

王振义：不是。

小患者：生病了会死吗？

王振义：不会的。

小患者：死了就长不大了，是吗？

王振义：打针吃药，病会好的，以后会长大的。

小患者：我会长大，是吗？

王振义：会，会变成一个美丽的小公主。

甲：20 世纪 50 年代，医学对于白血病的了解，还很肤浅。这种疾病，并不常见。病人发病急剧，病程短暂，病死率高，而且患者大多是青少年。

乙：医学书上说：（读）白血病，是未成熟造血前体的单株性增殖。所发生的情况是，幼稚细胞在骨髓中积累，基本上变成主要模式，使正常的造血细胞无法生长。

甲：骨髓是造血的地方，白血病的细胞多了，就不能正常造血了。不能造血，红细胞制造不出来，白细胞也制造不出来，血小板也造不出来。

乙：病人就会出现贫血。

甲：没有正常的白细胞，病人就没有办法抵抗感染。病人出现了感染，就会出现发烧。因为血小板减少，就会出血。血小板是能够防止出血的细胞。颅内出血，消化道出血。

乙：白血病死亡的主要原因之一是出血。

［丙丁扮演家属甲乙。

家属甲：你疯了，老父亲的棺材钱也拿出来。出来的路钱还是借的，什么时候还清都不知道。你真的是疯了，疯了！

家属乙：这件事，不用你管。

家属甲：什么地方买的，什么地方去退！

家属乙：不退！

家属甲：轻重缓急，你懂不懂？头发长，见识短！你给我去退了！

家属乙：不退！

家属甲：去退！

家属乙：不！

家属甲：退！

［家属甲上前抢夺乙随身的纸袋。两人争夺，翻倒在地。

［医生和护士闻声赶到，上前阻止。

［家属甲抢到纸袋，家属乙死死地抱住他的腿，不让他走。

小护士：干什么，干什么，放手。

家属甲：你不退，我就撕了！

家属乙：你敢。

家属甲：就算她不活，我们也没死，日子还要过下去。

家属乙：你就这么狠心。

家属甲：我狠?!

小护士：这是医院。

［家属甲从纸袋里抖出一件女童的衣服。

家属乙：女儿出生后，还没有穿过一件新衣服，都是她哥哥穿不了给她的。邻居小孩说她到处是疤疤，女孩子长大了，懂事了，知道要好看了。这次骗她来上海，不是说了，上海好看的衣服，说什么也要买一件新衣服。

家属甲：你就狠心让孩子断药?!

家属乙：走，也不能让她穿着补丁的衣服走。

家属甲：你这算什么话?

家属乙：这种病，没治，是吗?

家属甲：你们能不能给个明白的话? 孩子能不能治? 救得活吗?

家属乙：老家的医院，他们说已经没有办法了。我们到县医院，他们要我们转省城医院，省城医院让我们来，说你们有专门的病房。

家属甲：听说上海有专门治白血病的医院，谢天谢地，菩萨保佑，我们的孩子终于有希望了。村里这么多人给了钱，凑齐了路费……

家属乙：你们是上海大医院，你们是最好的医生，你们有最佳的技术和药物，肯定能救活我们的孩子，是不是?

家属甲：是行还是不行? 行，还要花多长时间? 花多少钱? 如果不行，孩子还能拖多少日子? 医生，你们能不能给个落石头的话?

[三个演区。

[A 演区：王振义家。

王振义在记录病情：做一个医生，有一定的难度。白天看的病看得对不对? 有没有效? 为什么? 我们每天回来都会进行自我检查，想一想。即便年纪很大的时候，看特需门诊，每一次看病，我都会记下来。我要考虑一下，我的治疗效果对不对? 新药吃后有什么反应?

[谢竟雄忙碌家务，从厨房走出，走近王振义身边，似乎要与他讲话，见他高度专注于工作，便没有打扰。

谢竞雄：吃饭了。

王振义：今天走了一个。

谢竞雄：又走了一个，白血病病房开张了不到一个月，已经走了多少病人了？

王振义：不是这个走，是离开医院。他们不愿意在医院继续治疗，病人化疗后，白细胞急剧下降……肝脏严重损坏，停止了化疗，没有几天可以生存，也许这个病人回不到家，就走了。

谢竞雄：怎么会这样？

王振义：责任是在我们，我们没有特效药，没有有效的治疗办法。

［B演区：医院。

家属甲：王医生，给你添麻烦了。我们不该冲着你吼。我们知道你们也有难处，哪个医生不想治好病人的病。我们乡下人，不懂规矩，说话不知道分寸。你们吃了洋墨水的，见识多，不要和我们一般计较。

家属乙：不怨天不怨地，阎王殿里无大小，这是孩子的命。

［A演区：家。

王振义：这几个月，整个科室，没有一个医生好好睡过一觉。

谢竞雄：这一段时间，你没有好好睡过，就这么吃不香，睡不香的。

王振义：五个、十个、十五个、二十个……原本指望病例一多，能集中精力攻关，解决问题。

谢竞雄：完全没有进展？

王振义：上任几个月，二三十个急性白血病患者，先后离开人间。研究毫无头绪，临床没有找到那把开锁的钥匙。现在，每走一个人，无论他是死亡，还是离开医院，都好像是在指责我，嘲笑我……我真的很受打击。

谢竞雄： 在有些疾病面前，我们人类有时很无奈，不可作为。

王振义： 当初我选择血液科的时候，我认为，在显微镜下，血液的疾病很容易辨别，不会发生误诊。想不到，容易确认的疾病，并不等于容易医治。

[C 演区：幻觉。

甲： 当你只能眼睁睁地看着那些患者闭合上了求生希望的目光，你，一个医生，能想什么？当病人家属撕心裂肺地嚎啕痛哭，他们的父母，他们的爷爷奶奶，在你面前痛不欲生的时候，你，一个医生，能想什么？

乙： 正是因为缺乏有效的治疗方法，眼睁睁地看到患者在短时期相继病亡，看到这种病给病人家庭带来的痛苦很大。是的，正是因为看到这种痛苦，促使我们下决心，要在短时期攻克这个绝症。

丙： 还没有准备好，就把牌子挂出去，难道就没有别的因素？比如，一次一次的运动，放卫星，大跃进，反右倾，失去了理性，以为单单依靠意志，就可以移山倒海，创造奇迹。你没有受这种思潮的影响？

丁： 是不是还有别的原因？比如，你在校学习成绩一直很好，毕业后有名师教导，临床经验丰富，过于相信自己能创造奇迹，有点自负?! 或者说，由于你的出身和学历，人们始终不信任你，你想做出成绩以换取组织的信任……

[B 演区，医院。

病人家属： 一个孩子得病，家里两个大人得陪着，十几个工分就没了；到处求医，一路上吃的睡的钱不算，医院各种检查，治疗的费用，家里还有老人，需要托人照看，这一进一出，需要多少开支？如果你们打针用药，仅仅是拖延时间，那么孩子治疗拖延的时间越长，我们的损失就越大。如果孩子能渡过难关，我们就是做牛做马，再苦再累，我们也会来报答，只要是为了孩子……

［A 演区：家。

谢竞雄： 你还是想着那些病人？

王振义： 太急于求成了，虽然知道白血病是个很凶险的疾病，但是以为只要集中精力攻它一攻，就能解决问题。我太不知道深浅了，生命的科学，我仅仅刚入了门，就以为掌握了什么万能的规律。

甲： 第 10 号病例，急性白血病，死亡。

乙： 第 20 号病例，急性白血病，死亡。

丙： 第 30 号病例，急性白血病，死亡。

丁： 第 40 号病例，急性白血病，死亡。

王振义： 急性白血病，死亡。最初的几个月，死亡人数达到 50，后来增加到 60 多。这时候，我才真正体会到 1 500 年前，医药学家孙思邈说的那句名言：世有愚者，读方三年，便谓天下无病可治；及治病三年，乃知天下无方可用。故学者必须博极医源，精勤不倦，不得道听途说，而言医道已了，深自误哉！

主持人： 20 世纪 80 年代，因为日本电视剧《血疑》的播放，人们才知道白血病，才知道这是世界性的绝症，无药可治。20 世纪 50 年代，白血病还没有被真正认识，你们的观念，是不是太超前了？

王振义： 今天，当事情过去后，人们在回顾总结经验中，认为这一个惨败的起步过程是必须的，不可缺少。因为，只有通过这一系列的失败，人们才可能去发现、研究白血病细胞的发生、发展和各种类型。

主持人： 人类认识的局限，无法跨越。

王振义： 在自己的专业里，碰到棘手的问题，是绕过它，还是盯住它？其实，我们冷静地思考一下，这个回答不难，病人受折磨，做医生的怎能袖手旁观。

主持人： 王振义医生没想到的是这个问题的解决需要他付出一生的心血；他更没想到的是后来的形势发展，阶级斗争风云变幻、各种政治运动层出不穷……王振义医生出身资产阶级家庭，是震旦医学院的高材生。震旦大学，是当时上海和全国著名的高等学校之一，由爱国天主教教徒马相伯于1903年创办，也是中国唯一以法语为主的大学。也许是这些原因，王振义医生在新中国成立后，忽为座上宾，忽为阶下囚。

甲： 新中国成立初，有人怀疑他是帝国主义的间谍；治疗血吸虫病，参加抗美援朝时期，他立过二等功。

乙： 肃反时，他是革命的对象，作为“反革命分子”受到审查；三反五反时，他是打虎队队长。

丙： 反右时，他在五位右派名单中名列第四，后来前三名划为右派，他是漏网右派。

丁： “文革”的时候，他几乎被取消了当医生的资格。

［谢竞雄为王振义准备行李。

谢竞雄： 这个带上吧？

王振义： 不用，不用。

谢竞雄： 晚上发困，你不喝？！

王振义：让他们看见，又说是资产阶级生活方式。

谢竞雄：这不是为了工作？

王振义：不喝也能工作。

谢竞雄：改造，改造。为什么啊，出身富裕，也不是我们的错。

王振义：爸那里你多照顾一点。

谢竞雄：我知道。

王振义：多去看看。

谢竞雄：你放心。

王振义：其实，我爸是一个好人。他很严格，不准浪费钱，对所有的人，包括对保姆都当成自己人，要我们好好读书，学好知识，尽力量去帮助穷人。这些有什么错?！老是要我划清界线，要我写大字报，要我表态，你说怎么办，我真没有办法。你常去看看，帮我安慰几句。我现在，泥菩萨一个。

谢竞雄：你也不要老是捧着一本学术书，反动权威还没当够。

王振义：不管什么政府，知识总是需要的，是不是？

谢竞雄：所以你就一会儿是先进，一会儿是后进。

王振义：我怎么啦，抗美援朝时期，部队不是还给了我一个二等功。他们诊断为脑膜炎，我提出是肺吸虫病，是食了小溪里的小龙虾出的问题。一开始他们不相信，结果证明了我是对的。

谢竞雄：这能证明什么！

王振义：证明我的知识是有用的。

谢竞雄：有用，有用。

［谢竞雄把行李整理完毕。王振义背上沉重的行李。

谢竞雄：沉了一点？

王振义：拿得动。

谢竞雄：什么时候回来？

王振义：说是一段时间。

谢竞雄：缺什么，打电话，写封信。

王振义：资料，放进去了？

谢竞雄：太沉了。

王振义：没放，哎，那怎么可以。

谢竞雄：他们会不会……委屈你？

王振义：审查和批判，那是难免的。你们不知道，那时候，真正难过的不是我自己，而是家里的人，我妻子很担心，派我儿子来看我。我当时在嘉定半农半读医专，从市区到嘉定的车很挤，也没有时间表，不知道什么时候有车，什么时候开车……有一次，给我儿子留下了深刻印象。

［王振义家。

王志群：妈，我回来了。

谢竞雄：看到你父亲了？

王志群：看到了。

谢竞雄：好吗？

王志群：还好。

谢竞雄：说了什么？

王志群：没有。

谢竞雄：东西给他了？

王志群：给了。

谢竞雄：他在干什么？

王志群：扫地。

谢竞雄：扫地？

王志群：拿了一把大扫帚，头低着，他看到我，什么也没有说，看了我一会儿，就低头扫地。

谢竞雄：你叫了他没有？

王志群：他身上的衣服又破又脏，沾满了灰尘。

……

王振义：衣服破是不破的，就是打了许多补丁。我自己补的，袖子上、裤腿上，还有屁股上，打上了补丁，我自己学会的打补丁。

……

谢竞雄：你爸从来喜欢衣服干干净净……

王志群：我看到贴他的大字报了，资产阶级反动学术权威、外国特务、反动天主教走狗，好长的一排墙壁，全是他的名字，红叉叉很大……

谢竞雄：你喊了他爹没有？

王志群：他说他很好，叫你放心。

谢竞雄：你喊了爹没有？

王志群：妈，你说爹究竟是不是好人？为什么他们要把他打倒在地，还要踩上一只脚？！

谢竞雄：你没喊你爹？

王志群：我喊了。他让我不要浪费时间，好好学习。

……

王振义：后来，我又被派到安徽歙县无名山的二医皖南干校做保健医生。不过，不管到哪里，只要有机会，我就学习，不脱离临床实践，不脱离理论联系实践。山区的医疗条件十分简陋，我将精力放在学习药草上。有一次，山区的一个村里爆发了一种痢疾……

［村长办公室。

老村长打电话： 我需要医生，好的医生，赤脚医生不行，给的西药全吃了，针也挨了，没有用，你们县医院能不能派个正规的医生来。带药来，要好的药，别舍不得，我们是贫下中农，你们阶级觉悟有没有?！快，要快点。

王振义： 我找村长。

老村长： 你是……

王振义： 我是干校的……赤脚医生，我姓王。

老村长： 赤脚医生?

王振义： 是。

老村长： 擦把汗，喝口水，歇歇脚。

王振义： 不用了，电话通知，说你们村里爆发痢疾。

老村长： 什么痢疾，就是拉肚子，拉了三整天了。

王振义： 西医称痢疾，中医说腹泻。

老村长： 不管你说什么，躺下有十多口强劳力，镇医院的医生来过，吃过药打过针，也不顶用。你带了什么治拉肚子的药，全拿出来，分一分，让他们吃了顶一顶。

王振义： 我来的路上，去山上采了一些草，能否借口大锅，煮一煮。

老村长： 这是什么?

王振义： 这是四种草药，分别叫……

老村长： 行了，行了，野草，能行?

王振义： 能行。

老村长： 你没带药片什么的?

王振义： 没有。

老村长：针药也没有？

王振义：没有。

老村长：那你来干什么？

王振义：我们干校里没有这一类的针药。

老村长：干校里那些牛鬼蛇神，可我们这里是贫下中农……

王振义：这草药能行。

老村长：你懂个屁，你这个赤脚医生，训练班学了两天，镇医院的大医生带来西药也没有办法，你就敢看这么大的病？！

王振义：这草药能行。

老村长：这野兔吃的草，开什么玩笑？那些病人就是吃了那些不干不净的东西，吃坏了肚子，你还让他们吃！这江湖郎中的把戏，你跟谁学的？

王振义：中医这方面的知识，我是自学的。

老村长：自学，连赤脚医生都不如。好了，好了，我也不麻烦你了，哪里来回哪里去，该干什么干什么，这种热闹不要凑，要出人命的。出了事，你们干校管不起我们的饭，你也负不起这个责任。等等，走了这么多山路，先喝口水。

王振义：我不走，我去看看病人。

老村长：你，还真不知道轻重。

王振义：这草药可以对付痢疾。

老村长：老臭，老臭。

老　臭：村长，叫我。

老村长：你领这个赤脚……医生去，先到村口的老郭头家里，他们躺了三口人。

老　臭：好。

老村长：你家借口大锅。

老　臭：干嘛？

老村长：给他熬药。

老　臭：好。

老村长边摇电话：你，先跟他去。

王振义：好。

［王振义还没走出门口，听到村长打电话。

老村长打电话：喂，我是无名山大队三村村长，怎么就派个涂红药水紫药水的？连个药片和针药都没有带，顺手在路上采了两把兔子吃的野草……我这里十几口，全是强劳力，趴在床上，拉了三天，人都成鬼了，你们什么阶级感情啊？！什么什么……

主持人：一个堂堂的震旦大学医学院毕业的博士，被认为连赤脚医生还不如，你觉得委屈？

王振义：那时候，我有点高兴。

主持人：高兴？！

王振义：我在大学学习的是西医。下乡巡回医疗，发配山区，那里没有医疗条件，缺医少药，我就学习针灸，研究草药，系统地学习中医……你想，我当时能够没有花一分医疗费，就解决了那场爆发的痢疾，你想，在那种环境中，你会感到高兴，还是会觉得委屈？

主持人：村里的病全治愈了？

王振义：当然，喝了一大碗草药汤下去，有所缓和。后来，我给病人扎了针灸，再让人跟我一起去山上采草药，熬汤药，结果一个个从床上爬起来了。

主持人：那是赤脚医生的活。

王振义：不管是什么医生，只要能解决问题。

主持人：你真的不在乎？

王振义：那时候，我就准备一辈子当赤脚医生。那时候，能让我从医治病，我就很满足了。那一次，我治愈了村里的病，天已经晚了，我要回干校。村长留我吃饭，我不敢多待，坚持要走。山里的夜，很黑，没有光亮，那条有许多三岔口的山路……

［远远传来村长的喊声。

村　长：王医生，这边走。

王振义：谢谢，村长。

村　长：谢谢你，王医生。

主持人：他们在山头为你引路？

王振义：他们站在山头，好几个山头，大概派了好几个人，只要我走了一段路，山头上就有他们的人。我有个手电筒，他们能看见我的电筒光，可我看不见他们，整个山头黑黝黝的，但是有声音，山里的喊声有回响。

［喊声此起彼伏，一会儿这儿响起，一会儿那儿响起。

喊　声：王医生，这儿走……王医生，这儿走……

王振义：你们回去吧，我认识路。

村　长：王医生，谢谢！

王振义：谢谢你们！

四面一起响起：王医生，谢谢。

［山沟里的回声：谢谢，谢谢……

王振义：停！停！停下！

主持人：怎么啦？

王振义：你们的戏有点过了，没有这么浪漫。前面的事是真的，后面村里的感谢也不假，只要真正治好了病，病人及他们的亲人总会满怀感谢的。但是，你这漫山遍野的感谢，当时对我们这种臭老九是不会有的事。

主持人：你老别介意，我们也是为了突出感情的变化，做了点艺术处理。

王振义：心情变化，也是有的。当时，我觉得惭愧。

主持人：惭愧？

王振义：我们现代人离自然太远了。前辈医学宗师，熟知天下百草，尝遍天下百药，所以有《本草纲目》，那些知识是以无数的生命代价换来的。我们学西医的，现代了，连一些常用的药草也不辨识，药性也不甚了解。我能解决病人的痛苦，是利用学到的一点皮毛。我国的医学宝库，需要我们每个医生去"博极医源，精勤不倦"。而这些，我是在"文革"时期，精神受到非常摧残的情况下，感悟到的，这个问题应该值得思考。

主持人：由于受条件的限制，王振义医生加紧练习针灸、研究草药、系统地学习中医。也许，因为他既做过临床医生，又搞过基础研究；既讲授过西医，又懂得中医；既教过法语，又到过农村做过赤脚医生，这一切让他对医学有了更为全面的认识。

1979 年，王振义医生 55 岁。一天，他从一份国外杂志上看到了一份报道。

[教室，王振义医生面对学生上课。

王振义：癌细胞是由正常细胞变化而来的。正常细胞在分化时，发生了变异，变得功能紊乱，疯狂增殖，因而对机体产生危害。

所以，我们通常对待癌细胞，有两种方法。

学生甲：一是杀掉；二是抑制。

学生乙：主要是铲除，抗癌剂，或放射性治疗，能杀则杀；杀不掉的时候，防止它继续扩展，阻止它疯长，限制它到处蔓延。

王振义：为什么？

学生丙：因为它是癌细胞。因为它变异了，它在分化过程中，突然自私起来，自我膨胀起来，不再继续分化，去承担它应该承担的责任，发挥它应该发挥的功能，如此无限制地膨胀，膨胀到一定程度，就危害人体。

学生丁：所以要铲除它们。

王振义：这是唯一的方法吗？

学生丁：难道还有其他方法？

王振义：难道没有其他方法？！

学生甲：没有。

学生乙：现在没有。

学生丙：至少现在没有。

王振义：如果我们换一个思路，不把它们当敌人，而是把它们当朋友，至少是可以交流的对象，而不是专政的对象。不铲除它们，而是改变它们。这里有一份报道：以色列科学家塞克斯教授，在小鼠实验中证明，白血病细胞可用诱导分化剂，使之分化成熟，逐渐逆转成为正常细胞。他提出了一个观点，肿瘤诱导分化的观点，肿瘤细胞在体外可以通过诱导分化，转变为较为成熟的正常细胞。

学生们：诱导分化？！

王振义：打个比喻说，肿瘤细胞，就像自己的孩子中有一个变坏了，我是打他呢？还是教导他呢？打孩子，既解决不了根本问题，还会引起孩子的逆反心理，影响孩子健康成长，而我们对这个治疗方法的研究，是叫诱导分化，就是劝导小孩子不要学坏，要做好人，最终达到改邪归正的效果。

［学生讨论。

学生甲：现在我们有方法治疗白血病了。化疗、放疗、药物治疗，干细胞移植，还有生物学的方法，虽然效果不尽人意，但至少能解燃眉之急。

学生乙：这些抗癌剂和放射性治疗，有一个致命弱点，那就是不论好坏“集体枪毙”，杀死癌细胞的同时也会杀死正常细胞。

学生丙：化疗的反应，恶心呕吐，排尿困难，脱发，而且，不少患者死于化疗引起的造血抑制、感染和出血。

学生丁：骨髓移植，这首先要配型成功，而且复发可能性很大。至于造血干细胞，排异性，复发等问题，同样不能解决。

王振义：诱导分化，对癌细胞“教养改造”，引导其向良性方向分化，让它们“改恶从善”、“改邪归正”，逆转发育成正常细胞，符合我们传统中医“择其善者而从之，不善者而改之”的辩证治疗原理。

学生甲：改造癌细胞，太疯狂了吧？社会科学有思想教育，思想改造；难道我们可以对癌细胞开展说服工作?!

学生乙：即便在理论上说得过去，在实践中，如何做到这一点？

学生丙：那么，用什么药物做诱导分化剂？

学生丁：既能不损伤正常细胞，又能阻止白血病癌细胞疯长蔓延？

［屏幕上出现老实验室的照片。

［学生们全体站着。

王振义：这就是我和我的同事孙关林、钱六妹一起工作的实验室。

学生们：这么小?!

王振义：……是的，这个实验室是小。

学生甲：最多四五个平方米。这里放两张实验桌，其他就没有多少空间了，一步，二步，三步，三步斋，走三步就碰壁，像上海人家的“灶披间”。

王振义：好在我们的设备现在也不齐全，以后这里可以安放一只温箱。

学生甲：有温箱?

王振义：现在没有。

学生乙：仪器呢?

王振义：借。

学生丙：椅子，不够，这个我们可以想办法。

学生丁：学校会不会给点钱?

王振义：会给一些费用，但不会多。怎么样?! 现在，我们想法有了，人员有了，地方也有了。

学生甲：什么时候开始。

王振义：现在开始。

学生甲：现在?

王振义：对，打扫卫生，搬柜子搬桌子，借器材借设备。别看这个实验室简陋狭小……

学生乙：我们做的是世界性的事情。

学生丙：我们将在这里创造历史。

学生丁：在这里放飞梦想，实现理想。

王振义：明天早上起，我先在这里，我肯定第一个到，我会把当天要做的实验大纲交给你们。晚上，我们所有的人，实验结束之后，开个例会，交流一天的实验数据，讨论个人的研究体会。

主持人：确实是一条异想天开的新思路。不再是杀敌一千自损八百；而是循循诱导、化敌为友，一反传统的治疗方法，提出了一条可能更有效果的新路。

王振义：整整干了两年。两年，七百多天，我们不断调整试验方案，尝试了各种各样的药物，做了无数次实验。实验毫无进展，毫无收获，有些学生心急如焚，情绪变得急躁起来。

主持人：实验一天接一天，一月又一月，重复又重复，局外人不可能体会到这些漫长的试验时间里有多大的工作量。尤其，报告那些失败的实验结果，宣读那些枯燥的实验数据，没有了报告后的激烈讨论，没有人感到有必要提出任何问题，完全的沉默和冷漠。

［实验室。

［门口，晚，学生甲借着门灯，坐在石阶上记录病案。学生乙拿着饭碗上，走到学生甲身旁。学生甲沉浸在书中，学生乙敲了敲碗。

［背景中，有学生在弹琴唱歌。歌词的大意：我们希望成为张天师，张天师符水一用，包治百病；我们希望成为张天师，张天师咒法一念，即刻治愈。我们不是张天师，我们是神农尝百草，若有疾厄来求者，不得问其贵贱，不得问其贫富，皆如至亲之想。我们不是张天师，我们是黄帝写内经，敬重传授医术的老师，不给病人带来痛苦，不给病人带来危害，要有利于病人。我们不是张天师，我们是新一代医生，要清清白白地行医，要愉快幸福地生活。

学生甲：你刚吃完？

学生乙：怎么坐在外边？

学生甲：老师还没有来，没有钥匙，实验室门没开。

学生乙：试验有没有进展？

学生甲：不太乐观。

学生乙：这么多时间，所有能想到的办法，都试了，事情不会老是这么下去，对吗？也有可能根本就不会有什么进展。

学生甲：老师的思路是对的。

学生乙：我发现王老师好像察觉我们在谈朋友。在实验室的时候，你和我说话的时候，他的眼神好几次扫了过来。

学生甲：我觉得幸运，我到上海医院来实习，幸运地遇上了王老师。高考恢复，我又幸运地考上他的研究生。现在，我们能幸运地遇上这么一个项目，天天与老师一起搞实验。最幸运的是，和你一起。

学生乙：我那时在厂里，是纺织女工，什么也不想，就想努力工作，好好学习。

学生甲：我在江西山区当知青的时候，想不到今天能够进行这样的医学实验。

学生乙：看实验记录？

学生甲：查房的病案，我在准备当场汇报。

学生乙：大病，小病？

学生甲：小病。

学生乙：小病讲 1 小时，大病讲 5 分钟。常见的小病，要从发病原理说起，复杂的大病要在 5 分钟内简单扼要地总结完毕。大而化小，小而化大，全方位地理解疾病，不能停留在皮毛。

学生甲：老师的老师邝安堃教授的教学法。王老师说，由此他受益匪浅，所以也这样要求我们。

王振义：作为弟子，我在邝教授那里学到两个道理，让我受益终生……

学生甲乙站起：王老师。

［王振义示意大家坐下。

王振义：第一，要在科学研究中取得进展，一定要动脑筋，多看书，认真求索，多问几个为什么。第二，要做一个好医生，一定要重视基础与临床的结合。

学生甲：重视临床实践的积累。

王振义：对。来，你们说说，试验了这么多时间，进展不大，是不是有点怀疑自己，是不是我们在走一条走不通的路。

学生丁：从开始到现在，已经两年多了。

王振义：关于青霉素，1929 年出论文，1931 年研究失败被搁置，毒性反应大。1941 年，一个警官刮脸感染，用了青霉素后，24 小时，高烧消退。这是第一例。第 5 天后，这个警官死亡。第二年，即 1942 年，英国首相丘吉尔得了肺炎，用了青霉素，得到治愈。1945 年，生产的青霉素可以供百万人用。那些不可一世的链球菌、葡萄球菌、白喉杆菌、肺炎球菌……

学生甲：在青霉素前消失了。

王振义：600 万癌症肿瘤患者，而我们到今年还没有特效治疗的方法。各个国家几乎所有的大医院，著名的医学院，组织了医学界的专家学者在研究。人类一定要尽快攻克威胁人生命的疾病。在没有获得成功之前，研究就不能停止，我们依托我国的古老医源，应该有点作为，是不是？

学生丁：我们绝不能轻易放弃。

主持人：夜深人静，在地球的某地，有一批又一批人，他们在各自的研究室里，和他们一样，起早摸黑地在不断研究实验。也许，他们的实验室比这里的大，设备比这里的好，条件更为优裕，但同样是日夜不停，摇着各种试管，在显微镜下，寻找着细胞的变化。

学生丁：不知道谁走在最前面。

王振义：法国巴黎第七大学，圣·路易医院血液病研究所，是全欧洲最大的血液学研究中心，设备先进，技术一流，有一大批著名学者，包括1980年获得诺贝尔生理和医学奖的让道塞。

学生们：他们会赶超在我们前面？

王振义：你的法语口语不错？

学生甲：听，应该没有问题，说，有点困难。

王振义：谁教你的？

学生甲：当知青的时候，我的生活费一个月只有7元，我用1元钱买《中国建设》杂志，翻译其中的医学文章，然后给我父亲寄去。我父亲每次都会认真检查修改，然后寄回来。

王振义：我的意思，争取到先进国家去学习。你们的外语基础不错，有的英语好点，有的法语好一点，还要努力。

学生乙：老师，我年纪已经不小了。

王振义：才三十出头，敢说不小？邝安堃教授会三国外语，70岁的时候，学第四门外语，德语。他学外语，国外大多文献资料，都是用手抄的。我当校长的时候，已经60了，一早起床就学习外语，效果也不错。

学生乙：您的外语不是很好？

王振义：我小时候，学的法语。英语看得多，说得少。专业的词汇多，生活的词汇少。当了校长，要与各方面的人打交道，专业不一样。我只能学，每天早上一起床，我就练说英语，我家小，所以我只能对着墙壁练。我孙女说我，60 岁，学外语，站墙角。

学生乙：老师，您真不容易。

王振义：你们更不容易，外语、临床、试验、理论，许多新创的理论，我们都还不熟悉，你们也要赶快学习消化。过去的动荡，把你们大好的时光浪费了，现在外面可以挣钱了，可以玩乐了，却要你们关在这里，没有一丝的休息。

学生乙：学生明白了。

[不同的区域，两人打电话。

王振义：多听，多交流，不要急。第一，他们的语言要掌握；第二，学习他们的技术；第三，要熟悉他们的文化。只有熟悉了他们的文化，才知道他们的技术，才能了解他们的知识背后的为什么，才能创造发展新的理念和技术。这些学习，不是一两年就可以学会了，所以一定要有心理准备，学习要有一个比较长的时间。时间短，说得不好听，是镀金，出去一两年，拿了医学博士，回国后开业，顶了一个洋博士的牌子，真正临床经验不一定好的，骗骗病人的。

学生乙：我会坚持的，王老师，您放心。

[不同的区域，两人打电话。

王振义：论文进展怎么样？

学生甲：这里的设备确实非常好，条件没有问题。让道塞教授很热心，他很关心我的选题，让我向您问好。论文的进展顺利。

王振义：你那个选题，白血病T细胞受体基因，我查了查，这个选题是有一定的难度的。不过，我相信你，你有科研基础。

学生甲：老师，急性早幼粒细胞白血病那个研究怎么样了？

王振义：我们在继续，你安心做你的研究，我有了新的进展会告诉你的。你啊，关心一下你的夫人，她的那个选题，比较深，有一定的难度，她的法语也有点薄弱，交流起来有困难。她这个人，你知道，有困难，也不主动与人说，只会自己扛，你要主动帮助她一下。

学生甲：是，我是粗心了。

王振义：不是粗心，是太专心自己的研究了。要关心一下同学，互相帮助，还可以互相促进。

主持人：1983年，美国一家医学杂志刊登了一则消息，有学者发现用13-顺维甲酸可以转化急性早幼粒细胞白血病中的癌细胞。

王振义：美国的试验，找到了有效果的诱导分化剂！维甲酸是一种维生素的衍生物，属于皮肤病用药，适合治疗严重而难治的痤疮。他们居然用了原本是治疗皮肤病，实际是一种化妆品的药物，作了诱导分化剂，转化了癌细胞。这个试验设想，太出乎我的意料。

主持人：他们试验成功了？

王振义：试验成功。

主持人：他们的成功，是否意味着你们前功尽弃？

王振义：问题是，他们有个致命弱点。体外试验成功，临床试验疗效不显著，尤其在我国的临床疗效上结果不理想，患者体内的癌细胞没有转化的迹象。而且，他们的药物非常昂贵，一个疗程 2 000 元美金，如果进口的话，还有税。

主持人：你们继续？

王振义：我们看到了曙光，看到了希望。在这里，你可以看到，这个领域的特殊性，没有国际各方面的贡献，不可能在比较短的时间内产生我们的诱导分化剂，证明诱导分化这条路是成功的。

［实验室。

王振义：这里是我新的试验大纲。维甲酸可以转化癌细胞，这是前提。美国的试验医疗效果在临床上不显著，不理想，不等于这个药物有问题，我们可以在这个方面，换个思路，寻找突破口。

学生甲：我们可以试试其他维甲酸。

王振义：对，顺式维甲酸不理想，我们可以试用全反式的维甲酸。我们国产药物有全反式维甲酸。

学生甲：国产的药物，行吗？

王振义：试试。

学生甲：维甲酸有毒性。

王振义：正是利用这个毒性，只要掌握剂量。

主持人：王振义医生和他试验团队的试验又进行了一年多。从 1979 年到 1986 年，历经七年，他们终于把"全反式维甲酸"诱导分化急性早幼粒细胞的结论确定下了。1986 年，第一个临床治疗，那看上去是一次偶然事件……机会总是给有准备的人。

［谢竞雄全神贯注地阅读书本，皱眉沉思。王振义走到她

身后。

王振义：你在想什么？

谢竞雄：你那个实验做得怎么样了？

王振义：什么实验？

谢竞雄：就是那个早幼粒白血病的实验。

王振义：你遇上了病例？

谢竞雄：一个小病人，女孩，5岁，已经发了病危通知。

王振义：怎么治疗？

谢竞雄：用了化疗，效果没有见好，还出现了并发症，高热不退，口鼻出血，血尿。进来时，白细胞量两万多。化疗一个星期，白细胞暴跌到1 000，中性粒细胞只有32%，剩下的只有原始细胞。

王振义：很危险？

谢竞雄：父母两个人在病床前陪着，一分钟也不敢走开，生怕大人一离开，小孩就走了。

王振义：你们怎么处理？

谢竞雄：继续化疗，患者的身体吃不消，危在旦夕；不化疗的话，癌细胞继续繁殖，死路一条。治不行，不治也不行。现在的情况，就是这样，你说怎么办？

王振义：可以用我们的新药。

谢竞雄：诱导分化？癌细胞真的能改造好？

王振义：实践上，我们已经做了很多试验。

谢竞雄：那是动物试验。

王振义：如果家属同意，这是唯一的机会。

［会议室。

甲：我反对。

乙：我不同意。

丙：我也不赞成。

王振义：道理？

甲：你认为这个药物一定有效果？外国这个药物的试验都没有成功，何况我们的药物是国产的。

王振义：我们已经研究了7年。

乙：只有体外研究的数据，现在是用于临床！

王振义：总有一个起步，是不是？

甲：那也应该挑一个状态比较稳定，比较有把握的。

乙：如果病人是一个成人，也好，但现在是一个5岁的孩子。

丙：急性白血病，风险本身就大。这个小患者的情况非常严重，最后引起死亡的不一定是白血病，很可能是其他并发症，到时候，谁说得清楚？

丁：没有百分之八九十的把握，何必冒这么大的险。

王振义：所有的科学不是一下子爆出来的，外国医生是做过的，没有效果。他们做的是顺式化学结构，顺与反是不一样的，我们试用的是全反式维甲酸。

甲：我的意见，放弃。

乙：放弃。

丙：我赞成……放弃。

王振义：那好，如果出事，我一个人负责。

甲：王医生，何必呢？目前的情况看，治愈的可能性小，出问题的可能性多，而且这不是一般的冒险。

乙：我们不是想逃避责任，而是面对现实。

丙：王医生，你是血液病专家权威，栽跟头也不要跌倒在这个地方。你应该明白，任何新药的推出，都难以预料它的效果。生命太复杂，人体中这么多系统器官相互干扰，每一个点上出了问题都有可能引起全线崩溃。白血病是致命的绝症，可以说，出问题是必然的，不出问题是非常偶然的。

甲：每一个癌症患者都有这么一个梦，别的病人的命运是别的病人，我，过去身体素质好，我现在心态好，我乐观达观，我用了什么偏方，我要创造奇迹。怎么样，每年全世界的癌症病人的死亡达600万。600万，没有奇迹。

乙：癌症，人类的大敌，国外针对癌症，建立了多少基金，多少实验室，他们的设备一流，经费充足，人才济济，什么样的理念，什么样的药物，什么样的方法没有试过?！这么多年折腾下来，也没有什么声音。

丙：王医生，如果你对这个患者坚持要用这药物，我不反对，但你不要抱有希望，做好最坏的打算。至少要准备第二套方案，以免别的医院，说我们随意用新药，说我们的医生教授像江湖郎中。

王振义：江湖郎中?！创造奇迹?！从1978年，我们就开始了这方面的研究，各种药物都试过，单单就这个全反式维甲酸药，就试验了三年多了。试验的结果，你们清楚，完全是成功的。我们可以冷静地想一想，在试验数据上有哪些问题？哪些问题可能导致失败？失败最有可能在什么地方发生？难道仅仅因为没有先例，你们就不相信自己，不尊重科学?！

甲：理论上是没有问题，但实践上临门一脚难踢。

……

小患者的声音：叔叔，我的血是白的吗……我会死吗……死了就长不大了，是吗……我长大了，也当医生。

……

王振义：她还是一个5岁的孩子，如果有一丝机会，给她一个活下去的可能，我就要尽所有的努力。

甲：你相信能创造癌症治疗史上的奇迹？

王振义：我们的试验是科学的，我尊重科学。

乙：本来患者不行，是疾病的缘故。用药之后，患者不行，就是你的问题。

王振义：医生说没有希望了，家属也准备放弃了。一个晚上，我和我夫人一起商量后，再与患者家属商量，家属同意了。用药的第一天，患者的病情反而变坏了。我知道，这是阶段性的表征，药物在发挥作用。但是，当时所有人还是很紧张，怕小孩突然发生意外，瞬间就走了。我和我夫人整夜没法入睡。现在说说很简单，当时，一个小时，一个小时，都很难熬……

主持人：实际上，你们从1959年到1986年，整整用了27年时间。

王振义：如果再算进我最初选择血液科的几年，要三十年，三十年，我从30岁到60岁，最有活力的生命阶段，我每天都在等这一天。当我从床上起来的时候，我总会产生一个念头，今天会有收获，会有突破。追了它一辈子，老了，这一天，来了。

［医院急救室。

［所有的人都看着急救室的门。

［谢竞雄从门里走出。她在人群中看见王振义。

谢竞雄：你怎么来了？

王振义：病人怎么样了？

谢竞雄：如果有问题，我会给你去电话的。

王振义：第一次服药，到现在已经 40 个小时了，初步疗效应该可以显示出来了。

谢竞雄：当班护士在守着。

王振义：你仔细检查了？

谢竞雄：你紧张？

王振义：有一点。

谢竞雄：怕不好？

王振义：没有明显好转之前，任何变化都不是没有可能。

［护士出。

［谢竞雄接过护士的病历记录，看。

王振义：怎么样？

［谢竞雄把病历记录交给他。

谢竞雄：热退了。

王振义：稳定了？

谢竞雄点点头：回家吧？

［两人默默走着。

谢竞雄：她能活了。

王振义：生命真奇妙。

谢竞雄：长大、结婚、生子。

王振义：医学的神秘，我们认识不了。

谢竞雄：你坚信？

王振义：你怀疑？

谢竞雄：我相信你。

王振义：我相信科学。

谢竞雄：任何事情都有可能。

王振义：穿上白大褂把病人从死神手上夺过来，是我一生感到最幸福的事情。

［晨光熹微，城市的上空透露出一脉柔和的鱼肚白。

［钟声、鸟鸣。

［清洁工扫街，晨练的人跑步打拳。

谢竞雄：我先去菜场。孩子的早饭，买点大饼油条。你先回家，抓紧时间休息，再等等医院消息。

［王振义和谢竞雄融进打太极拳的人群。

［医院办公室。

医　生：你找我。

学生丙：我是王振义的学生。

医　生：你们老师给我打过电话，说是要找急性早幼粒细胞白血病的病例？

学生丙：是。

医　生：我们医院最近是收进了一个病人，诊断为急性早幼粒细胞白血病。病情很严重，已经发出病危通知了。怎么，你们有办法？

学生丙：是，是的。

医　生：这类型的病人原来很少治愈的先例。

学生丙：我们前一段时间，已经治愈了一个。如果有这种可能，你们医院收进的这位病人，我们可以合作……

医　生：等等，你说你们治愈了一个急性早幼粒细胞白血病病人？

学生丙：本来也是高烧不退，有生命危险。现在完全治愈，出院了。

医　生：你们用了什么方法？

学生丙：用一种“全反式维甲酸”的药。

医　生：全反式维甲酸？这不是治疗皮肤病的?!

学生丙：是的。我们经过了七八年的动物试验，第一次应用到人体，效果非常明显，它可以诱导分化白血病细胞，改变细胞，把坏的细胞改造过来。

医　生：这不是开玩笑？坏的细胞还能改造过来，你以为是改造人的思想?! 改造知识分子思想，这种口号，现在也不提了。你们改造了细胞，创造了奇迹？这不可能。

学生丙：真的，我们不可能骗人。

医　生：你们的王医生，我是知道的。他这个人，为人很谨慎的。医术上，我也很佩服，但这种事情……

[电话铃响。

学生丙：王老师，我跑了5个医院，还算好，终于找到了一个，是急性早幼粒细胞，典型的病例。病历卡，我看了，绝对错不了。

王振义：能不能用我们的方案？

学　生：我对他们的主任医生说了，他不相信，认为瞎猫碰上死老鼠，我们碰上的可能是一种个别病例，劝我们别冒这个风险。

王振义：这样，你再仔细看一下病历卡，核对一下血检报告。我过来一下。我把我们治愈的那个病例带上。

学　生：太好了。

王振义：你等我。

学　生：好，王老师，你坐公交车来吧，路很远的。

王振义：我骑自行车，很快。

王振义：急性早幼粒细胞白血病，是一个少见病，要得到大的成功，必须有一定的病例的支持。我记得我的一个学生，黄萌珥，当时他不管是严冬还是酷暑，骑着自行车到处跑，为了寻找临床病例，收集标本。当时我们的医院连做细胞培养的设备都没有，我们都是跑别的医院，差不多要坐半个多小时的公交车。当我站在领奖台上，怎么能忘记在那样艰苦条件下一起工作的同事和学生。

主持人：黄萌珥，如今他已经是法国科学院终身研究科学家了。他后来在回忆文章中如此说……

黄萌珥：王医生到各个医院，建议病人尝试“全反式维甲酸”，是担着巨大压力和风险的。他当时是国内知名的血液学专家，治疗过程中一旦出现什么问题和差错，不仅自身会名誉扫地，甚至之前医治小静的功劳也会被人所质疑。

甲：2 号、3 号、4 号、5 号。王振义医生的学生们跑了许多医院，对那些被认为已经没有希望的急性早幼粒细胞白血病患者进行治疗。

乙：首批接受治疗的 24 例病人中，23 例得到了完全缓解。

丙：成功案例在国内报道后，被广泛采纳应用于临床，治愈的患者很快达到了七百多个病例。

丁：1988 年，美国《科学》杂志，刊登了中国团队治愈白血病的报道。报道中指出：目前在世界范围应用全反式维甲酸治疗白血病的病例，已在 2 000 例以上，完全缓解率达到 83％到 90％。

主持人：祝贺你们的成功。

王振义：你的祝贺还早了一点，事情并没有完。后来，陈竺和陈赛娟他们夫妻回国，带回了十多万美元的实验用品。他们回国后，仅仅用了两年，建成了系统的白血病标本库、细胞遗传学实验室和分子生物学实验室。分子生物学是世界前沿学科，陈竺很快将分子生物学的理论和技术应用到白血病治疗研究中来。

主持人：这不容易。

王振义：我们的这个课题，后来得到了系统地理论阐释。白血病诱导细胞分化的机制原理，使肿瘤诱导分化疗法，由临床经验上升到科学的理论，使我国的白血病基础研究跨入世界先进行列。

主持人：在这个项目中，他们夫妻两个都发挥了重要作用。

王振义：对，紧接着，陈赛娟走出了又一个关键的一步。1994 年，她发现哈尔滨医科大学有一位教授，张亭栋教授，在 20 世纪 70 年代就用中药砒霜制成砷剂，通过静脉注射，使肿瘤，特别是急性早幼粒细胞白血病获得了明显的疗效。

主持人：中医讲究“以毒攻毒”。

王振义：我们提出合作，携手攻关，用分子生物学的理论去揭示砒霜治疗白血病的内在机制。经过一年多的体外实验，解决了三个问题：第一，论文在国际权威刊物《血液》发表后，使砷剂治疗白血病为国际主流学术界所接受。第二，对维甲酸耐药复发的急性早幼粒细胞白血病患者，完全缓解率达到 80%以上。第三，两药共同“协同靶向治疗”，急性早幼粒细胞白血病的患者的 5 年存活率高达 90%。

主持人：这么说，临床、理论和复发的治疗，形成一个完整的治疗系统。

王振义：更重要的是出现了一批年轻人。比如说，陈竺，是一个有责任心和才能的人。我给他一个研究课题，他完成了3个。他勤奋好学，但最重要的是，他能关心病人，善良，病人需要血，他主动献血，这是最关键的。我能看出他是有抱负的人，第一，他有想法；第二，他有这个能力，第三，他是拿事业和学科的发展作为自己的目标，不图谋私利。

主持人：你们这个团队，有许多优秀人才。

王振义：陈国强、沈志祥。现在的糜坚青，也是我们挖来的人才。

主持人：正在王振义医生和他的团队沉浸在成功的喜悦的时候，谢竞雄医生患了阿尔茨海默症，我们通常说的老年痴呆。

孙　女：当奶奶还能走动的时候，爷爷每天带她去走走；她身体机能减退以后，只要天气好，爷爷推着轮椅带她去家附近的小花园晒太阳。奶奶病情发展的晚期，由于吞咽困难，爷爷会精心选择三文鱼，奶酪等高蛋白高热量的食物，用粉碎机打成糊，同时保证每餐必备新鲜水果榨汁，以维持营养的均衡。爷爷说，这是他的责任，他很乐意做这些事情。

［王振义家，客厅。

［王振义和学生围绕餐桌在讨论病案，餐桌上放置着电脑。谢竞雄一个人在看电视，王振义时不时地看着老伴，关心着她需要什么。

学生甲：老师，为什么不申请专利？

王振义：你们看，我们在网络里收集最新的治疗病例，几乎与世界同步。地球的任何角落，一旦发现一种新的疑难疾病，一旦对一些绝症有了一种新治疗方法，他们会在正式刊物发表之前，便把消息在网上告诉大家。全球范围，有多少这样默默奉献的医生，在千方百计地寻找和发现疗效最好的治疗。我们国产的全反式维甲酸，能迅速解除病人的痛苦，副作用小，钱花得少，有这么多优点，我们怎能不迅速地向国内外推广呢。

［谢竞雄起身去厨房。

王振义：对不起。

［王振义马上起身，跟着谢竞雄到厨房。

学生甲：我们吃亏了。

学生乙：这么严重的绝症，就这么点钱就治愈了……

［王振义搀扶着谢竞雄走出，不嫌其烦地扶她坐下，为她换电视频道。

王振义：你要不要喝咖啡？

谢竞雄点点头。

学生甲：王老师，我来。

王振义：不用，不用，你们管你们忙。你不知道她的口味。你们两个要不要来一杯？

学生甲：不用，不用。

学生乙：我们要，我们自己来。

［王振义到厨房去准备咖啡。

学生甲：王老师，我在网上查到一个信息。美国在1992年创办了ONIX公司，主要的想法是对牛顿蛋白的标靶，作为治疗癌症的新方法。他们召集了四千人，研究了大概10年时间，用了数千万美元，尝试了不同种类的方法。现在，他们制造了一种新药物，说是这药物很成功，用于肝癌治疗的第一种药物。据说，这一种药物的市场预测，可以使 ONIX 公司拥有 20 亿美元的价值。

学生乙：如果有专利，起码也发一笔。

王振义：我们现在不好吗？！

学生甲：我们吃亏了。

王振义：病人得益了。我们的药物价格低廉，药物商无暴利可赚。如果申请专利，那些药物商就会买断专利，进行垄断。到那时，这个药物就不会是现在的价格，肯定是上百倍的利润，某些人认准和利用病人求生的强烈欲望，一定大做文章，获取暴利。如果出现这种情况，违背我们的初衷。

［王振义小心翼翼地端出咖啡，端给谢竞雄。

王振义：要不要听音乐？

谢竞雄：就是那个……

王振义：好，好，我知道。

［谢竞雄喝咖啡。

［王振义装上盒式的录音机，放音乐。

谢竞雄：不是，不是。

王振义：不要急，我马上换，我知道，我知道。

［王振义换上另一盘录音带，看到谢竞雄点头，才放下心。

王振义忙碌完毕，回到学生们中间：对不起，我们继续。

学生甲：谢老师喜欢听这些老歌？

王振义：这些我们过去经常听，这些词句和旋律，已经到记忆深处了。有老年痴呆症的人，听到老歌，注意力会很集中，而且做出反应持续的时间会比较长，有时候她在第二天还记得头一天吟诵过的词句和歌曲呢。

［谢竞雄起身，向厨房走去。

王振义： 一个人总要有所失，失掉什么，得到什么，要看大方向。讲到最后就是一个人生观的问题，我们的发明，没有申请专利，外国人问我，为什么，我说这是吃小亏，占大便宜，便宜了病人。

主持人： 但这毕竟是一笔不小的财富。

王振义： 思想要端正，做医生的目的是什么？有些医生想发财，照顾病人也在想接近什么病人啦，有钱有权的病人，就多接近点。这种医生也是有的，采用一些手段，钱是得到了，但最终人格是失去了。留在人间的，不是你这个人，而是你的事业，你为这个世界作出的贡献。我是喜欢音乐的，最近有时候听听贝多芬第五钢琴协奏曲。这个艺术家已经去世了，去世200年了，人没有了，但他的歌曲却一直传下去。

［王振义突然发现老伴不在原地，马上起身寻找，急急忙忙去了厨房。过了一会儿，搀扶着老伴走出。

王振义： 对不起，她习惯去厨房，我是怕她开了煤气，忘了关。这不好说她的，她是过去养成的习惯，习惯就成自然了……刚才我们说了贡献的问题。我还可以提供一个榜样，我很佩服的一个人。他叫郭明义，非常普通的一个老百姓。他从1990年起，献工累计一万五千多小时，等于多干了5年的工作量。他无偿献血6万毫升，是他自身血液的10倍多。

［谢竞雄睡着了。

［王振义深情地望着她，理了理她的头发，在她的额上给了一个深深的吻。

［屏幕："凯特林癌症医学奖"颁奖仪式。

约翰·史密斯先生：……王振义教授在癌症研究史上第一次发现了如何使用自然物质而非有毒的化学物质，将人体内的癌细胞改造成正常细胞。王振义教授治疗白血病不是传统的化学、放射疗法，不是用杀灭细胞的方法，而是把癌细胞改造成正常细胞，这一突破不仅治愈了曾经最凶险的一种白血病，并且把传统的中国理论与现代分子生物学实践相结合，为治疗癌症提供了全新的途径。

［舞台聚集了许多来祝贺的人。所有的角色都来了，每人手里捧着一束花。看着王振义走来，众人纷纷让路。

病人甲：王医生，我是您治疗好的病人，我现在是一家银行的经理了。如果没有你，我不知道如何报答父母的养育之恩和社会培养之深情。

病人乙：王医生，你还记得吗？那年我出院的时候，没有钱支付医药费，你悄悄地给了我一笔钱，让我先给付了。你说，如果我想还，就每个月还一点，不要急。如果没钱，就算了。现在我要结婚了。这是我送给您和谢医生的喜糖。

病人丙：王医生，30年前，我的小孩昏迷过去，你诊断为过敏性紫癜，最后化险为夷。现在，我的孩子已经成家立业，在一家袜厂工作，这几双袜子，是他亲手做的。没有你，也就没有这几双袜子了。请你一定收下。一点点心意。我不敢送大礼，怕糟蹋了你们医生的好名声。

病人丁：你肯定不记得这件事情了。我家住在农村，你在参加"社教运动"时给我看病，在我家守了整整一个晚上，没有合过眼，没有离开一步，还帮我熬药。一直等到我脱离危险，你才走。

[一个病人家属挤进人群。

有钱人：王医生，久闻大名。这是我的名片。

王振义：噢，李总裁，有什么事，需要我帮忙？

有钱人：能不能到你办公室谈谈？

[其他演员退后。

李总裁地给王振义一瓶红酒：我没有眼力，你帮我识别一下。

王振义：等级园的红葡萄酒，梅多克划分等定级的好葡萄庄园的，法国的，好酒。

李总裁：一般人不知道这种红酒的价值。

王振义：我也不太懂。

李总裁：您别谦虚。我知道您以前跟法国上等社会的人混，深得法国文化精华，不是改革开放后那帮暴发户可比的。这瓶1855年以后的好东西，虽然我也是成功人士，家产也有点，但和您老一比，我们的量级太差了。

王振义：你什么意思？

李总裁：我的儿子，前天送进的你们医院，我们是仰慕您老的声望。

王振义：你的儿子？！

李总裁：15床。

王振义：噢，我看过。

李总裁：我们在国外打听过了，对不起，我们在网上也搜集了有关资料。

王振义：有什么问题吗？

李总裁：好，我实话实说。你们这个医院，并没有给我们一个满意的答复。

王振义：你要什么满意的答复？

李总裁：我有点不明白，请教一个问题。医院开出来做什么？是看毛病的，对不对？看毛病的，是要看好的，对不对？您老是白血病专家，是不是？还得过国家奖、世界奖，是不是？

主持人：李先生，你不能这么讲话。

李总裁：我就是这种态度。

王振义：请让他说，你说下去。

李总裁：别的毛病，你们没有本事，我们也认了。白血病，是你们医院的专长，您老是专家，是大专家，你自己说说看，你看得好吗？全是说谎，吹大牛！

王振义：你既然进行了了解，你应该知道你的儿子患的是什么类型的白血病？

李总裁：孩子进院的时候，我送了红包，你们不要。算我送得少，还是算你们钱多？就算你们不收红包，医药费，我是一分也不少，对不对？要多少给多少？钱不够的话，我还可以赞助，出个万把元，几十万元，上百万，我还是出得起，还不至于倾家荡产。但是，你们要把毛病看好，对不对？

王振义：白血病本身还有很多类型，可分类的就有二十多种……

李总裁：你别给我解释，解释有什么屁用。这种类型的白血病，你们根本没有特效药，你们也糊弄不了我。你讲讲看，我辛辛苦苦赚了这么些钱，小孩没有了，我们就这么一个孩子，辛辛苦苦养了这么大，说没有就没有，我活着赚钱还有什么意思?！我有钱，有钱给你们，求求你们把我的孩子治疗好，让他活下去。

王振义：我们会努力。

李总裁：什么名院，名医，挂羊头卖狗肉……

［李总裁控制不住自己激荡起伏的感情，突然低声抽泣，悲痛欲绝。渐渐地，他平息下来，痛苦地蹲在地上。

王振义：对有的病人家属无端指责、无理取闹，甚至谩骂，我很难接受。今天的医生与患者的关系有一些不正常，有许多是社会原因，很重要的原因是有的病现在还治不好，治疗好了，一切矛盾都能解决。我经常说，我来生，要学张天师，手中的宝剑一指，病魔就消失得无影无踪，什么毛病都好了。

主持人：没有一个医生能包治百病。

王振义：生命科学很复杂，所有的进步只能是逐渐的。有些人不了解医生，包括有些搞科学的人，搞科学的人当他们的生命发生问题时，他们会更加挑剔，埋怨指责。在疾病面前，没有富人和穷人，有些有钱有权的人，在别的地方会享受一些特别的照顾。但我们对待疾病，一视同仁，不可能你没钱，我就不救。有的病人，遇上问题，火气大一点，我们要能理解和体谅他们。

李总裁：对不起，刚才我有点失态。不过，我还是要说一句，我对你们的医疗水平太失望了。

王振义：我七八岁的时候，也就是 80 年前，我祖母患了伤寒病。那时候，伤寒是一种难以治愈的绝症，没有特殊的治疗药物。我记得，那时候我父亲请了市里最好的医生，大概是怕出差错，他来看我祖母病时，随身还带着一本医学书，一面问诊，一面对照检查。当年的一些疑难杂症，现在大多能治愈了，但如今新的绝症出来了。医学在发展，疾病也在不断变化。

白血病，是癌症在血液领域的一个类型。白血病本身还有很多类型，可分类的就有二十多种。急性早幼粒细胞白血病，仅仅是其中之一，现在有治愈的可能了。

［屏幕上牡丹图。

［谢竞雄的遗像。

［王振义将奖状放在像前，给花瓶里换上新鲜的花。

［王振义忙碌完手上的活，拿了书，坐到电脑前，正在准备第二天"开卷考试"答案的 PPT。

［谢竞雄走进，像回家的感觉。

［医生工作会议。

王振义：三天前，你们提出了要我回答的问题，这个骨髓瘤病人，骨髓中坏细胞这么高，达 80%，为什么骨质破坏不多，外国之中没有骨髓瘤细胞？

［王振义打开 PPT。

王振义：骨髓瘤是一个至今不能治愈的恶性血液病，各国医学家努力了几十年，对这种恶性病的治疗方法进步了，但仍然缓慢。法国的一位总统就是因此病而去世。你们提出的问题，没有现存的答案。从 PPT 展示的内容来看，此病人的骨髓瘤细胞表达粗附蛋白，所以留在骨髓里不到血液循环中去，此外，你们看，病人的骨髓瘤细胞比较成熟，恶性程度低，所以不破坏周围的骨质组织。当然，这还是根据文献上的资料的一种假设，还需要做一些检验，据我们的现有条件，这是可能的。

［家。

［谢竞雄仔细地观看了奖状，吻了吻鲜花。

王振义：你回家了?!

谢竞雄：你在忙？忙什么？

王振义：老了，也做不了什么事了。每个星期做一场开卷考试。

谢竞雄：开卷考试？

王振义：和从前所说的查房相似。现在是有准备地去回答一些问题。他们查房时碰到了一些问题，向我提出，我回来准备两天，所以说开卷考试。如果说，当场问当场答，那就是闭卷考试了，那我并不具备足够的知识，尤其是最新的进展，没有准备地去回答提出的问题，只能老一套，对年轻人没有帮助。

［会议室。

王振义：这是两个星期之前的材料，这里还有一份前几天的材料，刚在网上发表的，还没有在刊物正式发表。每个科学家都是这个心理，要快让大家知道，还没有正式发表的，先在网上发表。

［家。

谢竞雄：你还在看那么多外文资料？

王振义：这些全是最新的资料。书、杂志刊物，太多了，我的眼睛不行了，老是流泪水，也看不了这么多。我现在收集资料，和他们小青年一样，主要靠电脑。

谢竞雄：你也学会这东西了？

王振义：孙女、儿子教的。

谢竞雄：就为了你的开卷考试？

王振义：是的，带一点问题找找资料，凭着老经验提提一些治疗建议，给那些年轻的医生一些帮助，也算是尽尽力了。

谢竞雄：你年轻时，为了和我约会，考试得过一个60分，那时候把你紧张的。你说，你从小没有挨过父亲打手心，因为你读书考试的成绩一直很优秀。后来，你压缩了我们的约会时间和次数，去应付你的学习考试了。你说，你每一次临床实践和基础实验，也是考试。想不到，你现在还要考试？

王振义：花了三十多年，我们只攻克了一种白血病。二十多种白血病，大多数还没有办法。我的开卷考试，也是希望帮助年轻人把攻克白血病的事情进行下去。

［会议室。

医生甲：……骨髓移植成功率，目前还在70%左右，还有30%无效。而骨髓移植的生活质量难以保证，早期死亡率也很高。用药物治疗，就不会导致患者死亡。耐药和药物不耐受问题。随着第二代药物出现，耐药和不耐受的缺点渐渐被弥补。

医生乙：这个疾病，有很多种方法。最好的是骨髓移植，5年存活率52%。2010年，这种病人的处理，有四种方法，有一种方法，美国经过研究后决定放弃了……

［家。

［王振义与谢竞雄相视。

谢竞雄：你好吗？

王振义：没有你，空荡荡的。

谢竞雄：你又获奖了？

王振义：可惜，颁奖大会，你没有参加……

谢竞雄：你又把奖金散了？

王振义：散了。

谢竞雄：凯特林奖，你分了。

王振义：如果没有团队，没有集体，没有这么多人的支持，成功不可能。我不能把所有的功劳归于自己，把所有的奖金留给自己。

谢竞雄：那笔“求是科学家奖”，百万奖金，你捐了……

王振义：他们需要，他们的研究工作需要，这点钱也许会对他们的研究有所帮助。

谢竞雄：我明白。

王振义：你出身富家，大家闺秀。可我一生没有积蓄财富，实际上，一个女孩子，应该有一些衣服、首饰、包包的。

［谢竞雄仔细端详牡丹的画。

［王振义走到她的身边，两人仿佛回到年轻的时候。

谢竞雄：牡丹出身富贵，可以大红大紫，享受荣华。我们的牡丹恬淡清雅，清贫是自愿选择的，只有自愿选择甘于清贫，才是真正的志向。

王振义：恬淡清雅，也不失牡丹的王者本色。我对清贫，有自己的解释。清贫，不是追求贫贱的生活，所有的人，希望房子大一点，车子好一点，生活富裕一点，希望对社会多贡献一点，获取公众的尊重更为多一点，这两种希望并不矛盾，那是人的天性向往。

谢竞雄：清贫，不声张，不张扬。

王振义：清贫，是冷静，是理智，

谢竞雄：失败的时候、挫折的时候、低落的时候，不气馁、不颓丧、不埋怨，理智地对待。

王振义：成功的时候，顺风的时候，要淡然、要恬静，不要得意忘形、顾盼自雄。成就要与人分享,钱财要给需要的人。

谢竞雄: 做到了吗?

王振义: 对不起,我有件事想请你原谅。

谢竞雄: 我不记得了,原谅什么?

王振义: 这是我一生中最遗憾的一件事。你在妇产室待产时候,我因为工作忙,没有去看望。当时,作为一个医生,我全身心扑在工作上,不顾家庭,无可非议。但是,我没有考虑你的感受,生育是一个女人的重大事件,作为一个丈夫,没有关心,是不应该的。这件事,我的做法有点过头,是不是?

谢竞雄: 谢谢你,在我生病的16年里,对我的细心照顾,让我保持了临终的尊严。

王振义: 有一件事,我要谢谢你。

谢竞雄: 谢什么?

王振义: 你患病的时候,逐渐忘记了过去的事情,不再认识所有熟悉的人。你最后一个忘记的,不,不,你始终记住的一个人,即使是在发病期间,毫无意识的情况下,你始终记住了一个人,没有忘记的人是我。为这个,我感到特别自豪和安心……

主持人: 王医生,非常感谢你把事业和家庭的心得和我们大家一起分享。在我们结束节目之前,你还有什么话,要对我们年轻人说吗?

王振义: 我记得,当年医学院毕业的誓言:余于病患,当细心诊治,不因贫富而歧视,并当尽瘁科学,随其进化而深造,以期造福人群。我们做医生的,在生命科学的领域,朝着这个方向,前面还有一大段路，没有止境……最近，我参加一次颁奖大会，领奖者中有很多是年轻人。我的年龄最大，是其中最年轻的获奖者的四倍。他只有二十多岁，真令人羡慕……

［全剧终。

2012/8/10 第一稿

2012/8/18 第二稿

2012/8/30 第三稿

话剧

钱宝钧

（又名《衣被天下》）

编剧　王　濮

时　间：1937—2007年。

地　点：英国曼彻斯特·中国上海

人　物：钱宝钧——男，30岁至90岁，著名化纤科学家、教育家，华东纺织工学院院长、名誉校长(1984年起)。

家　　属——王箴、钱敏齐、钱敏平、钱诚等。

其他人物——张锡昌、张方佐、方柏容、斯吾菲尔德、李繁亭、王庆瑞、胡学超、潘鼎、程正迪、王依民、胡盼盼等。

虚构人物——外国工厂厂长数人、美国房东、丰田洋一、李家平、谭守望、林家成、林小芳、钱守根、刘师傅、冯队长、小李、小王、赵阳等。

序

[舞台两侧，上场门处为钱老生前的书房，下场门处为年轻编剧的书房，两处书房的风格迥然不同，一处是朴素淡雅，一处是现代感很强。

下场门光起，一个年轻的女孩子对着电脑时而迅速的敲击着电脑键盘，时而抬头思考，一会儿她又拿起手机对着手机讲话——

赵　阳　老爸，你就放心吧，我现在已经有了不错的进展，我看了很多你们学校的资料，我已经进入状态了，我现在每天都在跟剧中的人物对话，我感觉自己生活在上个世纪了，就连我穿的衣服都已经接近上个世纪了。

[她放下手机，站起身舒展自己的身体。

赵　阳　（对着观众）朋友们，我是这个戏的编导，什么？你们觉得我太年轻，是的，我今年刚 25 岁，但是，著名剧作家曹禺先生在二十出头的时候就写出了《雷雨》这部经典剧作，而我，才刚开始起步，对比之下我感觉自己好老！最近这些日子我自己仿佛生活在上个世纪，甚至穿越到民国。我要写的这个人很了不起，让我先给大家读一段文字：

伴随着中国经济的崛起，中国纺织工业近几十年取得了飞速发展，如今已经成为世界纺织产业版图的核心。化学纤维作为中国纺织工业最为重要的原料之一，也取得了举世瞩目的成绩。目前,我国化纤产量已占世界总产量的75%,成为世界上生产规模最大、品种最全、产业链最完整的化纤大国。不仅解决了十多亿人民粮棉争田的穿衣问题,更为国防军工、航空航天、海洋工程等做出重大贡献。而这一切成就的取得,都绕不开一个人,一位不平凡的老人,他就是著名化纤科学家、教育家,华东纺织工学院院长、中国纺织大学名誉校长——钱宝钧。

[老年钱宝钧上场。他坐在自己的书房里时而查阅资料,时而摘下眼镜思考着,时而随手去摸饼干桶,从里面拿出饼干咀嚼着,思考着。

钱宝钧 高分子物理界中有两大著名难题,一是玻璃化转变,二是大分子缠结,这两个难题都是关于分子集团是如何合作运动的,破解这两大难题离不开基本的物理化学理论。只有解决了大分子缠结的问题,才能对高聚物结构性能和加工的影响以及在高性能冻胶纺聚丙烯腈纶纤维的研究方面取得重大成果……

赵　阳 钱老您好!我阅读了大量的关于您的资料,也采访过您的家人以及您的同事和学生,但是,要把您这样的大师生动地展现在舞台上,我还是感觉很困难,因为——

钱宝钧 我不是大师。我这个人非常普通,不抽烟,不喝酒,性格嘛属于比较内向的,就知道一根筋地搞实验,用你们的职业术语来形容,太缺乏戏剧性了,所以,没啥好写的。

赵　阳 您说对了一半,这类题材的戏剧多半比较概念,我想突破,我想写出一个真实的人物,一个可爱的人物!

钱宝钧 这么说你这人也是一根筋!我这个人不可爱,更不会浪漫。

我提醒你，这可是很难的一件事！

赵　阳　我有这个思想准备，我爸爸是华东纺织工学院恢复高考的首批大学生，他鼓励我创作这个剧本。

钱宝钧　那你是我们学校的子弟喽。

赵　阳　千真万确！

钱宝钧　哈哈！还有这层关系！我也要问一个问题。

赵　阳　您请！

钱宝钧　你为什么要写我们这代搞纺织的人呢?!

赵　阳　因为我觉得我有责任把你们那代人艰苦奋斗的精神告诉我身边的小伙伴们！

钱宝钧　他们会愿意听我们的故事吗？

赵　阳　只要我愿意听，我相信，他们也一定会愿意！

钱宝钧　好吧！我全力配合你完成这个艰巨的任务！其实，我们那代人生活得还是蛮有意思的，虽然，我们经历过很多苦难，但是我们还是为国家做出了点贡献。所以，真是要写的话，不要从我说起，还是从我们那个时代说起，或者，从我们这一代人说起吧……

［切光。

1

［曼彻斯特大学毕业酒会。

［一段精彩的华尔兹群舞，系主任斯吾菲尔德被众人簇拥

上场。

斯吾菲尔德　孩子们，我的孩子们，今天，我们曼彻斯特大学的毕业酒会洋溢着浓浓的师生之谊、惜别之情。我还记得你们第一天参加开学典礼时充满期待的眼光，记得你们从世界各地带着理想踏歌而来，一转眼，你们就要乘着满载知识的小船离去了。亲爱的孩子们，我真是舍不得你们啊！

众　斯吾菲尔德教授，我们也舍不得您！

斯吾菲尔德　你们总是要离开我的……

钱宝钧　教授！

斯吾菲尔德　（拉过钱宝钧，拍了拍他肩膀）孩子！今天的毕业酒会，我请了几位工厂的厂长来见见你们。希望你们离开我以后，会有更好的实践机会。

众　谢谢教授！

［几位人造丝厂厂长上。斯吾菲尔德上前打招呼。

斯吾菲尔德　（给同学们热情介绍）这是英国人造丝厂厂长，这位是德国人造丝厂厂长，这位是瑞典博福斯军火厂厂长。（向着厂长）这些，是我的得意门生，他们中有英国人，也有来自亚洲的东方人，你们看看有谁合适去效力？

英丝厂长　想我大不列颠，世界第一强国，人称日不落帝国。就是从纺织业产生的工业革命，改变了我们英国的工业形态，才有了今天的称号。所以，我需要的学生，当然是来自于我们大不列颠国的光荣子民！

英　众　谢谢厂长！

斯吾菲尔德　厂长好眼光！挑走的都是出色的学生！我这几个来自东方的学生也是很不错的。

英丝厂长　哦？是吗？

［斯吾菲尔德拉过钱宝钧和丰田洋一。

斯吾菲尔德　东方人，是很刻苦又很聪明的。

丰田洋一　哈依！我是来自日本的丰田洋一。

英丝厂长　丰田洋一？那位世界排名第一的纺织机械厂，向我们英国普拉德公司转让“丰田式汽动织机”技术的丰田佐吉先生，和你有什么关系吗？

丰田洋一　丰田佐吉先生是我的堂兄，他发明的“丰田式汽动织机”不仅是日本有史以来第一台不依靠人力的自动织机，也在有“世界的纺织工厂”之称的英国引起轰动。

英丝厂长　哈哈！我们英国对出身和家族是很看重的，你的背景非常好，Welcome to join us！

斯吾菲尔德　Great！（拉过钱宝钧）这位是钱宝钧，是我最勤奋最优秀的学生。

英丝厂长　钱宝钧，听名字他是中国人吧。

钱宝钧　是的，我来自中国。

斯吾菲尔德　钱宝钧是考取中国的“庚子赔款”的留学生，千里挑一，非常优秀。

英丝厂长　嗯，也许吧。我这次招 5 个人，现在已经够了。

斯吾菲尔德　再多一个也不妨吧。

英丝厂长　呵呵。（拉过斯吾菲尔德）To be honest，我知道您看中的学生一定很好，但我就是不想为我的工厂招募中国人。

斯吾菲尔德　为什么？

英丝厂长　我要使用中国人，会被我的同行们怀疑我的工厂运营出现问题。他们会认为，我开始使用廉价劳动力了，这对我产品价值会有影响的。非常感谢您的支持，但是，I'm sorry，God bless you。

斯吾菲尔德 这是偏见。你多虑了！

斯吾菲尔德 抱歉。

斯吾菲尔德 （无奈地摊手）……

［英国人造丝厂厂长带领招聘到的学生下。

斯吾菲尔德 那么，来自德意志的先生，您的人造丝厂愿意让我的学生去实习吗？

德丝厂长 我很怀疑一个黄种人能和我们日耳曼民族共事。

钱宝钧 （气愤地）先生，您这么说可没有道理。

德丝厂长 是吗？

钱宝钧 当然。

斯吾菲尔德 （暗示钱宝钧不要再说）虽然每个人都有自己的立场，但先生您这样讲似乎也不全面。

德丝厂长 我不认为我说的不对。

钱宝钧 （气愤）您根据什么这么说呢？

德丝厂长 愿意让我测试一下你吗？

钱宝钧 请便！

德丝厂长 （指着舞厅的一个装饰石墩）你把那个大理石石墩给我搬过来。

斯吾菲尔德 先生，您招的是技术员，搬这个石墩干什么？

德丝厂长 我们日耳曼民族从智力和体力上来说都是最优秀的，想到我的工厂工作，就要达到我们日耳曼民族的所有标准。

斯吾菲尔德 这个石墩很沉，弄不好会闪了腰。

德丝厂长 就让他搬搬看，有什么关系！

斯吾菲尔德　无论他是哪国人，您这么对待我的 MASTER，是否有点过分了！

［德丝厂长走到石墩前用手推了推，感觉很沉，有些得意。

德丝厂长　不，斯吾菲尔德先生，我们崇尚知识，我们还崇尚力量，如果您的学生钱宝钧搬得动这个石墩，我就答应让他来我们厂里实习，我需要的，是全面的人才。

斯吾菲尔德　先生！

钱宝钧　搬就搬！

李家平　（拉钱宝钧）他在捉弄你，不要理他。

钱宝钧　呵呵！我倒要看他葫芦里卖的什么药！

李家平　出来这些年，这样的事情我们见得多了，不要和他一般见识。

钱宝钧　我今天就是要让他们见识见识！（转而对德丝厂长）先生，我的成绩每科都是 A。我相信我的智力不比任何人低。至于说身体素质，如果我能够搬得起这个石墩，您就让我去您的工厂实习，是这样的意思吗？

德丝厂长　是的，是这样。

钱宝钧　好的！（脱下西装，将衣服递给李家平）

［钱宝钧艰难地搬起石墩，走了一圈，将石墩放在德丝厂长身后。

德丝厂长一脸惊讶。

钱宝钧　（舒了一口气）先生，我搬完石墩了，您现在可以接受我了吗？

德丝厂长　（尴尬地）当然，我们会尽快安排的。

钱宝钧　（笑）谢谢先生。先生您请坐。（指石墩）

德丝厂长　（尴尬地笑）不必了。

[僵持。

李家平 先生！您让人家钱宝钧搬那么沉的石墩，人家就搬了。现在人家请您坐，您何必不坐呢？我们中国老话说“伸手不打笑脸人”，您这样，也太看不起我们了吧。

[德丝厂长觉得场面太难堪，旋将欲落坐，钱宝钧抢先坐了下去。众人笑。

德丝厂长 你……

钱宝钧 先生，既然您真心不想坐，那就不必坐，就像您不想真心收我，我也不会去一样！

斯吾菲尔德 宝钧，你这是在做什么？

钱宝钧 斯吾菲尔德先生，谢谢您的一番好意，帮我推荐工作。厂长先生，对不起，我开了个玩笑，请您不要介意。

德丝厂长 你太无礼了！

钱宝钧 无礼？要说无礼，是您先无礼！为什么我的成绩不比任何一个人差，却要被您刁难？仅仅因为我是一个中国人吗？难道您以为，我们中国人就没有尊严吗？您错了！我与您一样，既在乎我个人的尊严，更在乎我国家的尊严！

德丝厂长 哈哈哈！你一个中国人跟我谈什么尊严！知道吗？“七七”事变！此刻，日本正在全面进攻中国！你的国家马上要被日本人灭了，还有什么尊严？哼！

钱宝钧 什么?!

[众哗然。有人疑问：是真的吗？

[一个中国女生手拿报纸上。

女　生 （悲痛地）是真的！日军7月7日在北平西南卢沟桥附近发动了对中国的全面战争！

众　这些侵略者！太可恨了！

钱宝钧　斯吾菲尔德教授，我要回国！

众　回国？

斯吾菲尔德　回国？你现在回去干什么？你们先暂居在这里，战争平息了再回去效力也不为迟。

钱宝钧　战争平息？战争什么时候会平息？平息了，那还是我们的国家吗？我们那时候还有祖国可以回吗？

斯吾菲尔德　现在回去，你又能干什么呢？

钱宝钧　我不知道我回去能干什么，我只知道我拿了庚子赔款出来读书，就肩负着国家的责任，现在国家在受难，我应该回去！我只知道我的亲人们在受苦，他们一定也希望我能在他们的身边，我要与我的家人在一起。我必须回去！

斯吾菲尔德　孩子，我理解你，也支持你！

德丝厂长　（上前一步）年轻人，我错看你了，请接受我对你的道歉！

钱宝钧　不必了！厂长先生，我知道，美国杜邦公司已制造出世界上第一根尼龙纤维，贵国的纺织科技实力也很雄厚，但我相信，总有一天，中国会让你刮目相看！

德丝厂长　我相信了！

钱宝钧　谢谢！

斯吾菲尔德　孩子们，你们走吧。你们终将选择自己的道路，自己行走。我没有更多可以给你们的了，我只能送你们一首我心爱的诗——

当你启程前往伊萨卡，
但愿你的道路漫长，
充满奇迹，充满发现。

莱斯特律戈涅斯巨人，独眼巨人，
愤怒的波塞冬海神——不要怕他们：
你将不会在途中碰到诸如此类的怪物，
只要你高扬你的思想，
只要有一种特殊的感觉，
接触你的精神和肉体。
但愿你的道路漫长……”

［诗朗诵开始时，音乐起。舞台变化：一方是斯吾菲尔德的朗诵，一方是钱宝钧与众年轻人回国的场景。

［老年钱宝钧同年轻编剧赵阳上。他俩同时望着远处。

钱宝钧 那时候，我们满腔热血，一心想着报国。1938年，我辗转塔林、巴黎、马赛，历经半年时间抵达上海，上海已沦陷，我的母校金陵大学也已经西迁到成都。

赵　阳 钱宝钧先生又搭法轮到北海登陆，经南乡、迁江、宾阳、柳州、贵阳、重庆，经过千辛万苦最后到达成都，在他的母校成都金陵大学任化学系主任，教授，教授化工原理、工业化学，1942年办了木材干馏实验工厂，直至抗战胜利。

［切光。

2

［音乐起。

［1952年。钱宝钧家。

[王箴在整理衣被。钱敏平与林小芳正在写信。

钱敏平　你写好了吗?

林小芳　写好了！走,我们这就寄出去!

王　箴　你们光顾着给最可爱的人写信了,来,喝点水,吃点东西。

钱敏平　妈,我们全班同学都在给前线的志愿军叔叔写信,有的同学都收到志愿军叔叔的回信了,我们可不能落后!

林小芳　是啊,伯母!

王　箴　呵呵,妈妈也不能落后！看,我不是也在整理捐给前线的衣物吗?！你们俩先喝水。

钱敏平　妈,我的书包缝好了吧?

王　箴　早缝好了,喏,背背看,结实不结实。

钱敏平　(开心地背上书包转圈)妈妈缝的书包,一定结实!

林小芳　伯母手真巧!

钱敏平　我妈妈原来读的是医科学校,后来有了我兄妹几个,妈妈就整天忙着家务了,我爸爸太忙,所以妈妈没有办法继续读下去。

王　箴　毛毛头,你们遇到好时候了,在我心里,男孩女孩一样,都能读好书,都可以有真才实学。

钱敏平　(点头)嗯!

王　箴　妈妈还给你准备了一个水杯!

林小芳　呀,这个杯套真好看!

钱敏平　这是我妈妈自己织的,她会织各种图案的杯套。

王　箴　小芳要喜欢,这个送给你。我晚上给毛毛头再织一个。

林小芳　啊呀,谢谢伯母！我不能要!

钱敏平　拿着吧!

王　箴　快拿着！你爸爸与毛毛头爸爸是同事，又是好朋友。他刚刚还来过这里呢！你不用客气！

林小芳　（兴奋地接过有杯套的茶杯）谢谢伯母！

［钱宝钧上。

［钱宝钧与林小芳打招呼。

钱敏平　爸爸，刚才和小朋友招娣玩，她的衣服好看嘛蛮好看，就是衣服是土布，手工染的，招娣一出汗，脖颈都蓝了。

钱宝钧　哦，是招娣家染布的方法不对，有空你带我去招娣家，我教他爸爸妈妈怎么染布。

钱敏平　好。一言为定！

钱宝钧　一言为定！

钱敏平　再见！

钱宝钧　你们这是？

钱敏平
林小芳　给志愿军叔叔寄信！（下）

王　箴　（接过钱的外衣）开了一天会，饿吗？

钱宝钧　不饿。逸仙，你把衣被都拿出来，这是干什么？

王　箴　接到通知，说抗美援朝志愿军的棉衣棉被供给是个问题，物资短缺，发动家家户户给志愿军捐衣服、捐被子！

钱宝钧　嗯。我们单位也发动了！唉，想起志愿军在前线没衣服穿，我这个搞纺织的，心里就像被针在扎。靠捐衣被，终归不是个办法。

王　箴　其实，即使不是抗美援朝，几亿人民的穿衣本身就是个大问题。

钱宝钧　是啊！目前，国内纺织技术太落后，生产能力有限，光依靠棉、毛、麻、丝这类天然纤维，远远满足不了需求。王箴，你把我那件西装也拿出来捐了吧，反正回国以后我也没有穿过。

王　箴　那件西装我给你留着。这是你在国外读大学时穿的，我稀罕。再说，你马上又要用得着了。刚才小芳的爸爸林家成所长来过了，这是他给你文件。（递文件）

钱宝钧　是部里的批文。

王　箴　林所长说，要派你去德国三个月，手续齐了，让你下个礼拜就走。

钱宝钧　（叹气）早不下来，晚不下来，偏偏这个时候下来了！

王　箴　怎么了？

钱宝钧　你不知道，在这次全国化工会议上，我提出创办华东纺织工学院的建议，得到许多领导与同行的支持。

王　箴　你是说，你想要去创办一所大学？

钱宝钧　对！

王　箴　你要想清楚，你主持开发的这个化纤新项目，如果搞成了，就是国际先进水平。而且，研究项目，是你的强项，对国家对自己都有好处。办学校，不是你一个人能做得到的。

钱宝钧　你说得对。但总要有人出来挑头啊！我想过了，发展化学纤维工业，我一个人的力量，或者几个人，几十个人的力量是远远不够的。要一大批人，而且是要一大批青年人，这个事业才有希望。所以，首先还是要发展教育，培养出一批批人才，这比我搞出一个项目更重要。

[张方佐、张锡昌边聊边上。至钱家门口，敲门。

钱宝钧　（开门）啊！是张局长，锡昌兄啊！贵客临门，欢迎欢迎！

请进！

［张方佐、张锡昌进门。

钱宝钧 来介绍一下，这是我太太王箴。这是华东纺织管理局的张方佐局长！这位，逸仙，你见过的，无锡钱桥的锡昌兄，现在也是华东纺织管理局的副局长，还记得吗？

王　箴 （与张锡昌握手）怎么不记得，他是当年“白皮红心”的共产党员啊，1949年那会儿在国民党监狱吃了不少苦，现在身体都恢复了吧？

张锡昌 好了！当时幸得大家帮助被营救出狱，又在宝钧安排下借住公益研究所，躲过一劫。对外，我也算曾在公益研究所工作过，和宝钧不仅是同学，也是同事呢，哈哈哈！

［主客彼此寒暄。王箴倒茶。

钱宝钧 方佐局长，锡昌老弟，是什么风把两位给吹来啦！

张方佐 钱宝钧同志啊，当然是会上你掀起的那股关于办大学的东风喽。会议一结束，市长就让我找你，尽快拿方案。路上正好碰到锡昌，他也正好要与你商量办学的事，就一起过来了。

钱宝钧 太好啦！其实要办纺织大学的想法我已经酝酿很久了，今天两位都在，我建议，我们不妨一起来起草一个书面的办学方案。

张方佐 好！你执笔，我们一起做臭皮匠。

张锡昌 宝钧兄，我认为，现在我国棉花和羊毛资源长期不足，所以，发展我们国家自己的化学纤维工业，势在必行。教育，也要把化纤列为重点。

钱宝钧 锡昌兄说得对！培养化纤科研人才，是发展化纤事业的根本，也是我们办学的根本。

［林家成上。敲门。王箴去开门，迎林家成进门。

林家成 哈哈，总算逮住你了！喔唷，有贵客在啊！

钱宝钧 呵呵，你林所长也是贵客啊！

［众相互寒暄。

林家成 宝钧兄，下礼拜去德国，我给你配了两个助手，你看够吗？

钱宝钧 （面有难色）家成兄，我这一次可能去不了了。

林家成 怎么了？

张方佐 林所长，是这样的，钱宝钧同志在全国化工会议上提出创办华东纺织工学院的建议引起方方面面的重视。现在全国正在筹划院系调整，准备在交大、上海、南通几个高校中与纺织相关学科的基础上，成立华东纺织工学院，这将是一所全国唯一培养纺织人才的大学。今天我代表市政府正式邀请钱宝钧同志与锡昌同志参加学院筹备工作，这件事还希望得到你的支持。

林家成 这当然是好事。只是，我们上海申新纺织公司公益研究所也很需要钱宝钧，他从1946年开始就在我们所工作了，是我们的骨干力量。你们让他去筹建学院，那我们现在做的化纤研究项目怎么办，我们这个项目也是国计民生，很重要的啊。

张方佐 （诚恳地）这个，也是我今天来和钱宝钧同志商量的事情之一。林所长啊，我和你们一样，也有过在国外留学的经历，在国外的每一天，我们都在思考，为什么别的国家能搞好的东西，我们搞起来就这么费劲？我觉得很重要的一个原因还是人才！有一个钱宝钧只能搞一个项目，如果有一千个、一万个钱宝钧，就能搞一千个、一万个项目，到那时，何愁我们国家的纺织事业会落后，何愁老百姓没有衣服穿？

林家成 （急）张局长，能不能让宝钧兄两边兼顾啊？你说的都对！不过，宝钧兄啊，如果你离开上海申新纺织公司公益研究所，将来在学校当教授，薪水可能只有现在的一半；如果学校办起来后还回公益研究所，可以兼职做客座教授。

钱宝钧 这个，我倒真没有想过。逸仙，你看……

王　箴 我支持宝钧的一切决定。

钱宝钧 （感动）逸仙！

［邮差上，敲门。王箴开门，收信。打开看，递给钱宝钧。

林家成 喔唷，不是第三个要请我们宝钧兄高就的吧，我们宝钧兄可是抢手的不得了呢。

钱宝钧 呵呵，家成兄你又说笑了，这是我侄儿从朝鲜战场上寄回来的信。

张方佐 快看看，有什么好消息？

钱宝钧 我们击溃了美陆战一师，取得毙伤敌人六千余命，俘敌六百余名的战果……

［众人高兴。

钱宝钧 同时，全军伤亡七千余人，冻伤一万一千余人……

王　箴 什么？

钱宝钧 长津湖畔死鹰岭高地上，负责阻击任务的志愿军战士们，已经在零下四十多度的严寒中蹲守了一夜。一夜的蹲守和战斗，我的手脚早已麻木，把敌人打退以后，我又开始写日记。我的手在抖，不停地抖，我控制不住。连长喊我，“小上海，小上海在哪？”我听见了，就几步远，可是，我已站不起来了……全连125名官兵，身穿华东规格军装，持枪俯卧战壕，保持战斗姿势，几乎全部……全部冻死在死鹰岭高地上……

［钱宝钧手中的信掉地，众人沉默，神情凝重。

林家成 他们，他们怎么能穿着这么单薄的衣服去朝鲜那种零下几十度的地方作战？

钱宝钧 他们是解放上海的那支部队，战事紧急，走得匆忙，又供给不足……

林家成 是那个宁可睡在上海马路沿上，也不去打扰百姓借宿的部队？

［钱宝钧点头。

林家成 作孽呀作孽！

钱宝钧 为了新中国，为了我们前线杀敌的将士，为了千千万万老百姓，我们必须要抓紧建设自己的化学纤维工业，尽快创办我们自己的纺织学院！

张方佐 对！办学是关键！

钱宝钧 林所长，如果有一天时机成熟了，我希望你也能来！

张方佐 对！不仅你来，还要发动你的老同事老同学一起来。钱宝钧同志，你考虑一下，还有哪些合适的人才，你可以代表局里马上向他们发出邀请。

钱宝钧 对了，我有一位在美国留学的老同学程守洙，他很快就要从美国田纳西州立大学物理专业毕业了，是一位难得的人才。我可不可以马上给他写信。

张方佐 当然可以，马上写！

［钱宝钧坐在写字桌前开始写信。

[赵阳上。

赵　阳　(读信)守洙兄好，见信如晤。不知你在美利坚过得可好？我们正在筹建新中国第一个纺织工学院，当年我们年轻时的教育救国的梦想有机会实现了。守洙兄，现在我们是召集人才，将来，我们就可以自己培养人才啦！守洙兄，这个事情是不是利在千秋？还望守洙兄学成归来，报效祖国。再没有比亲历这个伟大的历史时代更有意义了。

[老年钱宝钧上。

钱宝钧　(老年)1951年，以交通大学纺织系、私立上海纺织工学院、上海工业专科学校纺织科3所院系合并为基础，华东纺织工学院正式成立。

赵　阳　1952—1956年，又有南通学院纺织科、青岛工学院纺织系等6所校系并入。钱宝钧任副院长、教务长、染化系主任，程守洙任副教务长。那时候，各路英才聚集到华东纺织工学院。

钱宝钧　(老年)周天佑——

赵　阳　美国麻省理工学院毕业，机械系教授；

钱宝钧　(老年)方柏容——

赵　阳　意大利米兰工程大学毕业，纺化系教授；

钱宝钧　(老年)程守洙——

赵　阳　美国田纳西州立大学毕业，物理系教授；

钱宝钧　(老年)王菊生——

赵　阳　来自上海第一印染厂，纺化系教授；

钱宝钧　(老年)陈人哲——

赵　阳　英国曼彻斯特大学毕业，机械系教授；

钱宝钧　(老年)严灏景、张文赓——

赵　阳　英国曼彻斯特大学毕业,纺化系教授;

钱宝钧　(老年)杨荫谓——

赵　阳　来自国共合作时期抗日地下组织国际问题研究所,外语系教授;再加上上海申新纺织厂的刘裕瑄、吾葆真等。1954年,华东纺织工学院设立化纤专业,开始招生。1958年,华东纺织工学院化纤专业的首届学生毕业,为国家培养了第一批纺织化纤专业技术人员。其中有季国标、贝聿泷、郝建秀、吴文英、陈稀、穆淑华、李繁亭、顾利霞等一批杰出的科研人才。

[众毕业生欢呼。

钱宝钧　(老年)人老思旧啊!当年艰苦建校的情景一幕幕清晰地出现在我的眼前,那真是个火红的年代,那时候的我们,就是一个心思,把我们国家的纺织行业搞上去!我们干什么都是蛮拼的,工作起来从不觉得累啊!

[一组师生朝气蓬勃的学习、工作、交流的造型。(含多媒体)

[收光。

3

["文革"歌曲响起。

[清晨。薄雾中,王箴戴着口罩和帽子,拿着大扫帚在扫地。片刻,一个、两个、三个……多个戴着口罩和帽子的人在

扫地。

[“哗……哗……哗……”扫地声清晰有力。

[工宣队刘师傅上。

刘师傅 钱宝钧!

[王箴不响,继续默默扫地。

刘师傅 钱宝钧!钱宝钧!你装什么聋!(扯下王箴口罩)

刘师傅 哎?怎么是你?钱宝钧呢?

王 箴 他,他今天身体不好,我帮他来扫地,不耽误的。

刘师傅 身体不好?怎么身体不好?他汇报了吗?

王 箴 汇报……

刘师傅 不汇报!心里一定有鬼!我找他去,找到了我去汇报领导!

王 箴 刘师傅,您别这样!

刘师傅 你少废话!

[众拥上来:刘师傅,您别这样!

刘师傅 你们都来干什么?也来劳动改造吗?

[众不理,一个个以扫地的方式逼上去,刘师傅步步后退。

刘师傅 干什么?干什么?!(被逼下)

[“哗……哗……哗……”扫地声继续。众边扫地边隐去。

[钱宝钧一手持大扫把,一手提一铅桶上。

钱宝钧 (发现王箴)逸仙,是你?你怎么来了?

王 箴 你白天劳动改造,晚上还要偷偷做实验,太累了,我能帮你扫多少是多少。

钱宝钧 我没什么的,你放心!其实,有时候一个人换一件事做做也有好处。比如扫地,里面也有学问。就说握扫把的姿势吧,也都有讲究,不能太紧,也不能太松,刚开始我没掌握好,扫半个小时就腰酸背痛，现在扫上半天都没有事。还有，呼吸的长短，左脚与右脚的摆放的角度，颈部转动的节奏，等等，都会直接影响到扫地的效果。还有……

王　箴　好啦好啦，看你都成扫地专家了！唉，想不到你一心扑在学校教育及国家建设上，却换来了“资产阶级反动权威”这顶大帽子，还这样受辱……

钱宝钧　他们让我扫地，扫厕所，的确是想从思想上侮辱我们。可依我看，工作没有高低贵贱，扫地扫厕所并不低贱，要扫好地也是大有讲究的。其实，比起复旦谈家桢、苏步青他们，我算好多了，听说，他们被逼着戴着高帽子、黑帮牌子。还有我们的温仰春校长，人家老革命，第二次国内革命战争时期还是受毛主席表扬的福建省苏维埃负责人之一，被抓入狱，吃了太多的苦了。

王　箴　唉！这什么时候是个头啊。

钱宝钧　逸仙，别看现在闹得凶，中国这么大，大学终究还是要办的，学生还是要上学的，实验室还是要搞研究的。中国不仅要解决温饱问题，还得抓紧发展啊。总有云开雾散时！

王　箴　等到那一天，我们都不知在不在世了！

钱宝钧　不会的，逸仙，我们要好好活着。我来扫，你快回去给小孙子做饭吧。

王　箴　嗯！你能早点回，就早点回。

钱宝钧　好的！

［王箴下。

［钱宝钧开始整理小桶。刘师傅上。

刘师傅　钱宝钧，你怎么才来，去哪里了，这是什么？

钱宝钧　这是稀盐酸。

刘师傅　什么稀的、干的！真搞不懂你们这些知识分子，不好好劳动就想着搞什么研究，怎么你白专道路的根就那么深呢？

钱宝钧　我是用它来除厕所里便池的污垢的。

刘师傅　什么污垢不污垢？你骗谁？

钱宝钧　刘师傅，我跟你说，这稀盐酸，是实验室用完的废料，但是，用来除垢却很好，因为它可以溶解十分坚硬的尿酸盐，把便池洗白除臭。

刘师傅　（打断）你是拿大道理来糊弄我，逃避劳动吧！哪儿的厕所都黑，都有臭味，你能洗干净？叫你扫厕所，就是要你放下臭架子，劳动改造！

钱宝钧　（哭笑不得）刘师傅，我说的都是科学。

刘师傅　科学？你说这东西能把便池洗白，我倒要看看你怎么除？

钱宝钧　好，你看！

[钱宝钧用稀盐酸除厕所里便池的污垢，刘师傅在一旁观看，慢慢地，化学反应产生作用，刘师傅惊得目瞪口呆。

刘师傅　（叫起来）他奶奶的，真的管用，真的管用！哈哈哈！（猛拍一下钱宝钧的肩，忽然觉得有些唐突，有些难为情地）钱、钱、钱宝钧，不，钱老头，不，老钱头，你是有两下子！

钱宝钧　刘师傅，你还是叫我钱宝钧吧。

刘师傅　不，以后就叫你老钱头！

钱宝钧　谢谢刘师傅。

刘师傅　哎，老钱头，你能不能给我一点这个这个稀、稀、稀盐酸？

钱宝钧　这东西有腐蚀性，你要它干什么？

刘师傅　我家门口有一个公用小便池，就贴着院墙，男男女女每天进进出出路过都能看到。那真是又黑又黄，一到夏天更是臭气冲天。我用这个去试试。呵呵，让我老婆看看，我刘大毛也有两下子！

钱宝钧 你拿去吧！

刘师傅 哎！我现在就回去！（转身，欲行又止）哎，老钱头，看来你还是真有学问。我要跟你学学。

钱宝钧 呵呵，好的。

刘师傅 一言为定！

钱宝钧 一言为定！

［刘师傅下，稍顷，复上。

刘师傅 对了！老钱头，还有一件事忘了通知你，你今天回家找身像样的衣服，过几天有个外国专家访问团来，人家指名要见你。冯队长让我告诉你，到时千万不要乱说话！（下）

钱宝钧 好！（目送刘师傅下，自言自语）外国专家？会是谁呢？

［钱宝钧戴上口罩和帽子开始扫地。"哗……哗……哗……"扫地声起。

［片刻，几个戴着口罩和帽子扫地的年轻人边扫边围上来。

钱宝钧 （感动地）同学们，是你们……

同学们 钱先生，委屈你了！

钱宝钧 （感动地）这没什么，把厕所扫干净没有味道多好啊，行行出状元啊……

［"哗……哗……哗……"扫地声如优美的晨曲越来越清晰，越来越动听。

［切光。

4

［钱家。钱敏平帮着妈妈找东西，王箴翻出一套西装。

钱　诚　嘿，这衣服蛮气派的！

王　箴　压在箱子底几十年了！

钱　诚　好像还没过时啊！

王　箴　小弟，去厨房把饺子端上来，过会儿你爸爸回来吃。

钱　诚　我们家南方人，干嘛老吃饺子啊？

王　箴　你爸爸不爱吃菜，包饺子这菜他就能吃进去了，他整天工作那么忙，营养不均衡，身体要垮掉的！

［钱宝钧上

王　箴　回来了。

钱宝钧　回来了。

钱　诚　爸，妈给你包的饺子，还热着呢。

钱宝钧　还是家里好啊！孩子们吃了吗？

王　箴　放心吧，饿不着他们。

钱　诚　（端着脸盆）爸，擦把脸吧。（下）

钱宝钧　谢谢我的宝贝儿子！

王　箴　宝钧，你来看看，还是这身衣服好。

［钱宝钧试衣。

钱宝钧　这衣服，有点小了。

王　箴　（边说边帮钱穿）是哦，这衣服，跟我们家小弟年纪差不多了！

钱宝钧 （深情地）当年我去英国留学，出国前发了制装费，为了做得称心，你特意陪我去找了个做西装的老师傅，做了这套合身的衣服。一晃，快四十年了……

王　箴 （帮钱宝钧拉拉衣服）那时候，你还是个小伙子，一头黑黑浓浓的头发，现在，只剩下能数得清的几根白发了……

钱宝钧 呵呵，岁月不饶人啊！（发现书本）逸仙，你怎么把我的宝贝都翻出来了！《三国演义》《红楼梦》《桃花扇》，这个被人看见了可不得了啦。

王　箴 都在扫"四旧"，你放在床底下也不安全啊，得找个地方。

钱宝钧 有了！用塑料纸包起来，放到养鸡棚里去"避难"。

王　箴 亏你想得出。这个办法好。

［刘师傅陪工宣队长上，身后跟着几位搬沙发、孔雀牌电视机的工人。

［刘师傅敲门。

王　箴 有人来了。快把书拿走。

钱宝钧 哎！（抱书速下）

［王箴开门，一惊。

王　箴 你们……

刘师傅 老钱头家吗？冯队长来了。

［钱宝钧上。

钱宝钧 刘师傅，冯队长，你们这是……噢，先请进先请进。

冯队长 钱宝钧，我正式通知你，有个外国专家提出，要在正式会见中国专家之前先到你家来看看。我们请示了领导，已得到批准。那个外国专家马上就要来了，你们快准备一下。（一挥手，工人们将沙发、电视机搬进来）

钱宝钧 我们不需要这个。

冯队长 什么需要不需要的，临时给你们用，这关系到社会主义国家的形象。

［钱宝钧与王箴在一旁发愣。

冯队长 还愣着干什么，一起帮忙啊！

［钱宝钧与王箴忙去相助。

［一女工宣队员带外国专家李家平上，进门。

冯队长 外国专家好！这位就是您要找的钱宝钧。

［李家平认出钱宝钧，激动地上前。

李家平 宝钧兄！（百感交集地）

钱宝钧 您是？（摘下眼镜揉揉眼睛）

李家平 我是家平啊，李家平！当年我们在曼彻斯特一起读书的，你忘了？

钱宝钧 啊，家平啊！（激动但又克制住）这是我太太王箴。逸仙，这是我在英国读书时的同学李家平。

［李家平与王箴握手。

钱宝钧 这么多年不见，可好？

李家平 好啊，我好得很。曼彻斯特大学毕业以后，我没跟你一起回国，后来到美国读博士，拿到学位后就留在了美国。你好吗？老同学！

钱宝钧 我……

［冯队长咳嗽了一声。

李家平 几位领导，能否让我们老同学单独谈谈。

冯队长 （犹豫了一下）好吧。

［冯队长朝钱宝钧瞪了一眼，他一挥手，工宣队员下。

钱宝钧　家平，斯吾菲尔德先生他还好吗？

李家平　唉，他已不在了。

钱宝钧　啊？

李家平　前些年我去看他，他还问起你，说看到过你在《英国纺织化学》杂志上发表的文章，很高兴，但后来不知为何就再也听不到你的消息了。

钱宝钧　我也常想起老师。唉……

李家平　这次回来，我正担心遇不到你呢！（小声地）现在中国的形势，我也知道一些，你到底怎么样？

钱宝钧　呵呵，我现在白天劳动，锻炼身体，（小声地）晚上在家偷着看点科研材料，这叫工作、身体两不误。

李家平　（拉拉钱的衣服）你也老了好多了。

钱宝钧　哈哈，一晃几十年喽，是应该老了。这些年你在忙什么？

李家平　你们回来建设新中国，为国为民。我啊，就是做做实验，搞搞研究，也没什么大名堂。

钱宝钧　（兴致勃勃地）研究？什么研究？

李家平　就是碳纤维呗。

钱宝钧　你们做的怎么样了？

李家平　我们（欲言又止），搞了十多年，也没搞出像样的东西，（暗示地）反正现在全世界搞出这个研究的国家就这么几个，就不要谈它了。难得一见，我们还是叙叙旧吧。

钱宝钧　（心领神会，若有所思）是啊，碳纤维是高科技领域中的新型工业材料，谁先做出来，谁就能先占据世界军事和民生的领先地位。

李家平　其实，（环顾四周）前几年，斯吾菲尔德先生和我说，如果宝钧不回去，留在国外做研究，一定会有大作为的。

钱宝钧 老师高看我了。那时候，看看国内战后凋零，百姓衣不蔽体，国防工业材料稀缺，不用自己的能力为祖国做点事，我心中过意不去啊！

李家平 人各有志。宝钧兄的境界我敬佩。只是，这三十多年前的衣服你还穿着，总是让我难以想象。

钱宝钧 你，你看出来了。

李家平 当年我淘气，抽香烟把你这衣服烫了个洞，我急得不得了，又没钱赔你新的，只好上街去找人连夜给你补了一块。其实，宝钧兄，我第一眼认出你来，是因为这衣服上的织补啊！你的人，变化好大……

钱宝钧 呵呵。（吟）月黑星繁夜，荧荧灯影明。楼高水底映，步缓溪边行。为探岸涯际，不禁叹咚声。湿鞋何足惧，长忆翠溪清。（此系钱宝钧于1961年初所作诗文）

李家平 好一个"为探岸涯际，湿鞋何足惧"！宝钧兄，（意味深长地）治大国如烹小鲜，你的衣服破了，用棉线缝上就是，若是以后想给你的国家扎上铜墙铁篱，不受外国的侵略和压迫，恐怕还是得用碳纤维了。

钱宝钧 "你的国家"？中国难道不是你的国家？

李家平 我，我生于末代，长于战乱，远渡重洋，早已是无根之人，此生身如浮萍，也只能随遇而安，飘向哪里就是哪里。现在，我只盼来世，能再回长江边上好好地吃上几条刀鱼，再栽几株青竹了。

［冯队长与工宣队员上。

冯队长 会谈结束，请外国专家继续下一个行程！

[李家平与钱宝钧拥别，临别时取出一个袋子交给钱宝钧。李家平依依不舍地下。冯队长与工宣队员随下。

钱宝钧　(喃喃自语)碳纤维！碳纤维！碳纤维！好你个李家平，这么说，我们现在赶上去还来得及！(打开袋子，高喊)逸仙，逸仙！

王　箴　我在啊！

钱宝钧　你看，这是家平给我的尼龙袜子，这个老同学是在提醒我加油啊！我记得当年曼彻斯特毕业的时候，美国杜邦公司就已经在研究新型合成纤维。几十年啦，他们的化纤研究还是走在咱们前面呐。(又从袋子取出一叠材料)啊，这是家平在国外发表的论文，让我做参考。看来，他还是怀着一颗赤子之心啊！

王　箴　中国人，中国心，走到哪里都不会变！

钱宝钧　对！快去把小弟找来，今夜就去实验室！

王　箴　实验室关了好久了，水、电都不通了，哪里还能做实验？

钱宝钧　噢！封掉了，是封掉了！(跌坐)

[几位工人上，将沙发、孔雀牌电视机一一搬走。

[切光。

[赵阳与老年钱宝钧上。

赵　阳　钱老，我问您一个问题，看到在国外的同学事业发展的那么好，而你此时此刻却在冲洗厕所，你后悔过回国吗？

钱宝钧　(老年)后悔回国？从没有！我们那代人经历了许多磨难，我们最大的心愿就是国家强大，人民幸福，永远不受列强的欺辱！不错，我们这代知识分子，“文革”受到了一些冲击迫害，现在看看那些磨难真是算不了什么，那些磨难都是财富！

赵　阳　磨难是财富?! 本来有冲突的地方又没了! 这个剧本我创作得好辛苦啊,没有冲突,没有悬念,没有浪漫的爱情故事,现在的观众——唉,我后悔写这个剧本了! 我已经好久没有出去度假,没有看话剧,没有看电影,总之,我感到自己困在这个小小的空间了,我不想要这样的生活,我要出去! 虽然我敬佩老一代的科学家,教育家,但是现在的年轻人更喜欢追星,追偶像啊!

钱宝钧　(老年)我们那代人崇尚科学,也崇拜英雄! 孩子,不管是偶像还是英雄,要获得成功,首先要学会坚持! 困难来了,要迎上去,战胜它。

赵　阳　(眼睛一亮)困难来了,要迎上去,战胜它。对啊! 一个名人说,写戏,就是写困难的克服。钱老,你说说,你曾经遇到的最大的困难是什么?

钱宝钧　困难嘛?"文革"那个特殊时期,我们还要偷偷搞实验,倒真是挺困难的啊!

赵　阳　嗯,就写这个! 钱老,快跟我说说!

[收光。

5

[实验室。门上贴了封条。

[钱宝钧上。他四顾无人,偷偷揭开门上封条,打开实验室的门进入,转身一挥手,示意钱诚上,父子进实验室。刘师

傅在一旁目睹这一切，犹豫了一下，摇摇头下。

钱宝钧　小弟，快把门关上！

钱　诚　爸，每次做个试验都要偷偷摸摸的，真让人憋屈！

钱宝钧　呵呵，牢骚太盛防肠断。还不如留着精神，好好想想试验问题，来，我们继续上次没搭完的纤维热机械分析仪。

［钱诚协助钱宝钧忙碌。拿起一个零件。

钱　诚　爸爸，这，这不是小纮最爱的乐高玩具件吗？这可是你省吃俭用，好不容易从英国带回的呀（生气地）。

钱宝钧　噢（不好意思地）……小弟，我们原本想买零件，可实在没找到合适的，碳纤维测定分析还等着这台分析仪呢。那天我陪小纮玩，发现玩具上这个构件适合改造，就暂时拆下用了……

钱　诚　爸！那可是您孙子唯一的进口玩具！……好吧，仪器若是做成了，我们也不能忘了给小纮记一功。

钱宝钧　忘不了的！现在万事俱备，只欠东风。帮爸爸一起想办法，看看怎么才能把这些元件组合起来。要想把碳纤维的强度搞上去，准确测量纤维的热机械性能是当务之急，现在热分析仪国内没有，只有自己做了。我现在年纪大了，眼睛老是看不清东西。

［两人边说边动手，不小心发出声响。

钱宝钧　嘘，声音小点，别被人听见，说我们走白专道路。

［王箴带着从无锡县西乡新渎桥镇赶来的钱宝钧堂弟钱守根上。

［王箴看看周围，见无动静，小心地敲门。

王　箴　宝钧，宝钧，开开门，是我呀。

［钱宝钧开门。

钱宝钧　逸仙，你怎么来了？

王　箴　是你堂弟来了，说有急事情要找你。

钱守根　堂哥！

钱宝钧　守根哪，你怎么大晚上摸到这里来了？

钱守根　堂哥，我是搭生产队到上海运粪的船来的，明天一早就开船，所以今晚一定要见你。

钱宝钧　有什么急事？快说。

钱守根　你是纺织专家，我想让你给我弄一个日本尿素袋子，我们那都是干部拿去了，我们轮不到。

钱宝钧　要那东西做什么？

钱守根　是这样，人家给你侄子介绍了个大姑娘，贫农出身，初中毕业，还是铁姑娘队队长，一等一的出色人。但是你侄子去相亲，裤子上都是补丁，我觉得丢人。

钱宝钧　那要尿素袋子有什么用？

钱守根　（瞪大眼）那可是尼龙袋子，听说是化学的高级料子，比手工土布结实。裁成裤子，叫"抖三抖"，穿在身上挺刮刮！我们乡下很时兴的。我儿子要是能穿上它去相亲，这门亲事保准能成！

［钱宝钧等沉默。

钱宝钧　逸仙，你把咱们家今年剩的布票都给守根吧，全部都给他。

钱守根　那怎么行，"无粮票没饭吃，无布票没衣穿"，你们买布买衣服，也得用布票啊。我只要找个尿素袋子，不用布票，又是尼龙的，洋气，我不要用你们的布票。

钱宝钧　人不是化肥！怎么能穿化肥袋子！

［刘师傅上。

刘师傅 喂！里面是谁！（开门）噢，钱宝……噢，老钱头，你们几个在这里干什么?!（对钱守根，严厉地）你是谁?

钱守根 哎呀，您是工宣队的师傅吧，是这样的，我是无锡县西乡新渎桥镇的贫农钱守根，我来上海，找我堂哥钱宝钧。

刘师傅 贫农？这没到农闲时候，你跑来上海干什么?

钱守根 哎，我儿子要相亲，我来上海，给他寻条新裤子穿。

刘师傅 为什么相亲要穿新裤子，你贫农出身，怎么还一脑子资产阶级思想！干干净净就可以啦，为什么一定要穿新的?

钱守根 我们乡下不比你们城里人，有工资，有布票。我们下地干活，衣服破得快，布票不够用，就是谁家布票够用，我们工分也不够换钱买啊。我计划着，给儿子找上个尿素袋子，给他裁了裤子，风风光光地相亲，结婚！

刘师傅 什么？用尿素袋子做裤子？亏你们能想得出！不过，不瞒你说，其实，我家布票也不够用，一件衣服金娣穿了银娣穿，银娣穿好缝缝补补又留给亲戚穿。

钱宝钧 刘师傅，如果我们国家把化纤工业搞上去，穿衣就不会这么难了。我们的纺织化纤工业发展得还是不够快啊，不然，老百姓怎么还要穿尿素袋子呢?

［刘师傅有所触动。

钱　诚 是啊，刘师傅，还是我们技术太落后了！我爸爸之所以冒着风险做实验，就是想让大家都有衣服穿，让你的兄弟姊妹都穿上新衣服。

刘师傅 （沉默少许）看在工农一家的份上，我不管你们那么多，那你们好好做实验吧，别动静太大！还有，今天晚上 12 点，我们

工宣队的冯大队长要到校园来查岗，你们11点一定要离开这里，否则我麻烦就大了。（下）

钱宝钧　谢谢刘师傅。

钱守根　堂哥，你看，我要的这尿素袋子……

钱宝钧　守根，你回去吧，我想想办法。逸仙，你带守根先回家煮碗阳春面吃，我做完试验马上就回来。

［王箴带钱守根下。

钱宝钧　小弟，我们抓紧做！

［两人紧张地装配零件，神情专注，配合密切。

［“嘀嗒，嘀嗒，嘀嗒”，墙上的钟声越来越响。王庆瑞上，轻轻暗号式地敲实验室门。钱诚去开门。

王庆瑞　小弟，你也在？钱先生幸好有你这个得力助手啊！

钱　诚　不仅这个，（偷笑）爸爸现在每个星期要交两篇自我批判书，昨晚见他写得心烦，我还抢着帮他写了一篇呢。

［钱宝钧笑。

王庆瑞　（惆怅地）老师，上次小李摔坏的冷凝管，我去了几趟虬江路，一只也没淘到。

钱宝钧　（从怀里掏出）庆瑞，你看！

王庆瑞　冷凝管！老师，您是从哪儿弄来的啊？这下实验可以继续做了。

钱宝钧　这是我自己琢磨着吹的，给，试试看好用不好用。

［王庆瑞动手试装。

钱宝钧　以前在英国读书的时候，我曾自己花钱去学仪器制作，没想到几十年后还真派上用场了。科研过程会有很多这样那样的困难，你们也要多留心多动手，这样才不会被小事难住。

王庆瑞　（组装完）正好呢！钱先生，您太厉害了！

钱宝钧　一个小仪器，谈不上厉害不厉害。

王庆瑞　怎么不是?！您总是看在前，想在前，做在前。我还记得，1962年您就带着我们利用棉短绒浆粕研制成了超强力粘胶帘子线，1966年那会儿，国家要建粘胶强力丝工程，生产军民两用轮胎，我们的很多数据就为国家第一个万吨级粘胶帘子线厂提供了重要的技术依据。

钱宝钧　这只是提醒我们不能松懈，科学研究必须要有前瞻意识。科研工作者总是跟在别人后面搞研究，研究出的东西不能解决问题有什么用？现在，李繁亭他们在琢磨高速纺丝项目，如果这个难题能够攻克，老百姓布票紧张的问题就能得到缓解了。

［钱宝钧站起来取工具，一个踉跄，头晕目眩。

王庆瑞　钱先生，您歇会儿，剩下的活儿，我来给小弟搭把手。

［两人扶钱宝钧在一旁休息。

［钱诚与王庆瑞继续组装仪器。

［“嘀嗒，嘀嗒，嘀嗒”，墙上的钟声越来越急促，越来越响亮。

［钱诚忽然跳起来欢叫。

钱　诚　爸爸，成了！

钱宝钧　（一愣，惊叫）什么？成了？

王庆瑞　（兴奋地）钱先生，是成了！

钱宝钧　（高兴地跳起来）真的吗？是真的吗?！（一个晕眩，昏倒在地）

［王庆瑞与钱诚慌忙去扶。

钱　诚　爸爸！爸爸！

王庆瑞　钱先生！钱先生！

［钱宝钧醒来。

钱宝钧　小弟，快帮我看看！我的眼睛怎么了？怎么什么也看不清了！

王庆瑞　钱先生，别急，您别急！（同时对钱诚说）我这就找板车送您去医院！

钱　诚　爸，我在这儿，小弟在这儿！（紧紧抱着父亲，握着他的手）您这几天熬夜实验，实在太累了，怕是眼睛的毛病又犯了，我们马上去医院！

［钱诚像抱着一个婴儿，把钱宝钧呵护在自己年轻的怀抱里。

［动人的音乐旋律响起。

［赵阳上。

赵　阳　在钱老的努力下，第一代 XRF-2 型多功能纤维热机械分析专用仪制造成功。而钱老由于白天劳动改造，夜晚偷偷搞实验，精神紧张，身心疲惫，他的双目几乎失明……“文革”后该仪器获得上海市重大科技成果奖、纺织工业部科技成果奖，在国际上为首创。

［切光。

6

［鸟语花香。响起《我们的生活比蜜甜》的歌声。

［大屏幕，全国科学大会影像资料。

［实验室。

［李繁亭、魏大昌、胡学超、陈彦模、潘鼎等在忙碌。

［刘师傅提一篮鸡蛋上，他在门口犹豫了一下，轻轻拍门。

［潘鼎去开门。

潘　鼎　你是……

刘师傅　我是刘师傅啊！你不认识了？

潘　鼎　噢，是工宣队刘师傅！

刘师傅　不好意思，不好意思。

潘　鼎　你是来……

刘师傅　我想看看老钱头，不不，是钱老，钱老！

潘　鼎　看钱先生？

刘师傅　对！

潘　鼎　钱先生很忙。

刘师傅　那我就不惊动他了。这篮鸡蛋给他，我走了。（转身欲走）

［钱宝钧上。

刘师傅　钱、钱、钱老，你来了！

钱宝钧　刘师傅，是你！

刘师傅　刘大毛，刘大毛。（激动地）我在电视里看到，钱老您前几天在开全国科学大会，人很精神。我就想来见见您。

钱宝钧　哈哈，谢谢刘师傅，我也七十多了啊！你好吗？我还记得你家门口有一个公用厕所，现在拆了吗？

刘师傅　还在。不过，现在不大有人用了。您当时教我的方法，让我在弄堂里很有面子。呵呵，这篮鸡蛋送给您！

钱宝钧　鸡蛋？

刘师傅　您当时在阳台上科学养鸡。在鸡窝里装上灯泡，就像一直是白天，让母鸡多下蛋，给你的学生们补身体。我回去一直在用这个法子，效果好着呢。

钱宝钧 哈哈，那时候资源太紧缺，连鸡也受罪。现在想起来，我的心里还有些不安啊！

刘师傅 是呢（挠头）那这鸡蛋？……

钱宝钧 鸡蛋你带回去，你家孩子多，也不容易，你的心意我领了。

刘师傅 哎哎。那您先忙，以后有机会再来看您！

钱宝钧 好吧。以后有空来走走。等等！（从包内取出一带杯套的茶杯）刘师傅，这个送给你！

刘师傅 （激动地）这杯套是钱师母织的吧，怎么好意思呢！

钱宝钧 呵呵，我们也算是共患难过，这是我的心意。最近有个日本朋友要来，本来要送给他的，你先来，就给你吧。

刘师傅 这么重要的东西，我不能要。

钱宝钧 你也帮过我啊，也算表我个心意。回去我再让我太太编一个。

刘师傅 那、那、那我就不客气了。（收起茶杯，提鸡蛋乐颠颠下）

潘　鼎 老师，这个刘师傅当年也挺凶的，你怎么还对这种人这么好！

钱宝钧 那个年代，不能怪他。再说，他后来也变了，还在我们晚上偷偷做实验时帮我们望风。

李繁亭 钱先生，这次全国科学大会真是深得人心啊，你看，刘师傅他们都在关注。

钱宝钧 是啊，大会肯定了科学工作的路线、方针和科技人员的努力，提出知识分子是工人阶级的一部分！特别是恢复了研究生制度，胡学超、潘鼎你们才能来校做研究生啊。

潘　鼎　我们几个，一是托科学大会的福，二是托了钱先生您的福。真没想到，您这位大教授会主动联系我们，现在想起来还激动着呢！

［程正迪上，敲门声。

潘　鼎　（开门，疑惑）你是？

程正迪　您好！我叫程正迪，是今年华东师范大学数学系的毕业生，我是来找钱宝钧先生的，请问他在么？

潘　鼎　在，请进。

钱宝钧　（迎上两步）我就是钱宝钧。华师大数学系，哦，你寄来的材料我看过了，你的专业成绩很优秀。

程正迪　钱先生好！虽然我是学数学的，但我很向往高分子专业。我父亲常跟我说，“人不能只想着自己的一张纸、一支笔，要做些对社会对国家有用的事”。高分子专业应用前景广阔，您又是有名的高分子纤维学家，我想跟您学习。如今，我已在自学高分子化学和物理了。

钱宝钧　好啊，孩子！看你材料是被分配到数学系的，对吧？但也很好啊。高分子理论研究涉及很多数学工具，而且跨学科的学习也利于思维的活跃与创新。我们同学中有学数学的，也有学物理的，刚才给你开门的潘鼎同学原来学的是有机合成。我欢迎你，就是要好好准备，成功总是跟随着努力两个字的！

程正迪　谢谢老师！（深深一鞠躬）

钱宝钧　前几天，上面传达了邓小平同志关于向发达国家大量派送留学生的指示，学校正在考虑落实。下一步啊，我希望你们这些青年才俊都能留在学校工作，根据每个人特长联系名师，让你们出国深造。我还记得1956年我任华纺副院长时，受国家委派，在华东纺织管理局洪沛然副局长的带领下，与纺织部科技司一位官员一起出席在莫斯科召开的国际高分子材料会议。后来我们派出了一批教师、学生留学苏联及东欧，现在他们都成了教书与学术研究的中坚力量。对了，这两天，哈佛、麻省理工等学校已经有导师回复，表示非常欢迎你们去。

众 太好了！谢谢老师！

钱宝钧 只有及时了解国际先进的科学技术，我们才能不落后，出成果啊！学超，我已经在帮你联系了，我希望你尽快出国深造。大家可别觉得我是因为和他叔公都是“庚子赔款”的留学生，有什么同窗之谊偏袒他，我是“举贤不避亲”！我还想让钱诚来咱们学校呢。

李繁亭 那多好啊，钱诚科研动手能力那么强。

钱宝钧 只可惜啊，这小子说什么“我才不去呢，我做得好的话，人家说是你老头子的，做得不好，我们两个都丢人”。哈哈，随他去吧。

胡学超 钱先生，我……能不能晚一些出国？

钱宝钧 你怎么了？

胡学超 我……

钱宝钧 学超，我知道，你爱人身体一直不好，卧病在家好一段时间了。你是怕这一走，家里没人照应了，对吧？

胡学超 先生您那么忙，这种小事还让您挂心……

李繁亭 钱先生，上次我去学超家，他正一边炒菜一边还在背日语，还要照顾妻子，真是蛮辛苦的！

胡学超 我怕我一走，这个家就没人支撑了。

钱宝钧 我们一起帮你想办法解决家庭困难。繁亭，你明天也去系里与领导商量，看怎么帮学超解决后顾之忧。人到中年，诸事缠身，既要抓住机遇，又要克服各种困难，这也是人生的大功课啊。

胡学超 （感激地）学生记住了。

［王依民上。

王依民 钱先生！

钱宝钧 依民来了，那台X衍射仪的调试，你研究得怎么样了？

王依民 还真是海底捞针，无从下手啊……

钱宝钧 丰田洋一怎么说？仪器他们熟悉。

王依民 丰田洋一先生推荐了他的学生松下一郎，说他的技术是最好的。不过，他们开出的薪水很高。

钱宝钧 多少钱？

王依民 合人民币一天1 000元。

钱宝钧 （一惊）这么贵？开什么玩笑！

王依民 他们说，这个价格是国际行价，不能拿我们的人工和国际行价比。他们还说，在这个世界上只有两种资源，一是自然资源，二是智力资源。他们日本，面积小，物产少，有今天的国际地位，靠的就是人才和技术的智力资源。他们还说，这个钱又不是你钱先生付的。

钱宝钧 国家的钱，就更不能乱花了。

王依民 是啊。我告诉丰田先生，我们这台仪器，本来可申请40万元的世行贷款，钱先生为省钱，反复研究报价并精心组合，讨价还价好不容易最终用12万元买下。现在光调试就这么贵，这怎么行？

钱宝钧 （沉思有顷）依民，如果价钱不能商量，那就我们自己来调试。

王依民 可目前我国没有一个人能自行调试的啊！

钱宝钧 怎么没有？有！

王依民 谁？

钱宝钧 你！

王依民 钱先生开玩笑吧！

钱宝钧 我在想啊，他们说得对，一个国家的国际地位，靠的就是自己的人才和技术资源。就算今天免费给我们调试，那明天呢，后天呢，能一有问题就找他们吗？我们总要有自己的人会做这些事。那我们，就从这次开始了！

王依民 可是……

钱宝钧 （打断）依民，仪器是科研的眼睛，调试仪器也是科研的一部分。从今天开始，这项工作就全部交给你了。不过，我们可以找引进类似仪器的单位取经。对了，我想起来，有机所新引进过X-光精密仪器，小弟也参加了调试，可以让他介绍你去讨教一下。总之，一定要啃下这块硬骨头，弄懂弄通衍射仪！

王依民 钱先生，这个……

钱宝钧 依民，我知道有难度才交给你啊！做什么事都有第一次，不用怕！我相信你一定能行。

王依民 （受到鼓舞）钱先生，我听您的！不过，这个任务有些艰巨，时间紧，难度高，我怕是要吃住在实验室里，才能提高效率！

钱宝钧 你有什么要求提出来，我来与后勤保卫商量，尽量给你创造条件！

王依民　好的，钱先生！我一定全力以赴。

钱宝钧　我知道你一定能行！还有，李繁亭、魏大昌、胡学超、陈彦模你们几个在研究高速纺、多孔纺，涉及设备设计、制造，要注重与机械、电子等学科的交叉研究，让我们的化纤生产跟得上老百姓需求；朱介民、张安秋、潘鼎啊，你们得继续关注高强高模聚乙烯、芳纶、碳纤维三大高性能纤维的研发，任务就交给你们了，这会是以后各国新材料研发的战略焦点，前期很多国家已在研究了，我们再也耽误不起了，要抓紧赶上！（年纪大的均纷纷点头）

潘　鼎　碳纤维这么重要的课题，我，我能行吗？

钱宝钧　又来了！你当然行！你在吉林化工研究院搞碳纤维的口碑我记着呢，当年我们在吉林开会，你问我那么多问题，我更知道你肯动脑子。华纺不容易考，你没日没夜复习，不也考进来了吗?！有自信肯坚持就有可能解决问题，希望你在这个碳纤维的研究上坚持下去。

潘　鼎　好，老师，我记住了！

钱宝钧　孩子们，现在云开雾散，科学的春天来了，希望你们抓住机遇，放开手脚干，做出成绩来！

合　是，钱先生！

钱宝钧　依民，你抓紧研究。成功了，我请你，还有大家，一起去燕云楼吃北京烤鸭。

王依民　钱先生，我们不去燕云楼，就到你家吃师母烧的腌笃鲜。

［众齐附和。

钱宝钧　好，就吃腌笃鲜！

合 依民，我们能不能吃到师母烧的腌笃鲜，就看你的了！

王依民 呵呵，其实我现在就想吃了！

［众乐。

［音乐起。

［赵阳上。

赵 阳 由于钱老对年轻人的信任，王依民充满了信心，X 衍射仪从安装到调试，整整两个多月，他都住在实验室里，凭着年轻，每天工作 20 个小时，终于攻下了难关；后来他还帮无锡、重庆和洛阳等地调试仪器，为各地开展高精尖科学研究提供了重要帮助。

［切光。

7

［钱家。钱宝钧在看报。

［林小芳提一塑料袋水果上。敲门。

［钱宝钧开门，迎客。

林小芳 钱伯伯！

钱宝钧 小芳，是你！什么时候回上海的？

林小芳 昨天晚上 10 点钟到上海火车站，我老娘病了，赶回来看看她。

钱宝钧 还好吗？

林小芳 年纪大了，老毛病。伯母呢？敏平他们也不在家？

钱宝钧 你伯母去天山菜场买菜啦，敏平到北京出差了。快进来坐吧！小芳，你说，有什么事？

林小芳 伯伯，本来不是说好了，当年我们 1961 年毕业的大学生，去南京 4 年就回上海，结果一下子又派到大西北，一呆又是 20 年，下乡知青都回上海了，我们却回不来。当然，这不能怪您，分配不是您管的！

钱宝钧 这……孩子啊，这也是国家的需要。华纺是中国第一所纺织大学，你们是第一批毕业生，新中国所有的化纤纺织研究者都从你们这一批人开始，到处都需要人才啊。

林小芳 我懂，这些道理我懂。甘肃化工研究所在兰州被称为“小上海”，这个单位都是我们从上海来的华纺毕业生，我们不去那里做化纤，还有谁能去那里做呢？可是，我还是想家啊。钱叔叔，您知道，我是一个独养囡，我父亲过世的时候我在兰州，求人求佛连夜买了火车票站几十个钟头回去，还是没有见到他最后一面，（开始流泪）现在老娘一个人在上海，孤苦伶仃，我实在是放心不下啊。

钱宝钧 （同情地）要不，帮你把老娘接到兰州？

林小芳 这哪好接啊，我在黄河边就算了，老娘快八十了，吃了一辈子小笼、馄饨，到兰州去，肯定过不惯呀。

钱宝钧 你们这代学生，为中国化纤业付出的真是太多了。不过，小芳，你也要记住，你是林家成的女儿，你的父亲，在当年条件艰苦得多的情况下，为了新中国的化纤事业奋斗了一生，贡献了一生，他生前，也一直以你为荣，因为，你继承了他的事业。

林小芳 这我知道。不过……（试探地）钱叔叔，听说您过几天要来兰州，要挑一个人回上海化工研究所？

钱宝钧　是的。我这次去，除了替上海化工研究所挑一名技术员，重点是与潘鼎一起来考察甘肃化工研究所的原丝技术，为碳纤维的下一步研究打基础。

林小芳　那您看我行吗？我业务水平也是很好的，年年都拿先进工作者！于公于私，我都有资格！

钱宝钧　这个，小芳啊，你要谅解钱伯伯，我还是希望让有意向的同志都报一下名，然后统一进行考核，选一个技术水平最突出的同志回上海。

林小芳　唉！我知道，叔叔您一向秉公办事。

钱宝钧　到时你报名，一定要努力一下。

林小芳　好吧，也只能这样了。那我先走了，代问伯母好啊。

钱宝钧　好孩子！你先不要走。等一会我同事与学生要到家里来吃腌笃鲜，庆祝一件大喜事。

林小芳　什么大喜事？

钱宝钧　跟你也有关。国家已决定取消布票了。

林小芳　啊！有这样的好事，真是太好了！我来得早不如来得巧。

［王庆瑞、潘鼎、胡学超、陈彦模手里提着自带的菜，和师母王箴说说笑笑上。钱宝钧将林小芳介绍给大家。林小芳和王箴及众人寒暄。王箴放下菜篮子，欢喜而爱怜地拉着林小芳的手。

陈彦模　钱先生，刚才在菜场门口我们几个正好遇到师母啦，师母好像有点不舒服……

王　箴　（用手揉了下小腹，忍着疼痛）没事的，可能今天跑得太急了，休息下就好了。

钱宝钧　（关切地）怎么样？你这些天家里家外太辛苦了，等我忙过这段陪你去医院看看吧。

王　箴　没事，没事！别大惊小怪，我去准备菜。（进厨房）

［胡盼盼持报纸兴冲冲奔上。

胡盼盼　（扬手中报纸）报纸来了，报纸来了！1953年起实行的布票供应终于取消了！以前我们天天补袜子，补得头都痛了。现在有了化纤，终于不用再这么麻烦啦！钱先生！这也了却了您的一桩大心事啊！

［众欢呼雀跃。

钱宝钧　呵呵，我昨天听说了这个消息，激动得睡不着觉！作诗一首，你们听听。“布券一去不复返，满街男女尽时装。百千新秀进学府，纺织科技放光芒。今日孜孜勤研习，他年翼翼成栋梁。不为一己求安乐，愿作别人嫁衣裳”。

［众齐吟诵点头：“不为一己求安乐，愿作别人嫁衣裳”。

钱宝钧　潘鼎啊，布票的问题解决了，以后咱们老百姓想穿什么不会那么困难了，但给你的碳纤维的研究还是要抓紧啊，碳纤维现在是国际研究热点，也是国家战略需要。没有好的原丝，就搞不出好的碳纤维，过两天我们去兰州，要好好看看甘肃所的原丝制造。

潘　鼎　嗯！我一定好好学习！

钱宝钧　今天高兴，我要请大家喝一瓶藏了许多年的好酒，竹叶青。

［众欢欢呼。

钱宝钧　（环顾人群）咦，盼盼，繁亭呢？怎么他没来？

胡盼盼　繁亭老师好像去金山石化了。

钱宝钧　取消布票，是我们华纺人几十年的梦想。大家都有贡献，包括小芳的父亲，我早年在申新公司的老同事、老所长林家成，他在天之灵也一定感到欣慰。还有李繁亭，尤其他们团队那个“涤纶长丝高速纺丝工艺与设备”项目功不可没。等下次他在，我们要让他好好喝一杯！

[电话铃响。

钱宝钧 盼盼，你接吧。

[胡盼盼接电话，片刻，神色大变。哽咽。

钱宝钧 怎么了，怎么了？

[众拥上来询问。

胡盼盼 繁亭老师不在了……

[钱宝钧与众大惊失色：“怎么可能？！”

胡盼盼 因母亲病重，所以李师母回娘家了，家里好些天没开伙。李老师昨天没吃早饭，在系里开了一上午会，中饭又没吃，急着去金山石化商量生产线调试的事，结果在西站大厅低血糖晕倒，一下后脑勺着地……他衣服破旧，没人及时抢救，就……就再也没醒过来……

钱宝钧 （如晴天霹雳，跌坐）什么？！繁亭……繁亭是做大工程的人才啊！天祸夺我所爱……

[众悲恸，抽泣。林小芳哭出声来。

钱宝钧 走，我要去看看！（颤巍巍站起来）

[众扶住钱宝钧：老师，还是我们去吧！

林小芳 钱叔叔，我也要去！

钱宝钧 （忽然想到什么，转身）小芳，钱叔叔收回刚才对你说的话，过几天我与潘鼎去兰州，哪怕多争取一个名额，也要把你带回来！

林小芳 不！钱叔叔，我也收回刚才对您说的话，我不回上海了，我要做一个像您，像我爸爸，像李繁亭老师那样的人！

钱宝钧 好孩子！

[王箴上。拥抱林小芳。

[众唏嘘。

钱宝钧 大家听好了，从今后，你们要更加注意保护自己的身体。你们都是国家的栋梁之材，不能再让我这个白发人送黑发人了？听明白了吗？

[众深情回应：先生，您也要保重！

[音乐起。

[赵阳上。

赵　阳 在钱老的带领下，纺织工学院为国家实现化纤产业化、解决老百姓穿衣问题提供了人才及科技支撑。同时，钱老早年对碳纤维、芳纶、高强高模聚乙烯等高性能纤维研究的精心布局，使学校在高性能纤维研究领域一直走在世界前列。钱老与他的团队为国家的事业奉献的不仅仅是智慧、汗水、心血，甚至是崇高的生命。

[切光。

8

[夜。实验室一隅。小李、小王与几个年轻人在看电视录像。

[钱宝钧上，众起立问候。

钱宝钧　你们……在看电视？

小　王　这是钱先生您在国际高聚物加工学会亚太年会作学术报告的录像，小李刚调到实验室，也关注大分子缠结研究，我们就想听听钱先生的报告探讨下。

钱宝钧　好，你们准备些问题我们下次好好聊聊。

小　王　谢谢钱先生。

小　李　钱先生，这么晚，您怎么来了。听说师母病了，她还好吗？

钱宝钧　这几天病情稍微稳定了。师母刚睡着，有敏平、敏治在。我在医院看你的实验报告，数据方面想与你核对一下。

小　李　那您打个电话来，或者明天也可以啊，害您老跑一次。

钱宝钧　你上次不是说，白天实验室吵，喜欢晚上10点钟后做实验吗？我想看着你做，可行？

小　李　好的！钱先生！

［小李做实验，小王端来一把椅子，又替钱宝钧倒了一杯水，钱摆手，专心看小李做实验。

钱宝钧　嗯，不错，但以后你的实验报告还是要写得严谨一些，一步步推算不能省略。学术研究，一丝都马虎不得！我还希望你接下来重点关注大分子缠结研究，现在这可是制约高性能纤维研究的世界难题。所以，一定要加油，求真务实！

小　李　是！我一定不辜负您的期望！

钱宝钧　做完实验抓紧去休息吧，身体是工作的本钱，喏，我给你带了一瓶牛奶，临睡前喝掉它，睡个好觉。

小　李　（感动地）谢谢钱先生。钱先生都是我不好，您也该早点回去休息了。

钱宝钧　没关系，我正好去看看潘鼎的碳纤维做得怎么样了。

小　李　唉，听说潘老师他们的研究啊，做得蛮困难的。

钱宝钧　哦？遇到什么困难？

小　李　（自知失言）哎呀，我也说不好。（大喊）潘老师！潘老师！钱先生去看你们做实验啦！

［舞台另一侧亮。潘鼎等正围坐打扑克，每个人脸上都贴满纸条。听到小李呼喊，忙不迭地收拾。钱宝钧到潘鼎实验室，潘鼎脸上还贴着一张纸条。

钱宝钧　潘鼎，你的实验做得怎么样了？

潘　鼎　钱先生，我正在发愁呢。我现在做实验，纤维丝老是断裂。军工任务这么急，一天不解决问题，咱们国家的洲际导弹就上不了天啊……我整天急得双脚跳。

钱宝钧　（生气地）急得双脚跳你们还要打扑克？

潘　鼎　（害怕地）啊？

［小吴向潘鼎示意他脸上的纸条。

潘　鼎　（一边揭掉纸条）唉，我们每天做 20 个小时实验，每个实验都要等结果，怕大家三班倒连轴转顶不住，我就拿了副扑克，和大家一起玩着提神。只是每次实验结果都不理想，实在是很受打击。钱先生，您别生气，要骂就骂我吧，都是我这个小组长做得不好。唉！我现在连自杀的心都有！

钱宝钧　（心疼地拍着潘鼎的肩膀）呵呵，我态度不好，抱歉。实验碰到难题，心情不好，我也经常碰到。那你们继续打吧！

潘　鼎　钱先生！（不敢坐下）

钱宝钧　坐啊！怎么，嫌我这个老头子站着碍事？

潘　鼎　好（挠头）那我们不客气了！（开心地坐下）

［众摸牌。

钱宝钧　哈哈！潘鼎今朝牌运好，两张“大怪”！你们看！（激动地翻下潘鼎手中的牌）

潘　鼎　（又急又囧地护着自己的牌）钱先生，这下倒好，我的牌成《人民日报》了，大家都看到啦！

钱宝钧　对对对！打牌就要学美国、苏联，技术垄断，情报封锁，让别人看不见。

潘　鼎　是啊，碳纤维国际上只有美苏两大国能生产，他们是研究了五十几年。前期化学所搞了近二十年也没成功。如今，航天部门全指望我们，要求拿出集美苏两国强项指标之和的产品，我们原料也没有，技术也没有，太难了！真的不知道该怎么办了！

钱宝钧　别急！急，也没有用！对了，我昨天让小弟带了几个西瓜来，还有吗？

潘　鼎　有有有，我们没心思吃，都在。

钱宝钧　那我们开西瓜，先吃块西瓜消消火。

潘　鼎　嗯。

［潘鼎打开西瓜，大家吃西瓜。

钱宝钧　我这一辈子啊，见的人多了，见的事情也多了，我就有一个总结，聪明人做“聪明事”，是做不了什么大事的，只有聪明人做“笨事”，用笨力气，做苦事，才能有真正的成绩。世界三大高性能纤维研究我们不能落后。现在碳纤维靠你们组了，芳纶、高强高模聚乙烯，我会和化纤所叮嘱，要专人继续跟进，否则三年五年就会落后。你们哪，一个萝卜一个坑，用笨力气，慢慢做，扎扎实实地做，总有一天会成功！

潘　鼎　哎，我现在就觉得，我是个笨人，做不了这碳纤维的聪明事。

钱宝钧　你怎么会是笨人?！前段时间，我让你做新的干湿法纺丝，这个只有日本有，其他国家是没有的，你不是也做出来了吗？潘鼎，要有信心！

潘　鼎　为了这个碳纤维项目，您专门去找市长、市公安局要了10个名额，您提出要集中一批专家攻克难关，我们要真做不出来，真是辜负了您对我的期望啊！

钱宝钧　大家一起坚持努力！

潘　鼎　嗯！（有些烦躁地赶苍蝇）吃个西瓜，苍蝇也来捣乱！

钱宝钧　这苍蝇，倒也是有趣，叮西瓜的少，叮你的纤维的多。

潘　鼎　就是瞎捣乱！

钱宝钧　（若有所思）别急，你再说说，现在遇到的具体问题是什么？

潘　鼎　我现在研制的纤维丝啊，老是断。

钱宝钧　嗯，我想起了25年前，在搞超强力黏胶帘子线攻关时，曾经在资料上看到过的几个粘胶纤维有意思的热性能，它独特的化学结构，在受热分解时会形成葡萄糖的裂变产物，这种纤维也有甜味？如果有甜味的话，会不会就是纤维分解造成的强度下降，引起了断丝？

潘　鼎　（拿起一条丝束往嘴里舔了一下，大声叫起来）真的哎，钱先生，这个丝束果然有甜味！看起来，很有可能就是这个原因在捣鬼了！

钱宝钧　如果真是这个原因就好办了！

潘　鼎　嗯！我们等一会就动手试一试！（心情大好）难怪实验室里老师学生们说“钱先生猜的都是对的”。

钱宝钧　哪有这么绝对！不过，我啊，有一个癖好，看到有意思的科学知识和现象，就会有意无意地记在脑子里，没想到今天还真又派上用场了。

钱宝钧　（看着潘鼎等青年教师疲惫的样子，疼惜地说）你们也不容易。现在社会上说，造原子弹的不如卖茶叶蛋的，青年教师们，做得辛苦，挣得不多，也确实日子难过。

潘　鼎　唉，难过，最难过的是我的导师李繁亭啊。

钱宝钧　中青年教师上有老、下有小，工作压力大，经济负担重，低待遇、高付出，繁亭就是代表啊……他走得太凄凉，大家不能把他忘记！

潘　鼎　真的能有人记住李繁亭老师吗？当大家穿着漂漂亮亮的新衣服走在街头的时候，他们会知道李繁亭是谁吗？钱先生，您一心扑在纤维事业上，做了那么多事情，您早就应该被评成院士了？我是做科学研究的，我觉得这不科学！

钱宝钧　呵呵，现在给你一个院士的头衔，你的碳纤维能一夜之间长出来吗？

潘　鼎　当然不能。

钱宝钧　对啊，真正的科学家，头衔都是虚的，只有实实在在做出来的成果才是真的。谁会记得李白官至几品？又有谁不知道他的“床前明月光”？

小　李　是啊，钱先生说得对。

钱宝钧　中国人不比外国人笨。但我们现在有些不好的倾向，有的人不踏实研究，而是热衷照着前人论文修修改改，拼拼凑凑，一心想着发表论文，但这样的文章于国于民于科学又有何用?！要沿着认定的方向潜心研究，要静心，要坚持，总会有成果的。

小　李　钱先生，我明白了！

潘　鼎　钱先生，我这辈子就做定碳纤维这件事了！来，我们开始工作吧！

［众进入工作状态。钱宝钧在一旁观看，时而低头细察，时而与人低语什么。气氛庄重有序。

［赵阳上。

赵　阳　在钱老的支持下，潘鼎教授领衔的碳纤维项目组临危受命，最终用4年时间成功研制了集美、苏两国花费50年时间研制并集同类产品性能所长的航天级高纯粘胶基碳纤维，为我共和国之矛——世界领先的远程洲际导弹成功飞天做出了重大贡献！

［电话铃响。

潘　鼎　（接电话）喂！稍等。钱先生，您的电话。

钱宝钧　（去听电话）小弟，什么？你妈妈她……逸仙……（身子一晃，差点倒下，话筒掉下来）

［众肃立。

［切光。

9

［钱宝钧家。

［深情的音乐旋律中，钱宝钧在孤灯下对着王箴照片，伏案

写诗。

[大屏幕展示诗文，画外音起：

人皆有母爱，汝母爱超群。

疾痛儿常有，母心忧如焚。

……

落城欣聚首，残缺唯独箴。

追思旧时意，不禁涕沾襟。

矢志为夫儿，亲亲亦仁茂。

虽微泰山重，所贵在牺牲。

钱宝钧 （轻轻呼唤）逸仙！逸仙！

[王箴飘然而来。

王　箴 宝钧，是你在叫我吗？

钱宝钧 逸仙，你去哪里了？

王　箴 我要走了。

钱宝钧 你走，你要走到哪里去？

王　箴 我还能走到哪里去啊。

钱宝钧 你，你怎么能比我先走呢？自从结识你，结为夫妇；一路走来，我亏欠你太多了。

王　箴 不要这样讲。

钱宝钧 我不该把我的志向告诉你。告诉了你，几十年来，你天天为我操心，为我担忧，为我劳累，都是我不好。

王　箴 你的志向就要实现了，我高兴。

钱宝钧 这么多年，常常顾不上与你好好说说话，我真是太自私了！

王　箴 我知道，你为学校操劳，已经够辛苦了。我知道，你为国家做事，时间宝贵，我情愿支持你。

钱宝钧　其实，有好多话我想对你讲的。

王　箴　你不用说，我都知道。

钱宝钧　不！你不知道。相亲的时候，你才 18 岁。那一天，你穿一件碎花的衬衫，梳了长辫，坐在梧桐树下，用你那双丹凤眼打量我，那一刻，我觉得你是世界上最漂亮的姑娘。

王　箴　你别安慰我，我知道我不漂亮。

钱宝钧　不，你漂亮！三十几岁的时候，那一个傍晚，你束了一条细格子的裙子，带着两个孩子在夕阳下玩耍，我觉得你就是世界上最美丽的母亲。

王　箴　母亲，都是漂亮的呀！

钱宝钧　四十几岁的时候，那一个下雨天，你围着一条驼色的围巾，到实验室给我送饭，我觉得你就是世界上最优雅的妻子。

王　箴　你在做那么有意义的事，成全你是应该的呀。

钱宝钧　五十几岁的时候，那个晚上，家里来了许多同事，你围着一条紫色围兜，大热天，一个人，在热气腾腾的厨房，很快就做出一桌丰盛的饭菜招待大家，我觉得你就是世界上最能干的女人。

王　箴　宝钧，做饭是辛苦，但你一不抽烟，二不喝酒，唯一喜欢的就是约上亲朋好友在家吃饭，每次看着你吃得津津有味，我也高兴啊！

钱宝钧　六十多岁的时候，看着你为了上好为学生新开的物理实验课，背着开水和干粮到外面去学无线电。那份热情与执著让我恍然大悟，如果你不是把一生奉献给了我和孩子，你会是一个多么好的学者啊！我从心里觉得你是世界上最高尚的人。

王　箴　宝钧，结婚这么多年，第一次听到你说这些甜言蜜语，我心都要醉了。

钱宝钧　不是甜言蜜语，是我的真心话，真心话啊！

王　箴　真心话，真好！可惜，我再也听不到了。

钱宝钧　（泪流满面）逸仙，你不能走！我不让你走！你不能丢下我走啊！

王　箴　已经晚了。宝钧，我也有几句话想对你讲的。

钱宝钧　逸仙，你快说！

王　箴　逸仙嫁给你，此生已满足了！我这一生，最自豪的事是，你事业有成，而且还把我们的孩子都培养成对国家有用的人。还记得给孩子起名字的时候，你说的话么？

钱宝钧　记得，怎么能忘呢？（掩面泣状）

王　箴　你说，希望孩子们长大了能"诚意正心修身齐家治国平天下"，给孩子取名为敏诚、敏正、敏修、敏齐、敏治还有敏平。（吃力地）等到后来，咱们有了孙儿辈，你又霸道地把自己对纺织事业的爱，加在了他们的名字上，纮、纹、纬……

钱宝钧　是啊，逸仙……你看，咱们的孩子都一个个长大成人成才了……我知道，你一个人付出了这么多，我几乎都没有帮你！

王　箴　还要问你一句话，如果有来世，我们还会在一起吗？

钱宝钧　会的，一定会的！

王　箴　你会来找我吗？

钱宝钧　一定来找你！我一定会找到你！

王　箴　万一找不到呢？

钱宝钧　不会的！

王　箴　如果你找不到我，我也等着你！我就穿一件碎花的衬衫，梳一条长辫，坐在梧桐树下等你！

钱宝钧　嗯！

王　箴　说定了！

钱宝钧　说定了！

王　箴　宝钧，你保重！我要走了。（飘然而下）

钱宝钧　（痛呼）逸仙！逸仙！逸仙——

［无字歌起。

［钱宝钧的家人、同事、学生一个个手持烛火缓步上，大红烛筒上扎着王箴生前编织的系在茶杯上的腰带，众深情地围在钱宝钧身边……

尾　声

［钱宝钧家。

［钱宝钧坐在沙发上，手里抱着饼干桶目视着前方。

［钱敏平上。

钱敏平　爸爸，我姐让您到深圳去，她已经给您买了别墅，您忙了这一辈子，也该休息休息了。

钱宝钧　不，敏平，我还是在上海吧，屋子老一些，可这里，有你妈妈和小弟的身影。

钱敏平　（含泪）妈妈、小弟都不在了。您自己一个人在上海，怎么行?!

钱宝钧 （自顾自）以前爸爸晚上熬夜，你妈妈总是放个饼干桶在桌上，我伸手就能拿到……这里，有我和你母亲的回忆，有我的科研工作和学生，学生就跟我的子女一样，校园里的年轻人每天还都陪伴在我身边。我现在把名誉校长也辞啦，真想专心做我喜欢的科研，可惜，人老了，做不动了。

钱敏平 爸爸，我姐只是想多照顾您一点！

钱宝钧 她想帮我，那请她帮我设立一个奖学金好吗？爸爸有点积蓄，是我的首届中国工程科学技术奖奖金，还有你们平时贴补我的生活费。可是还不够。现在大学教师待遇太低，还有一些贫困的青年学生也需要资助，你们能帮爸爸实现这个心愿吗？

钱敏平 当年学校建外国专家楼，我姐不是已经从香港捐了几十套洁具了，现在如果爸爸您还需要我们，那我们一定尽力！

钱宝钧 好孩子！我们这一代，为了国家的纺织科技事业，付出了，坚持了，也尽力了，现在要把接力棒交给下一代，让他们超过我们，爸爸才感到无愧于心啊。你去忙吧，让我一个人在这儿坐一会儿。

钱敏平 好。（下）

［钱宝钧捧起夫人的照片轻轻的擦拭着，深情吟诵：

独自默默立，无言意殊温。

当时嗔多事，今朝空泪痕。

落城欣聚首，残缺唯独箴。

追思旧时意，不禁涕沾襟。

［音乐起。

［赵阳上。

赵　阳　1996年，一代宗师、化纤泰斗钱宝钧因病去世，享年90岁。生前，钱老捐出了一生的积蓄，设立了科研和教学奖励基金，但他不愿以自己名字设奖。

［屏幕显示：五爱奖学金“爱祖国爱人民爱科学爱劳动爱社会主义”——徐匡迪题。

［歌声起：梦想与期待，

在经纬间穿梭。

希望和未来，用闪光的丝线融合。

将霓裳羽衣的梦想，

用绚丽的云霞衬托，

让隆隆的机声和着笑语，

唱响欢乐的希望之歌。

［歌声中，出现2007年东华大学举办纪念钱宝钧先生诞辰一百周年、化纤学科成立60周年活动图片。民用差别化纤维图片系列：高速纺，多孔纺……除功能纤维织成的五彩缤纷的服装外，还有在消防、运动领域的各类服装等。人物照片有李繁亭，胡学超，陈彦模，李荣康，魏大昌，顾利霞等。高性能纤维图片系列：碳纤维，高强聚乙烯，芳纶纤维……D31洲际导弹上天，航天航空（大飞机），医疗卫生（人工肾），建筑（国家大剧院），渔业（缆绳，网箱）等。人物照片有张安秋，吴宗铨，朱介民，肖若鑑，潘鼎、刘兆峰等。

［钱宝钧满面笑容，从舞台深处缓缓步上。

［字幕显示，历届华纺毕业生典型代表，职业与工作单位（每届至少一人，注意省市分布与职业区别，不需要具体成果）。

（此处突出一下程正迪，1981年毕业于华东纺织工学院化

学纤维系高分子材料专业,2008 年当选美国工程院院士)

［张方佐和方柏容上。

钱宝钧 今天中国的崛起已经为世界所瞩目,我相信,再过 10 年、20 年、50 年……全世界的人们更会关注中国,赞叹中国的转变。我们这一代人,包括下一代人,下下一代人,都是十分荣幸的。因为我们贡献了化纤工业“从无到有、人有我强”的转变,我们见证了伟大的改革开放,我们参与了中国的天地之变!

张方佐 是啊,我们见证了,见证了一个时代从发展到崛起的生命历程。

方柏容 这一切巨变就真的像梦境一样跌宕起伏。

钱宝钧 (拍了一下方柏容)柏容,你看,最好的梦还是在祖国!衣被天下,业泽民生。这才是我们共同的“中国纤维梦”啊!

方柏容 宝钧兄,这一生,你还有什么遗憾吗?

钱宝钧 有啊,有很多!

方柏容 那就挑一个最重要的说说!

钱宝钧 我还缺我的小孙子小纮一样东西——

方柏容 什么东西?

钱宝钧 他最喜爱的一个乐高玩具啊!

［深情的音乐起。

［赵阳上。

赵　阳 此时此刻,我的耳边又响起了 1996 年中国工程科技大奖颁奖会上钱老获奖致辞中的一段话:“一个人总是要死的,人的生命是有限的,人对知识的追求是无限的。每个人的不同之处就是为世界、为国家、为社会、为家庭做了什么，在历史中留下了什么……”通过这次创作，我觉得我才慢慢走进了钱老的心灵世界，也慢慢懂得了什么是奉献，什么是伟大，什么是崇高！我相信，钱老那代人的精神今天不会过时，不，是永远不会过时！它一定会在我们这代青年人中传递下去，亲爱的老爸，你们放心吧！朋友们，你们说对不对！

[音乐转为激越亢奋的旋律。一群青春勃发的大学生奔上来，高声呼应：对！

[年轻的大学生们围在钱宝钧等人周围。

[光渐收。

[幕渐闭。

[全剧终。

2015.8.12

多场次话剧

我们的熊院长

编剧　孙祖平

地　点：上海

人　物：（按出场序）

老校友　叙事人

熊佛西　上海戏剧学院院长，49—65岁

田　凤　学生—教师，19—35岁

阿　强　校工，40—56岁

邵俊磊　学生—教师，20—36岁

连来民　干部，32—48岁

焦　勇　学生—教师，25—30来岁

男女学生们

一

［响起《上海戏剧学院校歌》歌声：

大地重光，江海浩荡，

在东方之港，

矗立着一座戏剧教育的巍峨殿堂，

人生的戏剧，戏剧的人生，

人类的精神，

像那灿烂的明珠在这里闪光……

［老校友手持话筒上。

老校友 “大地重光，江海浩荡，在东方之港，矗立着一座戏剧教育的巍峨殿堂……”知道这首《上海戏剧学院校歌》的歌词是谁写的吗？田汉！《中华人民共和国国歌》的词作者田汉先生！当年，田汉先生应上海戏剧学院院长熊佛西之约，为上海戏剧学院写下了这首《上海戏剧学院校歌》。在20世纪30年代，戏剧界有一对双子星座，叫作“南田北熊”：“南田”就是在南方的田汉；“北熊”就是在北方的熊佛西。田汉先生是我国杰出的戏剧剧作家，熊佛西先生则是我国现代戏剧教育的开拓者和奠基人。熊佛西先生一生办学，可是在旧中国，他办的学校一个一个地夭折了。1947年，他出任上海市立实验戏剧学校校长，当时的国民党市参议院又议决裁撤剧校，师生们奋起抗争，依靠每周周末的演出来维持

每天喝稀饭和山芋汤的生活。熊佛西先生和师生们在饥饿线上挣扎，盼望着黎明……（隐去）

［大炮轰鸣。中华民族新生的喜炮声在上海城头震荡回响……

［1949 年 5 月。熊佛西寓所。

［密集的机关枪声炒豆般地炸响。蓄着长髯的熊佛西旧衫裹身，阖眼卧靠在一张帆布躺椅上。枪声停息，他突地坐起，用手掌衬着耳郭倾听。蓦地，机枪声重又响起，他躺下。

［阿强和田凤上，阿强手拎桶式饭盒，田凤持一布包，敲门。

熊佛西 （略带紧张地坐起）谁？

田　凤 我，田凤。（对阿强）熊先生在家里！

阿　强 还有我，阿强。

［熊佛西走去开门。田凤和阿强进屋。

田　凤 熊先生，我们来过好几次了，自从解放军的大炮一响，家里就难得见到你的人影。

熊佛西 哦，我出去走了走。

田　凤 外面很危险的，子弹不长眼睛……

阿　强 可不是！

熊佛西 看你们紧张的，我不是一点事都没有吗？（拍拍光秃秃的头顶）一根汗毛也没丢。放心吧，国民党如今是丧家之犬，惶惶不可终日。你知道什么叫兵败如山倒吗？外滩、南京路，地上到处都是枪支弹药，连坦克车都扔在大马路上……

田　凤 （一惊）你到苏州河南边去了？啊呀，阿强师傅你看，熊先生过苏州河去了……

熊佛西 怕什么，解放军已打到苏州河边，说过来就过来！

田　凤　熊先生过苏州河干什么去了？

熊佛西　去看几位朋友。

田　凤　都什么时候了，还看朋友。

熊佛西　老朋友哪能不看！梅兰芳先生，周信芳先生，还有……（突然紧张地）同学们都在护校，你们跑我这儿来干什么？学校出事了？

田　凤　没有，阿强师傅——

阿　强　（递上饭盒）给，熊先生。

熊佛西　真有点饿了！（揭开底层饭盒，捧着喝稀饭）

阿　强　慢点慢点，还有这个。（递上菜盒）

熊佛西　（接过）这是什么？

阿　强　学生自治会今天供应特种肉！猜猜，这次供应的特种肉是什么肉？

熊佛西　凡是阿强要我猜的，十有八九猜不出！什么肉啊？

阿　强　马肉！

熊佛西　马肉？哪来的马肉？

阿　强　昨天晚上，是下半夜吧，只听得学校的大铁门哐啷一声响。

熊佛西　国民党丘八兵来了！

阿　强　可不是！大家伙一阵紧张，可接着，什么动静也没有，我就和几个学生来到校门口，一看，大铁门前的水门汀上躺着一匹大马，马背上好几个枪弹孔，汩汩往外冒血，一定是这马挨了枪子儿，咣——撞在我们学校大铁门上了！

熊佛西　哦！（吐出一口气）

阿　强　我们赶紧把马拖进学校——就是这特种肉！你的一份！

熊佛西　拿回去，给孩子们吃！

阿　强　每人一份，老少无欺，这份是熊先生你的！

熊佛西　哦。谢谢阿强！来一块！（捏起一块肉塞嘴里，咀嚼）香！阿强给我送特种肉，田凤你来干什么？

田　凤　（取出针筒、布包和针剂）给你打针。好几天没打了！

熊佛西　不打，不打，我的黄疸病早好啦。（伸出双手）你看，不黄了嘛。

田　凤　只要医生说你要打针，我就给你打针。

阿　强　是啊，听医生的！

熊佛西　（无奈）好吧。（坐下，伸出胳膊）

阿　强　我回学校去了。（下）

熊佛西　学校有什么事，立马通知我！

［田凤给熊佛西扎止血带，擦酒精，拿起针筒。熊佛西好似听见门外什么动静，警觉地侧耳倾听。

田　凤　别动，熊先生。

熊佛西　什么？

田　凤　瞧你的肌肉，梆梆硬。

熊佛西　我去看看。（紧张地踮起脚尖，蹑手蹑脚走至门前，倾听）

田　凤　（好生奇怪）熊先生今天怎么了？

熊佛西　（回头制止）嘘——（耳贴门背，听了听，走回）没事，打针，打针。（坐下，伸出胳膊）

田　凤　（打针）好了。（收拾针筒）熊先生，你鬼鬼祟祟的，干什么呢？

熊佛西　鬼鬼祟祟！我？

田　凤　（学熊佛西踮脚走路时僵硬、紧张的动作）你肯定有什么事瞒着我们。

熊佛西　（有点局促不安）没有，没有，真的没有。

田　凤　（调皮地）熊先生教我们演戏，可是没教会自己怎么说谎。

熊佛西　（有点发急）那，我说给你听，你可千万千万不能讲出去呀！（压低声音，神秘地）上海就要解放了……

田　凤　（又好气又好笑）上海就要解放了！谁不知道！工人在护厂，学生在护校。还有呢？

熊佛西　（愣了愣，吞吞吐吐地）我不说行不行？

田　凤　（故意地）好，不说，不说，我是特务学生……

熊佛西　不不不，我不是这个意思，不是……（想了想）你答应我，我告诉你，你绝对不跟任何人说。

田　凤　（点头）嗯，不说。

熊佛西　好，我说给你听——这几天我之所以一次一次地过苏州河，是受朋友之托，去找几位朋友……不不不，我还是不说吧……

田　凤　说了半天，熊先生还是不相信我……

熊佛西　相信，我相信你……好，我告诉你我为什么过苏州河……（定定神）我出生在江西的农村，从小跟着我母亲在地里干活。14 岁那年，离家多年的父亲突然回来，父亲嫌我在乡下太野，长大了没出息，就把我带到了汉口……

田　凤　熊先生怎么说起 14 岁的事了呢？

熊佛西　我们是搞戏的，搞戏首先要搞清楚的就是人物行动的动机：我熊佛西过苏州河干什么去了？这首先得从我过河的动机说起——我 14 岁那年，父亲带我到汉口，把我送进了一个专教洋文和圣经的教会学校，整天的不是 Yes　or　no 在口里念念不休，便是耶稣上帝三位一体闹个不了。记得第一年的圣诞节，学校演了一出剧名叫《马槽》的宗教剧，说的是耶稣为什么降生在一个木匠家中。咦，这个戏怎么可以没有唱？我在乡下看到的戏都是有唱的；怎么可以没有锣鼓家伙？我在乡下看到的戏都是锣鼓家伙咣咣呛呛敲个响的。第二年的一天，父亲的朋友请我父亲看文明戏，我也跟着去了，那戏是郑正秋演的……

田　凤　呵，熊先生看过郑正秋演的戏！我们中国第一部电影故事片就是他编剧导演的！中国电影之父！

熊佛西　郑正秋扮一个老农民，身上披着蓑衣，头上戴着斗笠，赤着一双脚，肩扛锄头站在舞台上表演——其实就是讲演——他说，我们的国家太可爱了，地下有丰富的宝藏，地上有肥美的田园，可现在我们的国家怎么怎么了，我们要爱我们的国家啊！他讲一句，观众就拍手鼓掌，他讲得慷慨激昂，观众的掌声就愈发热烈！我真是被感动得不得了！心里像是给燃点起一团火焰！听父亲的朋友说，这些个演戏的都是从日本回来的留学生，有学问，不然，怎么演得出这么爱国的戏来！我打心里敬佩他们！想做和他们一样的人！后来我就仿照幕表制编了一部写辛亥革命烈士的戏《徐锡麟》，徐锡麟赴难时说了一大段慷慨激昂的演讲词——那是我从一本徐锡麟的传记里抄来的，这个戏的演出受到了学生和家长们的热烈欢迎！我更是被感动得不得了，原来演戏也是可以爱国救国，燃点起人们心中一团团火焰的呀！后来，我就报考美国哥伦比亚大学攻读戏剧，1926 年学成回国，主办北京艺专的戏剧系，我要培养许许多多能在人们心头燃点起光明火焰的人！可不到一年，戏剧系就被当时的军政府勒令停办;几经抗争,一年后戏剧系复活,过了三年,戏剧系又被迫关门。1938 年,我在成都创办四川省立戏剧教育实验学校,苦心经营不到三年,被四川省参议会勒令停办。1945 年,抗战胜利,顾仲彝、李健吾、黄佐临、吴仞之等上海的剧人同行创办了我们这所上海市实验戏剧学校,不到一年,市参议院通过决议要裁撤我们学校!

田　凤　所以,我们和他们一直抗争至今!

熊佛西　没用!撑得过今年,撑不过明年!学校关门,早晚的事!这个社会烂到根子上了,没希望了!太黑暗太黑暗!可我们还得活下去,还得往希望的路上奔,是不是?

田　凤　是!是!

熊佛西　天就要亮了,所以我就……(突然刹住)我,我还是不说了吧……

田　凤　熊先生你!

熊佛西　不能说,现在还不能说……(突然紧张地)有人!

田　凤　又怎么了?

熊佛西　真有人!你听……

[咚咚的脚步声,阿强奔上,敲门。

熊佛西　谁!

阿　强　(气喘吁吁地)熊先生,我,阿强!

熊佛西　(走去开门)阿强,怎么了?

阿　强　熊先生,你看谁来了!

[身穿解放军军装,脚打绑腿,肩挎匣子枪的邵俊磊上,一群臂套"护校"字样袖章的男女学生随上。

邵俊磊　熊先生!(敬礼)

熊佛西　（辨认）邵俊磊！我的罗密欧！（一把抱住他）好啊好啊！罗密欧当上解放军了！解放军打过来了？

邵俊磊　打过来了！

阿　强　马路上都是解放军！

熊佛西　都是解放军！（激动地）好啊！好啊！这个腐败的政府终于垮台了！这个苍蝇世界，这个吃人的社会，完蛋了！（发自心底的大笑）好啊，好啊……（捧起长髯）我要把我的胡子剃了……（看见田凤）看我！罗密欧，你看这是谁？（指着田凤）

田　凤　（换了一种语气）你是什么人，在黑夜里躲躲闪闪地偷听人家的话？

邵俊磊　我没法告诉你我叫什么名字。敬爱的神明，我痛恨我自己的名字，因为它是你的仇敌……田凤！

田　凤　邵俊磊！（与他热情握手，拍打着他的肩膀）

熊佛西　（欣赏地）啊，伟大的莎士比亚啊！

田　凤　你走的时候，招呼都不打一个！我还等你排戏呢！

邵俊磊　情况紧急！那天，国民党特务来学校抓我，熊先生找到我住所，对我说："孩子，学校你不能待了，快走吧！"还给了我两块大洋。我立马跑人，找船去了苏北解放区！谢谢熊先生！

熊佛西　不谢！不谢！现在，你回来了！那些个抓你的特务呢？他们在哪儿？他们逃跑了！滚蛋了！人民解放了！今天是个好日子，得庆祝庆祝！阿强，拿酒来！在我里面的那个柜子里！

阿　强　哎！（下）

田　凤　我去拿酒杯。（下）

邵俊磊 熊先生，我们有纪律，不拿群众一针一线。陈毅司令员亲自下的命令，进了大上海，从司令员到战士，任何人都不准借老百姓的东西，连一口水也不许喝！

熊佛西 （感动地）过分了，过分了！你又没拿我的针，又没拿我的线，你喝的不是我的水，你是喝我的酒。学生喝老师的酒，不犯法！

［阿强捧着一瓶酒上，田凤端着杯盘跟上。

阿　强 酒来了！绍兴老酒！！

熊佛西 解放军渡江那天准备的，就为着今天！来，斟酒！

［阿强和田凤斟酒。几个学生窃窃私语。

熊佛西 （拿起饭盒）还有下酒菜——特种肉！（对学生们）来，你们几位，跟你们的学长说说今天的特种肉……咦，你们嘀嘀咕咕什么？

学生甲 我们要参军，跟部队南下，解放全中国！

学生乙 先生，你同意不？

［连来民和一臂套红袖章的青年上。

熊佛西 同意！同意！我也参军，跟你们一块南下，解放全中国！

同学们 （欢呼）参军！南下！解放全中国！

连来民 我不同意！不同意！

熊佛西 来民！

连来民 熊先生！（握手）

熊佛西 来，我介绍一下，上海地下党的连来民先生！解放军邵俊磊，我们剧校的罗密欧！

邵俊磊 连同志好！（握手）

连来民 邵同志好！我们会师了！我也是熊先生的学生！1935 年，

熊先生在河北定县搞农民戏剧，我跟了熊先生一年多。

邵俊磊　（再次握手）老大哥好！

熊佛西　来民，我去找过梅兰芳先生、周信芳先生了，梅先生、周先生说了，他们决不离开上海，他们会留下来，迎接解放！

连来民　谢谢熊先生！熊先生辛苦了！也谢谢梅先生！谢谢周先生！

田　凤　噢，原来这几天熊先生过苏州河是去找梅先生周先生的！

熊佛西　（点头）现在我可以告诉你了——梅先生周先生和我们是一个心愿，谁不盼着天亮啊！哎，来民，刚才你说不同意！为什么你不同意我们剧校学生和我参军，去解放全中国啊？

连来民　当然不能同意！尤其不能同意你这位剧校的校长！

熊佛西　为什么？

连来民　因为中国人民解放军上海市军事管制委员会已作出决定，要接管上海市立实验戏剧学校！

熊佛西　上海市军事管制委员会要接管我们学校？

连来民　国民党不是要裁撤你们这所上海市立实验戏剧学校吗，军管会的领导同志说了，反动派不要你们学校，我们共产党要，不但要，还要发展它，壮大它！

［众人情绪激动。

熊佛西　再也不关闭我们的学校了？

连来民　是的！

熊佛西　再也没有特务来抓我的学生了？

邵俊磊　是的！

熊佛西　孩子们再不用每天喝稀饭山芋汤了？

众　人　是的！是的！

熊佛西 我们可以堂堂正正自由自在地做人了?

众　人 是的! 是的! 是的!

[熊佛西歙动着颤抖的嘴唇,想说什么,又说不出,他的眼圈红了。

邵俊磊 熊先生!

熊佛西 (抹了把眼睛)想我熊佛西自 1926 年从美国哥伦比亚大学学成归来,投身中国的戏剧教育,我办一个学校,垮一个学校! 办一个学校,关一个学校! 今天,我们终于可以——(端起酒杯)来! 为了新的中国,为了我们学校的明天,干杯!

众　人 (举杯)干杯! 干杯! 干杯!

[响起了欢庆解放的鞭炮声和欢畅的腰鼓声:“咚咚咚咚起咚锵……”

二

[排练教室。王三上,他头扎小辫,身穿清末服装,一身一手的鲜血斑点,手举一把大刀,躲躲闪闪着什么。王妻手捧一件女人大褂跟上。

王　三 我简直不能瞧我这身衣服,一瞧,我的手脚发软,我的心发酸,我的眼发花,仿佛看见无数冤魂怨鬼围着我哭哭啼啼……

王　妻 那么你就脱去这身衣服罢!

王　三　脱去？脱去了，拿什么来替换？

王　妻　今日在我妈家里借了一件大褂，本来预备去当钱来替奶奶医病的，现在你就先换上罢。

［王妻替王三换衣。

王　三　怎么是女人的大褂？

王　妻　是我妈的。别人谁肯借衣服给我们当……你真不想吃这碗饭么？

王　三　难道你愿意我做一辈子的“刽子手”么？难道你愿意你的丈夫一辈子杀人么？你以为我是专门到这世界上来杀人的么？你不怕我整天整夜地被冤魂怨鬼压着么？

王　妻　你今天干吗生这么大的气？我又没得罪你！

王　三　气！哼！

王　妻　你今天在外面受了谁的冤么？

王　三　冤？冤大着啦！唉！（仿佛见鬼似的）你们！你们！我求你们不要跟着我！饶了我罢！我向你们谢罪！（跪下）你们觉得你们死的冤枉么？但是——但是这不能怪我呀！我不过是听人使用的一个小差役……上头命令下来，我怎能不执行呀？我真是想救你们的，实在是心有余力不足啊！朋友……朋友……请你们饶了我罢！请你们饶了我罢！不要整天整夜地跟着我。

［熊佛西冲上，手拎一军用水壶。

熊佛西　（生气地）停！停！stop！stop！

［邵俊磊和田凤上。

邵俊磊　怎么了？熊先生！

熊佛西　你们怎么能排这个戏！你们……（看看学生，欲言又止）

［邵俊磊示意田凤。

田　凤　（对两学生）大家先休息一会儿。

［田凤和两学生下。

邵俊磊　熊先生，怎么了？（见他直瞪瞪地盯着自己）怎么了，熊先生？

熊佛西　你怎么能排这个戏呢！

邵俊磊　排这个戏怎么了？《王三》这个独幕剧是熊先生您写的！

熊佛西　我写的又怎么样？邵俊磊，你别以为我喜欢你！

邵俊磊　我没说你喜欢我！

熊佛西　你明明知道我喜欢你！（压低声音）你怎么能排我这个戏呢？

邵俊磊　为什么不能排这个戏？

熊佛西　（从地上捡起那把大刀）我问你，这王三是工人阶级吗？

邵俊磊　不是。

熊佛西　是贫下中农吗？

邵俊磊　不是。

熊佛西　是解放军战士吗？

邵俊磊　不是。

熊佛西　他是个刽子手！你怎么能不排工农兵的戏，偏偏排我写的这个专门砍人脑壳的刽子手的戏呢！现在是新社会！不是旧社会！

邵俊磊　就为这个？（大抵明白是怎么回事）熊先生，你写的这个王三当然不是工农兵，可他也是中国下层社会的一个贫困百姓，你看，他欠了房东三个月的房钱，房东逼他搬家，还威胁要让他坐牢；老母亲病了，没钱看医生；他穿的只有身上这件衣服，本来还有一件短夹袄，给他的儿子狗儿穿到棺材里去了；他老婆给他换的衣服，竟然是一件借来的准备去当铺当钱的女人穿的大褂！民不聊生！这就是清朝末年中国烂到根子上的社会！熊先生，你写出了杀人者内心无可解脱的恐惧！你笔下的这个王三是中国封建社会崩塌之际的一个独特典型！是中国话剧人物长廊中一个举国无第二的艺术形象！

熊佛西 是吗？

邵俊磊 当然是！在我看来，独幕剧《王三》是熊先生所有剧本中写得最好的一个剧本——

熊佛西 （不满地）唔？

邵俊磊 之一。

熊佛西 （顿了顿）你真这样以为？

邵俊磊 不是我以为不以为，这是中国现代文学史中国现代话剧史一个公认的结论！

熊佛西 真是这样？

邵俊磊 还要怎样？

熊佛西 哦……这么说，这个戏可以排？

邵俊磊 当然，只有你熊先生说不能排！

熊佛西 （望着他，认真思忖良久）噢，噢……你说可以排，那就排吧。（极为放松）我给同学们说两句话。

邵俊磊 （招呼大家）来来来，大家都过来，熊先生要给我们说话……

［田凤招呼着同学们上。

女生甲 我最怕熊先生看完排戏说两句话，天上地下，吃饭拉屎，无轨电车刹不住，全不管我们肚子饿得咕咕叫！

男生甲 要是喝上一口水，说起来更是没完没了，无轨电车从四川北路一直开到静安寺！

［两人欲溜。

熊佛西 （叫住他们）你们两个也过来听听。我说两句，就两句……我们演员在舞台上，要真看真听真感受，你演的那个王三，不想杀人可又杀了那么多跟他无冤无仇的人，他能不大白天见鬼，能不崩溃！一定要把他的台词说清楚，要让坐在最后一排的观众，也能清清楚楚地听到你在说些什么，特别是当你情绪上来的时候，千万不能嘴里像含颗橄榄似地，咕噜咕噜……（揪住自己的胸襟，做往嘴里掏东西状）我要把你们嘴里的那颗橄榄给抠出来……（捧起水壶喝水）好了，我说完了，下课！

［同学们一时愣在原地，面面相觑。

熊佛西 哎，下课了！你们肚子不饿？

［同学们清醒过来，高兴地拉着田凤下。连来民手持一份材料上。

连来民 邵俊磊老师！

邵俊磊 连主任。

连来民 哦，熊先生！我找俊磊老师，跟他聊聊他们的教学方案……

熊佛西 你们说你们的。

连来民 俊磊老师，你制定的教学方案我看了，我觉得你们这份教学方案——存在着不少严重的问题！

邵俊磊 哦，什么问题？

连来民 你们的这个方案强调了斯坦尼斯拉夫斯基的理论和训练，这很好，斯坦尼斯拉夫斯基强调真实地反映生活，我在 20

世纪 30 年代就读过他的《论演员的自我修养》，受益匪浅，可你们的方案里还有什么梅耶荷德的理论和训练，怎么可以扯上这个梅耶荷德呢？

邵俊磊 因为梅耶荷德是跟斯坦尼斯拉夫斯基不一样的演剧理论！梅耶荷德认为戏剧艺术最重要的本质是它的假定性，这话说得多漂亮！

连来民 我提醒你，邵俊磊老师，你欣赏的这个梅耶荷德是一个革命的敌人！被苏维埃政府无情地镇压了！

邵俊磊 我欣赏的是他的假定性！这是一种具有革命性的演剧理论！

连来民 假定性是形式主义！斯坦尼才是训练演员最先进的科学方法！

邵俊磊 那也不能没有梅耶荷德！你听我说……

连来民 你听我说……

［两人争执起来，互不相让，观众看到的是他们的肢体动作，却听不见他们说话的声音。熊佛西饶有兴趣地看着他们。老校友上。

老校友 熊先生的两个学生为斯坦尼斯拉夫斯基和梅耶荷德争论不休，熊先生却在一旁一言不发。（对熊佛西）熊先生，他们争起来吵起来了，你怎么不说说他们？

熊佛西 不说，我不说。

老校友 为什么不说？

熊佛西 （用大刀指着他们）这比戏好看！好看！

［这个人说话，他看看这个；那个人说话，他望望那个。

连来民 熊先生，你给评评理，是我说得有道理，还是他说的有道理？

熊佛西 你说的有道理。

连来民 （得意地）听听！

熊佛西 （对邵俊磊）你说的也有道理。

邵俊磊 听听！

连来民 熊先生，你这是和稀泥！

熊佛西 不，我不和稀泥！不争不吵地上不长草！这个世界没有绝对的戏剧真理，一切都是相对的：有你才有我，有我才有你。所以，我主张，凡学术问题，要争，要吵，争他个天翻地覆慨而慷！吵他个人仰马翻不认爹和娘！不过，争归争，吵归吵，争吵完了不记仇……

老校友 怎么个不记仇？

熊佛西 （指着连来民）你请他吃个饭。（指着邵俊磊）你请他看场电影。

老校友 吃罢饭看罢电影呢？

熊佛西 接着争接着吵啊！

老校友 那不是炒冷饭吗？

熊佛西 不炒冷饭！你们可以写文章，写教材，著书立说！我帮你们推荐，发表，出版！

邵俊磊 写文章，写教材，著书立说，哪有说写就写得出的！

连来民 可不是！我要能著书立说，我早当作家去了！

熊佛西 怪不得人家要说，你们搞表演的就是这三下子，脸皮厚，胆子大，能说几句普通话！

邵俊磊 我们就这点水平！

连来民 就是！

熊佛西 没出息！一个现代的艺术院校，除了有教授，还要有教材，有理论，有自己的教学体系！想当年，我熊某人 26 岁从美国学成归来，就在北平国立艺术学院戏剧系开讲《写剧原理》，讲完课，我又花了五六年的光阴，费了九牛二虎之力，整理出一部书稿，交上海商务印书馆出版。可谁知道书刚印出来，“一・二八”，日本鬼子的飞机轰炸上海，把商务印书馆连同我的这本书炸了个灰飞烟灭！书稿给毁了，有人说我倒霉。我说不！这是我的光荣！日本鬼子侵我国土，杀我同胞，凡有血性的男儿无不怒发冲冠，我既未能效命疆场，已是惭愧万分，如今损失一部书稿又算得了什么呢！我从书箱里把零星片断的讲稿翻出来，重新整理写作，终于出版了这部虽然浅薄，却是中国四千余年来第一部关于戏剧原理的比较有系统的著作！

邵俊磊 中国四千年来第一部！

熊佛西 对，中国四千年来第一部！我熊某人引以为荣，深感自豪！年轻人，我现在就看着你们，能不能超过我，有没有出息，把我这个老头子甩到你们的身后去！能不能？你们能不能？我这个老头子给你们年轻人下战书了！你们敢不敢接我这个招！喝！（挥舞两下手中的大刀，豪爽地哈哈大笑）

［邵俊磊和连来民为之感染，跟着笑了起来。暗转。

三

老校友 只要听见过熊院长的笑声，你就会被他真诚、热忱的笑声所感染，他笑起来总是敞开了胸怀，哈哈大笑，这笑声发自肺腑，无拘无束，不掩不藏，表达着他此时此刻的情绪和心思。他是那种热情、率真、胸无城府、能跟你掏心掏肺的人，一把年纪了，还始终像个涉世未深、充满青春气息的热血青年！在共和国开国之初，他和师生们一起上课排戏，一起下厂下乡，一起搞教学改革，浑身有着使不完的劲头，走到哪里，哪里就会响起他那爽朗的大笑声……不过，也有例外的时候，有那么一段日子，他的笑声暂时消失了，那是在文艺界思想整风运动期间，他有生以来第一次写自我检查，却怎么也写不好，通不过……他的这份检查可是第二天他在全市文艺界大会上的发言稿！

［1952 年 6 月。夜。办公室。

［连来民、邵俊磊、田凤听熊佛西念检查。老校友拉了张椅子，坐在一旁。

熊佛西 以上是我的检查，肯定有许多不足之处，敬请同志们批评指正。（看表）一共 25 分钟。怎么样？不是懒婆娘的裹脚布，又臭又长了吧？

［静场。

老校友 没人说话，谁也不想先开口，因为这话实在是不好说。

连来民 （见邵俊磊和田凤不开口，咳嗽）我个人的感觉，熊先生刚才念的，比起昨天在学习领导小组学习时念的，还是有很大进步的。

邵俊磊 （忍不住插嘴）我的感觉和连主任的感觉恰恰相反，熊先生刚才念的，和昨天在学习领导小组念的差不多。

熊佛西 怎么是差不多，我改动了好多好多呢！

邵俊磊 改的大多是错别字，还有标点符号。

连来民 改还是改了的……我只是觉得熊先生对自己思想的批判，是不是有点过于抽象了。

熊佛西 高度的抽象更接近真理。

邵俊磊 是不是时间太紧，来不及往深里挖掘……

熊佛西 来得及，来得及，这份检查我写了半个多月，开了好几个夜车，我年轻时，两个月能写6个剧本……

老校友 哎呀熊先生，你说这些干什么！用现在的话来说，脑子有点拎不清。

连来民 熊先生，你是不是再加把劲，把根子挖得再深一点？

熊佛西 我的同志哥哎，不瞒你们说，我把吃奶的力气都用上了！

连来民 应该说，熊先生刚才念的，比起昨天，还是有不少进步，相信明天一定会比今天更有进步，后天一定比明天还要有进步……

邵俊磊 后天？明天就开大会了。

连来民 问题就在这里。（看表）现在是10点三刻，离明天早上9点开大会，总共有10个小时一刻钟，还要不要睡觉？熊先生有高血压，要保证睡眠，还有吃饭、拉屎拉尿，都要时间，是不是？

田　凤 大会能不能改期？

邵俊磊 开什么玩笑！全市大会，你说改就改？

连来民 文艺整风是全国、全市文艺界的统一布置，我们不能拖后腿。

田　凤 那怎么办？

连来民 活人还能让尿憋死！俗话说，三个臭皮匠，顶个诸葛亮，我们三个帮熊先生的这篇稿子加加工，润润色，怎么样？

老校友 这个点子好！

邵俊磊 明天的大会是上海市人民政府文教委员、文艺整风学习分组主任委员作检查，我们三个算老几？不敢越俎代这个庖！

连来民 怎么是越俎代庖呢！只是帮着加加工，润润色……我们都是熊先生的学生，现在先生有难处，我们当学生的岂能袖手旁观，无动于衷？

田　凤 是啊，文艺界多少双眼睛看着熊先生。

邵俊磊 好吧。

连来民 熊先生，你的意见如何？

熊佛西 这个……（忙不迭地递上检查稿，一脸掩饰不住的期盼）这样做合适吗？

老校友 哎呀，就是巴不得有人帮你熊先生写检查，也不能表现得这么急吼吼嘛！

连来民 那就这样定了！（递一叠稿纸给田凤）田凤，你做记录。熊先生是不是先回家休息，养精蓄锐，明天，可是你熊先生唱主角。

熊佛西 还早，我坐一会儿——我听听我自己的检查还不行？

连来民 也好。（在屋中走了几步，思忖）先来段简明扼要提纲挈领的开场白，从解放前联系到今天……（对田凤）你写。“我是一个从旧社会过来的戏剧教育工作者，在全国文艺界都在严肃地进行整风的今天，我愿就这方面来检查我过去的思想与工作，纠正错误，改造自己，争取我的新生……”（对熊佛西）怎么样，熊先生？

熊佛西 （点头）嗯。

连来民 （从衣袋里掏出一包烟，抽出一支，手指夹着）“今天，我主要是检查我在上海剧专的领导工作……”这里，需要对解放前的熊先生作一个总体的回顾和评价……

邵俊磊 （拿起一份记录）从会议讨论记录上来看，大多数人认为熊先生在解放前，基本上是一个资产阶级小资产阶级知识分子……

熊佛西 要么资产阶级，要么小资产阶级，我到底是资产阶级呢还是小资产阶级？临解放，我的资产只有两只旧皮箱，还没现在多。

老校友 差不多就是个无产阶级了。

连来民 大家说的是思想。当然，对熊先生解放后的进步也要提一笔。（拿起检查稿）原有的几段材料还可以照用，不过观点要拎一拎。

邵俊磊 （接过）我来吧。（坐下写）

连来民 最好再有一些具体生动的细节，从理论到理论，白水煮冬瓜，清水寡汤没味道。大会发言还是要讲究演讲艺术，陈毅市长做报告，一讲就是半天，生动、幽默，听得人津津有味，比看戏还过瘾。

熊佛西 他是做报告，我是做检查。

田　凤 我们学校的大小演出，熊先生都会来看，看完会提意见，可是意见的重点往往在技术方面，台词呀，身段呀，调度呀，很少在政治上提出建议和批评。有人说，我们的学生在舞台上，衣服是工农兵，而面孔却是小资产阶级。

连来民 记下，记下，很形象。

田　凤 还有，熊先生规定，每星期六上午在校长室接见任何同学，可同学们反映说："星期六上午我们都在上课呢！"

连来民 非常生动！典型的官僚主义！记下，记下。

熊佛西 那以后改在每星期六下午接见。

连来民 这段这样改行不行？"1932年至1936年间，我和戏剧系的部分师生在河北定县做农民戏剧工作，由于我当时没有站在无产阶级立场，而是用资产阶级的改良主义观点创作了一些剧本，这不但没有教育农民，反而欺骗了农民，阻碍了革命的进步。"

熊佛西 （激动得跳起来）什么，什么？我欺骗农民？我阻碍革命？打死我也不承认！我爱农民，同情农民，可怜农民！

连来民 说到点子上了，熊先生的爱不过是同情和可怜！

熊佛西 农民没有饭说，你同情不同情？农民没有衣服穿，你可怜不可怜？哎，当年，你连来民也在定县待过的……

连来民 所以我才这么说么！那个时候，我们什么觉悟？跟现在没法比！

熊佛西 当年，我之所以要去河北定县做农民戏剧，那是因为当时的我已经清醒地认识到，农民是今日中国的大众！而新兴戏剧的大众化，就是新兴戏剧的农民化，当时的中国，有几个人有像我这样自觉地为农民服务的思想和行动……

邵俊磊 熊先生，你这是自我批评呢，还是自我表扬？

熊佛西 我们当时真是做得很不错的！来民，你还记得吗，有一次排戏，村里几个地痞流氓来捣蛋，我就让这几个地痞流氓演戏中的地痞流氓，他们就不捣蛋了，以后，见着我们就叫先生，人也文明礼貌多了……（见大家望着自己）我是在回忆我当时的思想……

连来民 熊先生，现在最为主要的是检查批判……有一句话是怎么说的，好事不说跑不了，坏事不说不得了！

熊佛西 不管怎么说，我当时是站在农民一边的。我出生在江西农村，两岁时父亲离开家乡，一去不回。家中一贫如洗，我7岁就跟着我娘为地主家干活，放牛、喂猪、挑水、插秧、割稻。我就是一个农民，我怎么能欺骗我自己！

邵俊磊 可是后来你的父亲突然回来了，他成了小商人，他把你接到汉口，送你上教会学校读书，你父亲为什么要送你上教会学校读书呢？

熊佛西 （指检查稿）我上面都写了！还不是因为教会学校的英文好。我父亲说："要出人头地，非读书不可，并且要读洋书。"

邵俊磊 这就对头了，读了洋书，留了学，受了资产阶级思想的严重侵蚀，使你背叛了原来的阶级！

熊佛西 （站起）你……（说不出话来，紧咬嘴唇）

邵俊磊 （看着稿纸）这段这样改……"像我这样一个穷孩子，一旦有机会入学，岂不拼命读书？此后便不顾一切地死用功，乱跳班级，目的是想出人头地，我居然混到中学毕业，考取了燕京大学，不到几年，又转到美国去镀金。拿着留美的镀金招牌，一回国就担任了当时北京艺专的主任教授，从此一帆风顺，扛着戏剧专家的牌子到处横冲直撞，以高等知识分子自命，目空一切至今……"

熊佛西 （恼怒地）好你个邵俊磊，原来你是这样看我的！

邵俊磊 不是，熊先生，这都是你自己写的，（指着稿纸）你看，是你写的吧，我只是把你写的再往那个方向推一推……连主任，你说呢？

连来民 我觉得可以，突出了问题的要害和本质……

邵俊磊 而且念起来很流畅，会有比较好的现场效果。

熊佛西 （不服）你们这是写剧本！谁写谁去念！（跺脚，生气地走下）

田　凤 熊先生生气了！

邵俊磊 怎么办？要么，再改回去？

连来民 我看改得挺好！就这样改！

田　凤 熊先生真的伤心了！

老校友 是啊，他真的伤心了！

田　凤 我实在不明白，干吗要熊先生检查从前的事？

连来民 我们不能身体进了新社会，而脑袋瓜子还在旧社会。脱胎换骨是彻头彻尾、彻里彻外的改造，这个过程是很痛苦的，只有彻底放下包袱，才能轻装前进。（看表）中间这一段还要再深入挖一挖……

［三人聚头讨论。

老校友 第二天，当东方露出鱼肚白的时候，一份新的检查稿终于出炉，交到了熊先生的手里。阿强叫了一辆祥生出租车，直接把熊先生送到了大会会场……

［暗转。

四

［数天之后。黄昏。客厅。

［邵俊磊上，手持两份报纸，田凤从另一方向端着碗筷上。

邵俊磊　田凤，你早来了！

田　凤　嗯。（在桌子上摆碗筷）我在厨房帮忙给师母当下手，就你吃现成的。

邵俊磊　还请了谁？

田　凤　你，我，还有连主任。

邵俊磊　怪事。你说，熊先生为什么请我们吃饭？

田　凤　吃饭就吃饭呗。

邵俊磊　好像没有理由嘛。

田　凤　吃饭要什么理由？

邵俊磊　熊先生请吃饭是有讲究的，你又不是不知道，要么请门卫、炊事员、花匠、司机、勤杂工吃年夜饭——

田　凤　今天不过年。

邵俊磊　要么过节，请青年教师中的单身汉——

田　凤　今天也不过节，再说，连主任早成家了。

邵俊磊　（一拍大腿）我知道了！

田　凤　知道什么？

邵俊磊　不请张三，不请李四，就请我们三个，你，我，连主任！还不明白！

田　凤　不明白。

邵俊磊　再想想，我们三个，我们三个臭皮匠！

田　凤　（醒悟过来）嗯……有道理！肯定是！

邵俊磊　那天全市文艺界大会，熊先生上台发言，只见他手捧发言稿，态度严肃诚恳，一字一句，读来抑扬顿挫，声情并茂，尤其是读到关键段落，熊先生情不自禁地流下了激动的泪水，这深深感染了全场的文艺界同行。熊先生发言完毕，全场立即报以热烈的鼓掌。这两天的《解放日报》《大公报》又全文发表了熊先生的讲话，在文艺界引起了很大很好的反响。一定是想到了我们的好处，熊先生高兴了，就请帮他写稿子的我们吃饭了！

田　凤　没错！就这个理由！

［厅外传来一阵歌声："嗨啦啦啦啦嗨啦啦啦，嗨啦啦啦啦嗨啦啦啦，天空出彩霞呀，地上开红花呀……

邵俊磊　熊先生一高兴就要唱上几句，一唱就跑调。

［熊佛西哼着歌上。

邵俊磊　熊先生好！熊先生好像挺高兴。

熊佛西　高兴？哈哈哈……何以见得？

邵俊磊　因为熊先生你在笑……

熊佛西　我这个人哪，一天不笑，生病；五天不笑，大病；十天不笑，翘辫子"希特勒"（上海话：死掉了）！

邵俊磊　（递上报纸）熊先生的大会发言，《解放日报》《大公报》发表了！（指着报纸）《纠正错误，坚决贯彻……》……

熊佛西　（似没听见）我们的连主任怎么还没大驾光临啊？

［连来民上。

连来民　来了，来了。抱歉，抱歉，迟到了！听了个传达，刚散会。

邵俊磊　熊先生请客，我可是提前登门到场。

连来民　来得早，不如来得巧，我多有口福！谢谢熊先生请我们吃饭！

熊佛西　请你们吃饭？没有啊。干嘛谢我？

邵俊磊　熊先生真会开玩笑。

熊佛西　没请就是没请，开什么玩笑。

邵俊磊 不吃饭，我们来这儿干什么？

熊佛西 吃饭，有这么回事，可不是我请你们，是你们自己请自己。

邵俊磊 不明白。连主任明白吗？

连来民 不明白。

熊佛西 我的那篇大会检查发言稿，报上发表了，报社寄来了稿酬。稿酬稿酬，写了稿子才有酬，这篇文章挂的是我熊佛西的名，其实是你们三位的集体创作，我可不敢贪污你们的劳动果实哟！要不，再来一次三反五反，我不成了大老虎。

邵俊磊 熊先生，你肚子里有气！

熊佛西 （拍拍肚子）哪里敢哟！

邵俊磊 连主任，你看熊先生他……

连来民 不怨熊先生。熊先生，我，向你赔礼道歉了！（鞠躬）

熊佛西 哎，干什么！你这是干什么！

连来民 今天下午，我们听了个传达，陈毅市长请我们吃批评了！

邵俊磊 陈毅市长说什么？

连来民 陈市长说，思想整风不是整人，（学说四川话）把那些个文学家艺术家老专家老教授搞得晕头转向，甚至搞哭了，就不对头了。人家是民主人士，有些是我们共产党的战友，有些是朋友，不少人在国内外名气响得很，就是一时想不通有啥子要紧嘛，把人家逼急了，上吊吃药跳黄浦江，哪一个负得起这个责任！陈毅市长还要在大众剧场召集安民大会，他亲自作安民报告。

熊佛西 （眼睛湿润了，不好意思地抹了抹，真诚地）今天的客，我请！我请！

连来民 对不住了，熊先生！

邵俊磊 不过，我还是有那么一点闹不明白……

连来民 不明白什么？

邵俊磊 那天大会，我就坐在台下，我看到熊先生说着说着就流泪了，说真的，我被熊先生的自我检查感动了……

熊佛西 我也被我的检查感动了么，真看真听真感受，谁叫我是个搞戏的嘛！

［众笑。暗转。

五

［1956 年。春。夜。校园。

［熊佛西上。披一件薄羊毛衫，时而仰天，时而俯首，凝思踱步。

［老校友上。

老校友 熊院长，您这是在……

熊佛西 （似对自己说话）我在构思一个新的剧本……

老校友 熊院长已经很久不写剧本了。

熊佛西 是啊是啊，我差不多已经十几年没有动笔写剧本了……

老校友 为什么不写呢，解放前，大大小小，熊先生写过四十多部戏，1928 年，就是您写《王三》的那年，写了两个独幕剧三部大戏！

熊佛西 那个时候年纪轻，天不怕，地不怕，不像现在，脑子有点空，胆子有点小，时间不够用，精力更是不济……有些人总以为写剧本是一件很容易的事情，不就是虚构想象吹牛么，错！

大错特错！女人十月怀胎生一个孩子，可编剧有时十年怀胎也未必生得出一个孩子！因为他生的不是一个孩子，而是一群，蘩漪、周萍、周朴园、周冲、四凤、鲁侍萍、鲁贵、鲁大海，都是曹禺生出来的！那是一群永垂不朽的生命啊！写剧本真是诱惑人啊！

老校友 那为什么现在又想写剧本了呢？

熊佛西 那天，我坐在办公桌前，往窗外一看，啊，校园里的那株广玉兰又开花了！掐指一算，我已在上海住了十一个年头！在旧中国，我走南闯北，颠沛流离，从来就是居无定所。来过几次上海，我一点不喜欢这个地方！1923年，我还是个毛头小伙子，第一次来上海，这个灯红酒绿、光怪陆离的魔都留给我的印象是——上海是一个可怕的地方！1926年那一次，我坐电车，身上仅有的7块钱叫小偷扒走了。我哪还敢留在上海！1931年，我又路过上海，去百货公司买毛巾牙膏，那售货员见我穿的土气，对我就是不理不睬，我一气之下，当天就离开了上海。我真的是一点都不喜欢上海，可现在，我居然已经在上海工作生活了11年！我的家在上海！我的学校在上海！我的梦想在上海！上海是我生命的又一个春天！我要写上海，对，写上海……这个剧本就叫……《上海滩的春天》！

［侧幕内响起邵俊磊的声音："熊院长！熊院长！"老校友下。

熊佛西 这个邵俊磊！（躲避，欲下）

［邵俊磊和田凤上。

邵俊磊 熊院长，我看过你的《上海滩的春天了》！

熊佛西 （闻声停步，转身）你看过我的戏了？

邵俊磊 看了！我自己掏钱买票看的！我想跟熊院长说说我看戏的感想。

熊佛西 是吗？你说你说。

邵俊磊 我的第一个感想是，这个写资本家的戏要不是熊院长写，别人还真写不了！

熊佛西 这些颇有一点拍马屁嫌疑的话就免了。

邵俊磊 最具特色的是，这个戏把解放初期资本家是去台湾香港还是留在上海的矛盾心理写得淋漓尽致，入木三分！人物有血有肉，栩栩如生！熊院长再三再四跟我们说过，写戏就是写人！写人的灵魂！按照这个要求，《上海滩的春天》这个戏，人物站住了，就是灵魂还欠缺那么一点点……

熊佛西 唔？

邵俊磊 我的意思是，前面的几场戏真是好！就是结尾写公私合营，那几个资本家把工厂交给国家，形象塑造多少有一点概念说教，浪漫主义有余，现实主义不足……

熊佛西 你的意思是我写的资本家不真实？

邵俊磊 据我所知，公私合营时，有的资本家白天——就跟熊院长写的那样，笑着上台喊口号：坚决拥护公私合营！可晚上回到家里——就跟熊院长写的不一样，他们是唉声叹气痛哭流涕！

熊佛西 唉声叹气痛哭流涕？有这样的事？

邵俊磊 （对田凤）你跟熊院长说。

田　凤 俊磊说的是我舅舅，工厂公私合营了，他老板没得做了，只是个资方代表，好几个晚上，做梦都在哭，把我舅妈哭醒了！

邵俊磊 这才是生活的真实！

熊佛西 （有所触动）哦，哦……这么重要的情况，你为什么不早一些跟我讲呢?

邵俊磊　怎么跟你讲? 剧本不给我们看就不说了,连戏票都不送一张,我要不是自己掏钱还真看不成这个戏了! 堂堂戏剧学院院长也这么小气!

熊佛西　这、这得问你自己呀!

邵俊磊　问我?

熊佛西　我不是因为你才不想见到你吗!

邵俊磊　因为我才不想见到我? 听不懂!

熊佛西　你不是想离开戏剧学院吗?

邵俊磊　我的请调报告——熊院长同意了?

熊佛西　想到剧团去演戏,嫌戏剧学院庙小,容不下你这尊大菩萨。

邵俊磊　我没这个意思,我就是想演戏……

熊佛西　糊涂,糊涂! 一个演员,一个导演、一个剧作家,一个舞台美术设计师,他们的作品就是他们的戏,而我们的作品是什么? 我们的作品是演戏的演员! 导戏的导演! 写戏的剧作家! 设计舞台的舞美设计师! 古人云:"一日为师,终身为父。"老师,是多么崇高的称号,多么令人羡慕的职业! 告诉你,你的请调报告,我这个当院长的不同意,不批准! 所以,我就不想看见你! 你这个孩子怎么搞的! 哼!

邵俊磊　我若是坚决要走呢?

熊佛西　那我就给你跪下,磕头,求你留下。

邵俊磊　我可不敢当。

田　凤　(幸灾乐祸地)我说了吧,死了这条心吧。

邵俊磊　(耸耸肩膀)有什么办法,胳膊拧不过大腿。

田　凤　(对邵俊磊)别逗熊院长了! 拿出来,拿出来呀。

熊佛西　什么？

田　凤　他写了一本教材。

[邵俊磊从挎包里取出一厚叠稿子。

熊佛西　是吗！（双手接过）《表演基础理论》！你写的！啊呀呀，好，好！（翻看）好！好！

邵俊磊　请熊院长斧正，不吝指教。

熊佛西　我就看，今天就看！有出息！好！（望望邵俊磊和田凤）我说你们两个都老大不小了，也应该考虑考虑自己的事情啦。

邵俊磊　（故意地）自己什么事情？

熊佛西　别装聋卖哑了，你们在台上做了多少年夫妻！

邵俊磊　（故作悲哀状）可惜啊，台上夫妻，台下就散的日子——即将一去不复返了！

[田凤挽起邵俊磊的胳膊，两人肩并肩地站在熊佛西的面前。

熊佛西　（高兴地）啊，好啊好啊，（戏腔）但问月下老人是哪一个啊？

邵俊磊　（戏腔）哪一个？是哪一个让我演罗密欧的！

田　凤　（戏腔）是哪一个让我演朱丽叶的！

熊佛西　啊呀呀，原来是这个月下老人是我啊！（拍着脑袋大笑）

[暗转。

六

[1957年。夏。下午。院长办公室。沙发、茶几。

[连来民抽着烟，来回踱步，心绪不宁。阿强提着暖水瓶上。

阿　强　连主任，连主任，熊院长回来了！（放下暖水瓶）

连来民　（吃了一惊）熊院长回来了？不是在庐山疗养吗！

阿　强　回来了！回来了！在楼下跟人说话。（找来茶缸茶叶，倒水泡茶）

连来民　（不无抱怨地）哎哟，我的熊院长，你这个时候回来干什么！

阿　强　连主任，听说，市里一位领导点了熊院长的名，说熊院长是老右派，可是真的？

连来民　阿强师傅，这些话可不敢跟外面说……

阿　强　不敢不敢。连主任，院里送熊院长上庐山是去避风头的吧？嗨，好不容易上了山，又急着回来干什么呀？真是戆得不转弯！

［熊佛西拄着手杖上。

熊佛西　阿强啊，你在说谁不转弯啊？

阿　强　我说——我不转弯……

连来民　熊院长回来了！

熊佛西　（一屁股坐在沙发上）总算到家了！还是家里好啊！

阿　强　（端茶）熊院长，你干吗急着回来，不在山上多住几天！

熊佛西　你不知道，真是把人给憋坏了。那雾天雾地的雾，一会儿钻到你左边，一会儿钻到你右边，明明在山脚下，转眼又跑你头顶上来了……

［连来民示意阿强，阿强下。

连来民　那一定是壮观得很哪，明年暑假，我也上山住几天……

熊佛西　不识庐山真面目，只缘身在此山中……

连来民　回来也好，熊院长就在家里多休息几天，最好少出去，来访的客人，可见可不见的，最好一概不见，可说可不说的话，最好一概不说，特别是要留神那些个找上门来的记者，最好一个都不搭理……

熊佛西 人家找你也是人家的工作……人正不怕影子斜！再说了，我要不回来，我怎么做邵俊磊和田凤的证婚人！我答应他们的！

连来民 熊院长，有一件事，得跟你做个汇报。

熊佛西 （神情严肃地）好事还是坏事？

连来民 嗯……（不知如何回答）

熊佛西 坏事？（有点紧张）是不是定我右派分子了？

连来民 （一愣）不……

熊佛西 真的不是？

连来民 不是。

熊佛西 （有点高兴）那是好事！

连来民 （又一愣）不是……

熊佛西 不是坏事，又不是好事，那是什么事？

连来民 报刊上可能要发一两篇文章，是关于你写的那个话剧《上海滩的春天》的……

熊佛西 《上海滩的春天》演出后，说好话的文章已经很多了，让他们别写了。

连来民 这次的文章是批评性的。

熊佛西 哦，那一定要登，要登！

连来民 不是一般性的批评……

熊佛西 不一般性也要登！

连来民 这几篇文章说——《上海滩的春天》是歌颂、美化了资产阶级，为资产阶级涂脂抹粉……

熊佛西 （勃然大怒）放屁！这不是睁着眼睛说瞎话吗！让他们好好

看看我写的剧本！

连来民　兼听则明，我们也不妨听听不同的声音。再说了，我们也不能堵人家的嘴，是不是？你院长肚里能撑船……（走到门口看了看，回来）有一句话，我说了，熊院长也只当没有听见——

熊佛西　什么话？

连来民　（压低声音）不管人家说什么，我们一不反驳，二不解释，三不表态。这三不主义，切记切记，我的熊院长！

熊佛西　噢……（点头）嗯。

连来民　熊院长，还有件事……

熊佛西　还有什么事？

连来民　是关于邵俊磊老师的……

熊佛西　哦，不就是结婚吗？我这个证婚人不是回来了吗？

连来民　不是……是……

［邵俊磊上。

邵俊磊　熊院长回来了！正好！我找熊院长解决问题！！有个难题，实在解决不了。

熊佛西　什么问题？

邵俊磊　来了个考生，条件相当不错，可惜年龄大了些，我们学院考试又早结束了……

熊佛西　（没好气地）这种小事也来找我，学院不是有规章制度吗？

邵俊磊　这个考生的条件非常好，完全是工农兵正面形象的气质，我们招了这么多年也没招到几个……

连来民　好好解释，请他回去。

邵俊磊　熊先生，你一向是爱护人才关心青年的，他就在门外。

熊佛西　就在门外？让他进来，我来跟他说。

[邵俊磊下，领着穿旧军装的焦勇复上。

焦　勇　（朝熊佛西鞠躬）熊院长。

熊佛西　哦，（赞赏地打量焦勇魁梧的身材）你叫什么名字？

焦　勇　焦勇，烧焦的焦，勇敢的勇。

熊佛西　啊，烧焦了更勇敢！（大笑）焦勇同志，我们戏剧学院有规定，超龄的一般不招收，再说你又耽误了考期……

焦　勇　是的，可是我太喜欢演戏了……

熊佛西　哦，说说怎么个喜欢法？

焦　勇　普通一个人，只能做一种人，只能活一辈子，可演戏能做好多种人，比别人多活几辈子……还能告诉世人，人为什么活着！人应该怎么活着！人可以怎样活着！我在部队时，也自己写剧本，自己排戏演戏……我们都是业余的……

熊佛西　（欣赏地点头）你是部队的？

焦　勇　复员了。

熊佛西　什么兵种？

焦　勇　运输兵，在朝鲜开卡车。

熊佛西　在朝鲜？啊，志愿军！（热情地）我参加过赴朝慰问团，到过朝鲜战场，真是很艰苦很艰苦啊……考试科目准备好了吗？

焦　勇　准备了。

熊佛西　朗诵、唱歌？

焦　勇　都准备了。

熊佛西　嗯，俊磊，你到教务处去问一下，我记得对志愿军好像有个优待条例，请他们查一查，就说是我说的……

焦　勇　（喜出望外）谢谢熊院长！

邵俊磊　走吧。（高兴地拉着焦勇下）

熊佛西　俊磊！俊磊！

［邵俊磊复上。

熊佛西　恭喜你们，明天我来给你们证婚。

邵俊磊　谢谢熊院长，我走了！（下）

熊佛西　是个好苗子！

连来民　熊先生，明天，你别去证婚了。

熊佛西　为什么？

连来民　（顿了顿）邵俊磊定右派分子了。

熊佛西　（一惊）邵俊磊？右派分子？不不不，他是积极分子！他要是右派分子，我也右派分子，你也右派分子，大家都右派分子……

连来民　熊院长，现在不是开这种玩笑的时候！

熊佛西　（感觉到事情的严重性）真的？（有点愤然）凭什么，啊？

连来民　还不是他那张嘴……

熊佛西　不就是说两句话么！

连来民　他说的是错话！

熊佛西　错话我也说过！

连来民　你没说过！

熊佛西　我说过！

连来民　我没听见！还有，他写的那些个教材……都是问题！

熊佛西　（激动地）谁，谁不说错话？谁没有一点错误！没有一点问题？啊，你知道上海人怎么说的？好人不生肚脐眼！这天底下有不生肚脐眼的人吗！怎么能一棍子把人打死！他那么年轻，真有错误，也可以改嘛。难道你还不理解他？你帮他跟有关领导说说……

连来民　我的熊院长，你就别再添乱了，行不行？

熊佛西　（不无生气地）你呀！你呀！你就是这个样子！你不说，我去说！

连来民　行！行！我去帮他说！顶多，再多一个我做右派分子！

［熊佛西感到困惑，痛苦。他坐立不安，背转身去，久久伫立。暗转。

七

［傍晚。教工宿舍。墙上贴着大红“囍”字，电唱机播放着欢快的舞曲。

［田凤往桌上摆喜糖。连来民上。

连来民　田凤老师！

田　凤　连主任！

连来民　今天是你们的大喜日子，恭喜恭喜啊！

田　凤　感谢老大哥来参加我们的婚礼。

连来民　怎么样，一切都就绪了。（打量新房）啊，蛮好，蛮好。俊磊呢？

田　凤　上院里去了，都什么时候了，还不回来！他这个人呀，拖拖拉拉、磨磨蹭蹭没个准儿，不忘了回来，就算表现不错。

连来民　田凤，跟你说件事。

田　凤　什么事？

连来民　熊院长今天怕来不了了，他有点事情。

田　凤　什么事情？

连来民　重要事情。

田　凤　今天，再重要的事情也比不上为我们证婚重要！他一定会来的。

连来民　要是熊院长来不了，我代他为你们证婚，怎么样？

田　凤　我才不信呢。我去拖他来！

连来民　怎么，嫌我这个老大哥不够格？

田　凤　不……

连来民　放心，比这更复杂、更排场的场面，我都经历过。想当年，我第一次结婚，新娘子可是用花轿抬来的。

田　凤　第一次结婚？抬花轿，你？

连来民　想听听不？

田　凤　（颇感兴趣）嗯。

连来民　（剥了颗花生米扔进嘴里）嗯，香！有没有酒？给我来一杯。

［田凤给连来民斟了一杯酒。

连来民　那会儿，我是地主家的少爷，门当户对，娶了位地主家的小姐。抬花轿抬到我家，新娘头上还蒙着红盖头。我与她先拜天地，再拜父母，最后夫妻对拜，双双进洞房。

田　凤　新娘子好看吗？

连来民　不知道。我根本不认识她。

田　凤　掀开红盖头就看见了。

连来民　我没掀。

田　凤　为什么不掀？

连来民　我当夜就逃离家门，到了定县，跟上了熊先生。

田　凤　新娘子怎么办？

连来民 听说，哭得死去活来。

田　凤 回娘家了？

连来民 不，拜了天地，我就是她的男人，她一直在等我回去，我写信回家让她再找一个，没用。

田　凤 这也太惨了！

连来民 我承认，我对不住她，可我要跟她成了亲，惨的就是我了！

田　凤 那个该诅咒的时代，吞噬了多少青年的灵魂！

连来民 所以，才要革命啊。你们是自由恋爱，你了解我，我了解你，心心相印，肝胆相照，比翼双飞，并肩前进，你们的爱情在革命战争的疾风暴雨中萌生，在春天的阳光下成熟……

田　凤 老大哥，你今天怎么了？

连来民 田凤，珍惜你们的爱情！

田　凤 谢谢。

连来民 我敬你一杯。（斟酒）祝你幸福。

［邵俊磊失魂落魄地上。

连来民 俊磊。

田　凤 哟！（数落）你还知道回来，早着呢。忙，忙，忙，戏剧学院就你一个大忙人！这结婚是一个人还是两个人的事？

邵俊磊 田凤……

连来民 （打断）这么晚回来，该当罚你三杯！来，（斟酒）喝酒！

邵俊磊 田凤！

连来民 （制止）俊磊！（拉他至一边，低声地）过了今晚再说……

田　凤 （察觉到什么）俊磊，你要跟我说什么？

［邵俊磊坐下，又起立，从连来民衣袋中掏出烟盒，手哆嗦着，抽出一根。连来民用打火机为他点烟。邵俊磊坐下，闷

头抽烟。

田　凤　你怎么了？出什么事了？（突然意识到什么）熊院长不来了，难道是……（惊恐地捂住嘴）是领导找你谈话了？（转脸望连来民，见连来民低下头）不！不！我不信！这不是真的！不是！不是！（一把拉住邵俊磊）你说呀！这不是真的！不是！

邵俊磊　（倏地站起）是真的！

田　凤　不是！不是真的！

邵俊磊　是真的。

田　凤　这到底是怎么一回事，你说啊！（死死抓住邵俊磊）

［邵俊磊挣脱，欲出门。熊佛西上。

熊佛西　俊磊！田凤！我给你们证婚来了！

邵俊磊　为什么！这是为什么！我想不明白想不通啊！（向隅而泣）

［熊佛西拍了拍邵俊磊的肩膀，又走向田凤。

田　凤　（扑向熊佛西）老院长！（放声痛哭）

熊佛西　（用手杖撑住身体，强忍住泪水）你们，想开些……我想，也许，过个一年半载，就会没事了……俊磊，（拿出一叠装订成册的文稿）你的这本书稿，我又看了一遍，有提高，这几个章节再做些调整补充……我都标出来了……就可以送出版社了……

邵俊磊　（接过文稿，苦笑）还有什么用！（撕扯书稿）

田　凤　（抢夺书稿）你不能这样！不能……

［邵俊磊将书稿扔在地上，奔下。

熊佛西　（追了几步）俊磊！俊磊！

田　凤　（哭跪在地上捡拾书稿）这是他的心血啊……

熊佛西　田凤，快去！快去把他追回来！他现在最需要的是你！快去啊田凤！

连来民 田凤！

熊佛西 快去呀田凤！

田　凤 （哭喊）俊磊！俊磊……（急奔下）

［熊佛西目送田凤远去。静场。

熊佛西 来民，听说你也受了处分，是因为我，还是因为俊磊？

［连来民不语，摇摇头，急下。

［熊佛西撑着手杖，跪在地上，将书稿一页一页捡起……暗转。

八

［老校友上。

老校友 生活不会总是尽如人意，可是，热爱生活的人总是能在生活中找到自己的位置。还记得我们的校园吗？那花园一般美丽的校园；还记得校园红楼前绿地毯一般平展舒坦的大草坪吗？那是熊院长领着我们一块一块铺就的大草坪；还记得校园的清晨吗？那空气清新，飘荡着薄雾的清晨，每天，熊院长和清晨一起，来到校园……

［初夏。清晨的校园，鸟语花香。草坪上摆着一张靠椅。四周不时传来学生们练嗓的声音。一学生在画架前作画。

［熊佛西推着手推剪草机上。

老校友 （招呼）熊院长早！

熊佛西　早！早！（深情地望着四周）真好啊，莎士比亚和汤显祖在这里对话，莫里哀和关汉卿在这里聚会，易卜生、奥尼尔、契诃夫、田汉、老舍、曹禺……多少大师笔下的人物在这里复活，演绎他们的人生，展现他们的风采……

［阿强上。老校友站立舞台一侧，看着他们。

阿　强　啊呀，熊院长，你又干起来了，这是我们校工干的活儿。

熊佛西　我也是个校工。等我老到什么也干不了的那一天——（落坐长靠椅）我就坐在这儿，东看看，西望望，多好……我1926年从美国哥伦比亚大学学成回国，主办北京艺专的戏剧系，当时一塌刮子学生只有三十来号人，专职教师仅我一个光杆司令！你看看现在我们的学校，多少学生！多少教师！我们为国家培养了多少人才！真好，真好……

阿　强　是啊……再过几年，我就要退休回乡下去了，真有点舍不得……

熊佛西　阿强，别回去，留下，学院给你养老！我们一块坐在这儿，东看看，西望望……来，阿强，坐，坐……

阿　强　（坐下）熊院长，跟你反映一件事。

熊佛西　什么事？

阿　强　隔壁华东医院有人来学校反映，说我们的学生一早起来就练嗓子，叫得医院里的病人不能睡觉。

熊佛西　（不以为然）孩子们练声的时候，这天已经亮了嘛，听听有什么不好，别理他们！

［一穿藏袍的女同学洛桑次仁上。

洛桑次仁　（背诵台词）“多急的江流，多可怕的江声啊！这真是名不虚传的怒江啊！怒江，你怒的是谁呢？是文成吗？是我这不远万里远嫁没有能完成父皇重托的女子吗？不，倘若真的有神，就该谴责那些残暴、好战、颠倒是非的小人！”

熊佛西　洛桑次仁！

洛桑次仁　熊院长早！

［一群学生上。

学生们　（纷纷地）熊院长早！熊院长好！

熊佛西　同学们早！同学们好！

［阿强推剪草机下。

熊佛西　（指着一位女同学）这位同学，你叫什么名字？

女学生　熊院长，我叫丁小梅。

熊佛西　丁小梅，顶顶小的梅花！（对一男同学）你呢，叫什么名字？

男学生　我叫孟大同。

熊佛西　好，梦见了世界大同！文成公主！你们的戏排得怎么样？

洛桑次仁　报告熊院长，我们天天有进步！

熊佛西　好！《文成公主》这出戏，编剧田汉——中国最杰出的剧作家之一！导演田稼——上海戏剧学院最优秀的导演之一！演员你们——当年的农奴或农奴的后代，藏族第一代话剧演员！这出戏，（握紧自己的拳头）我们一定要成功！

学生们　我们一定努力成功！

熊佛西　孩子们，在你们的面前，有三座大山，语言关、文化关和表演关……

洛桑次仁　（学样）“这三座大山，比唐古拉山还要高……”我们刚进戏剧学院，熊院长说过一遍；去年过藏历年，熊院长说过一遍；今年过藏历年，熊院长又说过一遍……

熊佛西　我有说过那么多遍吗？

旺　堆　熊院长说一遍，我们翻过一座山；熊院长说两遍，我们翻过两座山；熊院长说三遍……

学生们　我们翻过三座山！

熊佛西　好！好！我们一起翻过三座大山！

［熊佛西和同学们说笑着。

老校友　（看着他们）熊院长喜欢和学生们在一起，三十多年来，他从未离开过青年人的群体而单独地生活，无论是办学还是率领剧团，总有一群可爱的青年朋友围绕在他的身边，他爱年轻人的天真、活泼、直率、热情，爱年轻人那种特有的青春气息和勃勃生机，他不怕他们吵不怕他们闹，他只怕他们不吵不闹，因为，他自己就是个爱热闹的人！他不甘愿衰老，他要追逐年轻，追逐青年人的梦想！

熊佛西　（想起什么）对了，同学们，跟你们说件事……以后，你们早上练声，往那边靠靠，（指另一方向）墙的那一边是华东医院，病人需要安静、休息，跟大家都说一声，啊！

同学们　是！熊院长！我们到那边练声去！

［老校友和同学们离去，熊佛西欲起身，腰部一阵疼痛。焦勇上。

焦　勇　（上前搀扶）熊院长！

熊院长　哦，谢谢你，焦勇。

焦　勇　没事吧，熊院长。

熊佛西　没事。哎，你们班不是去江苏巡演去了吗？

焦　勇　昨天晚上刚回来。

熊佛西　听说，观众的反应相当热烈。

焦　勇　是啊，那些城市，基本没有什么话剧的演出。

熊佛西 是啊是啊，话剧演出都在大城市，更不用说是农村了……

焦　勇 熊院长，我见到邵俊磊老师了！

熊佛西 你见到邵老师了？

焦　勇 邵老师来看我们的戏……

熊佛西 哦，他怎么样？还好吧？

焦　勇 邵老师的右派分子帽子摘掉了。

熊佛西 好！好！

焦　勇 他现在在县文化馆当指导老师。

熊佛西 好！好！这些你告诉田凤老师了吗？

焦　勇 没有。

熊佛西 快去告诉她！告诉田凤老师！

焦　勇 不能告诉田凤老师！

熊佛西 为什么？

焦　勇 邵老师他……已经成家了。邵老师是和他的爱人——当地的一位中学老师一块来看我们演出的……

熊佛西 （惋惜地）邵俊磊啊邵俊磊……焦勇，这件事，你别跟任何人讲，特别不能让田凤老师知道……

［熊佛西突然皱起眉头，右手抚腰，他又犯病了。暗转。

九

［老校友上。

老校友 1965年秋天的时候，我们的熊院长因患严重的肾病，住进

了与学院一墙之隔的华东医院，他的病情已经到了晚期，师生们的心情都十分沉重……（下）

［医院大门口。几片枯黄的梧桐叶从枝头飘落。

［连来民从医院出来。对面，阿强领着邵俊磊上。邵俊磊明显沧桑了许多，背着挎包。

连来民 俊磊！

邵俊磊 （紧紧握住连来民的手）老大哥！

连来民 你可回来了！这些年，熊院长一直念叨着你！

邵俊磊 我知道……接到你的电报，我就赶来了，熊院长的病情怎么样了？

连来民 （摇头）医生说，要我们作好思想准备……

［邵俊磊忍不住朝医院跑去。

连来民 等等，他刚睡着。

阿　强 （嘤嘤哭泣）真不敢相信，那么想得开的人，才65岁，他应当活到75！85！95……

连来民 生老病死，谁也不能违抗。可是，毕竟来得太突然了。他那么爱学院，爱他的学生……阿强，这几天怎么没有打铃？

阿　强 下乡的下乡，下厂的下厂，学院停课，没人了，打什么铃。

连来民 熊院长问了，怎么没听见学院的铃声？我说大概是电铃坏了吧。阿强，要让他听到铃声！铃声！

阿　强 噢，我这就去。上课铃、下课铃、自修铃、熄灯铃、起床铃……跟平时一样……（下）

连来民 俊磊，我要回学校把熊院长的病情向院领导汇报……

邵俊磊 你忙你的……

连来民 那我走了，我们待会见。（匆匆下）

［邵俊磊在花坛边坐下，点火抽烟。田凤上。

田　凤　（从邵俊磊身边走过，停步回顾）俊磊？

［邵俊磊抬头，与田凤的目光相遇，他有点慌乱，起身欲下。

田　凤　邵俊磊！

［邵俊磊停步，慢慢转过身来，两人相对无言，沉默良久。

邵俊磊　听说，熊院长病重，我来看看他。刚下火车……你写给我的信，我都收到了……我不能连累你。不能……你说，你不怕连累，只要我活着……可是，我是个没有前途的人……我对不起你……在舞台上，我们总是一对。罗密欧——朱丽叶，哈姆雷特——奥菲莉亚……但总成不了一对……刚下农村那会儿，日子很难熬，走路低着脑袋……慢慢习惯了。我想，我要是真错了，活该！要是没错，又何必自寻烦恼？你好吗……

田　凤　（恨恨地）邵俊磊，你就是个混蛋！（噙着泪水，返身奔下）

［邵俊磊无力地垂下脑袋。暗转。

十

［病房。身穿病员服的熊佛西闭目陷坐沙发里，身上盖着一条毛毯。

［邵俊磊上，搬过一把椅子，悄然坐在一边，看着他的恩师。

熊佛西　（做着梦，说着江西话）娘，我来了！我来了！娘……（睁开眼睛）哦，哦……（又阖上眼睛）

邵俊磊　（轻声地）熊院长……

熊佛西　（闭着眼睛）唔？俊磊？不，不是他，不是他，不是，不是……

邵俊磊　熊院长！

熊佛西　（睁开眼睛）俊磊！真是你！（一把抓住他的手）我不是做梦吧？

邵俊磊　熊院长，是我！

熊佛西　（坐起）真是俊磊！你怎么在这儿？

邵俊磊　我回老家探亲，路过上海，来学院看看，碰见连主任，他说熊院长住院了……

熊佛西　是不是他们告诉你，我快不行了？

邵俊磊　没有，没有的事。

熊佛西　呵，俊磊，俊磊，自打你离开学院，就没回来过，是不是把我们忘了？

邵俊磊　我怎么敢忘记老院长呢！

熊佛西　不是说我，是田凤，你这个没良心的！田凤有哪点不好？她等你，给你写信，一封又一封，可你这忘恩负义的东西，你就这样来报答她对你的一片真情吗！

邵俊磊　熊院长，你别激动！

熊佛西　我能不激动吗！我心疼！

邵俊磊　对不起……

熊佛西　对不起，你以为一句对不起就能把什么都一笔勾销了？你呀！你呀！

邵俊磊　一个落了水的人，不能再拖别人下水。老院长，你能理解我吗？

熊佛西　是这样的，是这样的……有的时候，我心里头也不那么痛快，可在学校，在家里，我总是乐呵呵笑哈哈的，我不愿意老师、同学、妻子、孩子跟着我不愉快……正是因为我们深深地爱着他们，所以我们才心甘情愿地……（紧紧握住他的手）

邵俊磊 可我没有想到是，我这样做，更伤了她的心！

熊佛西 不怪你，不怪你，你们都是好孩子……生活的酒浆，甜酸苦辣样样全，我们这一代人注定要喝上一碗。苦的，我们喝了，别人就可以少喝，不喝，是不是？

邵俊磊 嗯。熊院长，我调县文化馆工作了，写戏、排戏，基本上我一个人说了算，领导、同事都挺信任我的……

熊佛西 这就好，这就好。

［田凤上。

田　凤 熊院长！

熊佛西 田凤老师，你看，谁来了！

田　凤 （走到邵俊磊跟前，递上文件袋）给！

［邵俊磊接过，打开文件袋，是那份修补装订好的书稿。

邵俊磊 我的《表演基础理论》！（泪水一下子冲出眼眶）

田　凤 是熊院长要我为你保存的。

邵俊磊 熊院长，我是你最最没有出息的学生……

熊佛西 俊磊，听我一句话，什么时候都不能绝望！我们是搞戏的，有一句话怎么说的，戏如人生，人生如戏。曲曲折折，起承转合，峰回路转，否极泰来，好戏总是在后头！有悬念，戏才精彩嘛！你是一名出类拔萃的戏剧教师，只要有一线希望，你就要回到戏剧学院来！我的话你记住了？

邵俊磊 （抹泪）我记住了！

熊佛西　邵俊磊啊邵俊磊，我是真的喜欢你！

邵俊磊　我知道，我知道……（低头抹泪）

熊佛西　俊磊，你都有白头发了……时间怎么过得这么快……（叹息）唉，还有多少事情来不及做啊！我不是怕死，我实在是贪生啊……规律，大自然的规律，我就像一支蜡烛，燃到尽头了。

邵俊磊　燃尽自己，照亮别人，蜡烛的一生，从头到脚都是光明的。

熊佛西　（不无伤感地）我要去见我的娘了！（突又热情地）我跟你们说，我就是真死了，也会再活过来，吓你们一大跳的！你们信不信？

邵俊磊　我信！

［田凤背转身去，抹泪。

熊佛西　没的事，跟你们开玩笑呢。

［焦勇手拎一袋水果，和几位男女同学上。

焦　勇　熊院长好！

同学们　熊院长好！熊院长，我们代表老师和同学们来看望熊院长！

熊佛西　呵，呵，谢谢大家！谢谢同学们！

焦　勇　俊磊老师！你来了！（握手）

邵俊磊　我来看看熊院长，刚到。

熊佛西　焦勇老师，好些时候没见到你了！

焦　勇　我们去农村参加四清运动了！

熊佛西　哦。

女同学　熊院长！（捧上水果）同学们祝我们的熊院长早日恢复健康！

熊佛西　谢谢，谢谢。这位同学，你叫什么名字？

女同学　熊院长，你已经问过我两次了。

熊佛西　别说——（使劲想了想）丁小梅——顶顶小的梅花！

男同学　熊院长，我叫什么名字？

熊佛西　你嘛，你就是你嘛！（笑）同学们，谢谢你们来看我。

男同学　大家都想来，我们是代表。

女同学　怕来的人多了，影响熊院长休息。

熊佛西　谁说的？

女生甲　我们老师再三叮嘱我们，不能让熊院长太累了。

熊佛西　我不累，我不累，我想你们！

女生甲　我们也想熊院长！

熊佛西　好！好！看到你们，我真是高兴！孩子们，要用功、发奋努力！你们这一代应该出莎士比亚、莫里哀、田汉、曹禺、白杨、赵丹……（又激动起来）不，应该超过他们，要不，我们还有什么希望！

［从隔壁校园传来一阵电铃声。

熊佛西　（高兴地）打铃了！（看表）下课铃。阿强把电铃修好了。丁小梅同学，电铃坏了，你们怎么知道上课下课的？阿强师傅有没有摇铃？从前都是手摇的，嘀铃，嘀铃……

女同学　我们不上课了。

熊佛西　不上课了？

女同学　我们在农村参加四清运动。

男同学　我们在工厂劳动。

女同学　低年级的同学前几天也下乡四清去了。学校里现在没有班级，都下去了。

熊佛西　（愣住）没有班级，都下去了……（神色黯然）

［连来民上。

连来民 熊院长，我刚上楼梯，好像听见学院的铃声响了，一定是阿强师傅把电铃修好了。（看表）再过六七分钟，就打上课铃。

［熊佛西将头扭过去，不理连来民。

连来民 怎么了，熊院长？

熊佛西 来民呀来民，你是我最最糟糕的学生！

连来民 熊院长……

［熊佛西抬手制止他说话，隔壁校园又响起一阵电铃声，铃声一阵阵地响着，响着……静场。

熊佛西 孩子们——会回来的！

连来民 是啊，同学们都会回来了！

女生甲 熊院长，我们会回来的！

熊佛西 好！好！告诉同学们，社会，是一个更大的课堂！生活是我们最好的老师！

焦　勇 熊院长，我们一定把你的话告诉同学们！

熊佛西 （点点头）好，好……这些天我老是做梦，梦见我娘站在家门口，叫我回家吃饭。我说："娘，我来了！我来了！娘……"我娘不识一个字，可她知道她的儿子怎么才能有出息，那就是做一个堂堂正正的人！旧时的中国充满了冷气、阴气、霉气，整个是乌烟瘴气，真要把青年人给活活憋死了！我心中就在喊，中国伟大的诗人、艺术家，你们这会儿躲在哪里？你们生在今日之衰败的中国社会里不觉得冷吗？不觉得黑暗吗？如果是，你们为什么不起来燃点火焰呢？幸亏我找到了戏剧，戏剧不仅是一种健康的娱乐，更是一种有力的教育，这种教育的起落足以影响我们中华民族的兴衰。除非我们不想迈上复兴大道，除非我们不想把中国建设成为一个强盛的国家！否则，我们决不能不重视戏剧教育！也许，我们干了一辈子，还是那么平凡，可是，怎么能没有戏剧教育呢？我这辈子，应该心满意足了。（撑起身体）大地重光，江海浩荡……在新中国，我们这终于办成了一所现代戏剧教育的学校——上海戏剧学院！一所能在人们心头燃点起光明火焰的学校！

邵俊磊　一所足以百代千秋万古长青的学校！

熊佛西　我们这一代人完成了我们这一代人的历史使命，上海戏剧学院未来的继承者们，你们能用你们的生命之火去燃点起人们心头那一片光明的火焰吗！

［老校友上。

老校友　熊院长，你的话，我们都记住了！

同学们　我们都记住了！我们每一个戏剧青年都要有健全的人格，是一个堂堂正正的人——爱民族，爱国家，辨是非，有志操的人，然后他才有可能成为一个伟大的艺术家！

［剧终。

2015.10.26 新五稿

后 记

校园大师剧本文集《衣被天下》付印在即，还缺一篇后记，责任编辑催了多次，再不交差，实在说不过去了。咬咬牙，推开本来必须在这两天完成的几件急事，这个周末就抽一点时间先交付给如下这些文字吧。

一

这个集子里的剧本，都不是我创作的，但说来也许令人难以相信，我对这些剧本的感情竟然胜如己出。

话剧《钱学森》一剧，为上海大师剧的扛鼎之作。记得2012年四五月份，话剧中心的导演李志良老师打电话给我，说上海交大要搞个反映钱学森先生事迹的戏，学生原来有个剧本，不理想，要找人重写，能否让我担纲，或者派个老师来完成使命。我在电话里当场表态，给你派个合适的编剧——黄溪，人正，有才华，曾是我的研究生，现在是成熟的剧作家，定能胜任。当下就与李老师一拍即合。搁下电话我马上联系黄溪，她也慨然应允，并马上投入工作，创作很顺利，初稿就比较成熟。剧本在交大有关领导及时任我院宣传部长的张生泉教授力推下很快由交大师生搬上舞台，演出很成功，该剧后来折桂第四届中国校园戏剧节·戏剧奖普通组榜首，并作为“共和国的脊梁——科学大师名校宣传工程”首批入选剧目之一，先后在清华大学、武汉大学、西安电子科技大学等高校及北京人民大会堂演出。这个戏为上海大师剧创作的理念与实践奠定了良好的基础。

话剧《王振义》的创作情况相似。上海交通大学医学院要搞校庆，也许是受《钱学森》的启发，该校领导决定创排一部大师剧。宣传部长闵建颖找到张生泉教授，希望给予支持。生泉让小闵直接找我，因为我曾任上戏宣传部长8年，与小闵也相熟，此事就在一个电话里落实了。我请我院资深教授、剧作家姚扣根出山。扣根兄拥有一百余集电视剧的创作经验，获奖无数，写话剧也宝刀不老，剧作在还原历史真实方面下了大功夫，很得王振义老先生肯定，后来的演出尽管限于条件过于简朴，但也达到了既定的目标，领导、观众、特别是交通大学医学院的师生反映很好。

话剧《潘序伦》是张生泉教授主抓的作品，我对这个戏的特殊感情源于两个原因：一是编剧牛文佳是我很得意的研究生，诚恳勤勉，才华横溢，已有十多部作品上演，特别是他创作的滑稽戏《爱情样板房》，令我惊喜。爱屋及乌，况且，《潘序伦》虽是命题创作，却写得虎虎有生气，我当然喜爱。二是在《潘序伦》的修改过程中我曾表达过多种意见，有的建议融入了剧作的整体呈现，所以就格外亲切。

相比起来，对话剧《钱宝钧》的投入可能更深入一些。东华大学搞校庆，也要创排大师剧。生泉教授与东华宣传部长耿绍宁、副部长邱登梅来找我，希望我派个政治素质好的研究生来接受这个任务，我当即答应，说就让我的在读研究生王濮去干吧，理由极简单，她曾获河南省“十大文化新人”称誉，想来是可以信赖的。王濮接受任务后不负众望，不仅深入采访，在占有大量材料的基础上一稿又一稿改出了剧本，还与东华大学的相关老师成了很好的朋友。因为王濮是在读生，我与生泉教授曾与她一起参加多个座谈会，在采访过程中，我曾多次流泪，被一个个反映钱老高尚人格与美好情操的小故事所打动。这个戏后来在2015年全市教师节庆典活动上演出，受到各方好评。

话剧《我们的熊院长》出于著名剧作家孙祖平教授之手，为上戏70周年校庆倾情之作。孙老师是我读大学时的班主任，在我兼任院创作中心主任期间，十分支持我的工作，先后创作了《天堂的风铃》《国家的孩子》《五妹》《不肯去观音》等一批优秀戏剧与影视作品，曾先后获中国校园戏剧节·戏剧奖专业组榜首、中宣部五个一工程奖、国家艺术基金资助等荣誉。剧作《我们的熊院长》，以饱满的情感，生动的场面，精彩的细节，细腻传神地塑造了上戏老院长熊佛西这一鲜活的艺术形象，是一部质量上乘的大师剧力作。

上述这一笔笔流水账，在别人看来也许有些琐碎，而对于我，则是一段段明媚的记忆。

二

大师剧，是我们在校园戏剧活动中生生造出来的一个词，也许不一定严谨，但她却实实在在存在着，而且被越来越多的人群所认可。说到大师剧，也许有必要把话题扯远些。

事实上，中国话剧的发轫，是靠着校园戏剧、或曰一种非专业形式的戏剧活动来实现的。据汪仲贤在《我的俳优生活》中记载，1899年上海圣约翰大学于圣诞节用英、法语言演出《官场丑史》。这是有记载的第一出国内学生演剧，因为没有经过传统戏曲演员的训练，故而无唱功、无做工，以纯粹业余的演出方式降低了演员门槛，加上穿时装的现代演出，吸引了大量学生参与并培养了最早的话剧观众；这些参与者中有些人后来成了专业戏剧人，所进行或记录的戏剧实践具有很好的参考价值。有些爱好者如李叔同等人在留日期间组织演出了《黑奴吁天录》，成为中国现代话剧的开端；而春柳社，作为留日学生组成的群体，也可算作是最早的学生演剧团体。

过去的学生演剧、学校演剧，与当今称谓的校园戏剧，本质一致。因而我并不认同把校园戏剧划定为非专业院校范围内的演出。比如20世纪20年代为对抗文明新戏的堕落，陈大悲发起的Amateur“爱美的”戏剧，强调“非职业化、非商业化”，由于与学校业余剧社有相同艺术追求，学生演剧便再次担当了改革先锋。在这些人中，以留美归来洪深指导的复旦剧社的演剧实践（截至1935年，复旦剧社共举行19次公演，其中洪深于1928—1934年为该团指导排戏）为代表，进一步证明非职业不代表非专业，学生演剧作为现代戏剧的主流，蓬勃发展，迎来高潮。上海的校园戏剧从那时起就显示出专业水准，并培养了大批戏剧骨干积极投入当时的重要文化宣传活动。

1931年成立于上海的大道剧社，作为左翼戏剧联盟的基本剧团，与其他大学剧社联合进行了许多影响力较大的演出；此后的上海戏剧界救亡协会中也吸纳了大量学校业余剧社成员，更有部分学生主力直接参与革命。虽然战争时期活报剧的演出削减了艺术追求，但在以戏剧为革命工具的年代，这是一种激情与责任并重的选择。

抗战胜利后，校园戏剧进入低潮，一方面在于其主力进入主流戏剧；另一方面在于延续战争时期的阶级斗争思维而未能超越解放区模式，缺乏个性。“文革”之前，只有上海少数大学搬演《年轻的一代》片断，直至“文革”十年，再无声响。与最后的绝响相呼应，改革开放之后，发出复兴之声，带来校园戏剧高潮的，依然是上海学生演剧。《炮兵司令的儿子》是最初的成果，而《魔方》则成为校园戏剧的代表，影响可谓深远。作为20世纪80年代戏剧观大讨论后的探索剧之一，《魔方》显示了青年学子敏锐的洞察力和尖锐的表达力，以新鲜的戏剧思维，反叛传统形式，代表了校园戏剧应有的品质。

那么，在《魔方》引领校园戏剧的先锋性之后，新的标杆在哪里？北京大学生戏剧节于2004年更名为中国大学生戏剧节，并按多个城市设分会场，展示出学生演剧席卷全国之势；2008年由中国文联、教育部、上海市人民政府等单位共同主办的中国校园戏剧节，以更直接的命名方式体现校园戏剧成为一个特别扶持对象正在如火如荼地发展，面对这么好的机会和平台，校园戏剧是否有望迎来新的高潮？

鉴于此，校园大师剧文本集《衣被天下》的创作、编辑与出版，便可看作是我们对新的校园戏剧发展态势的积极回应。此次入编的5部剧作，都是以现实主义手法为主创作的英雄颂歌，这些英雄不是传统意义上的身手不凡、豪情万丈的人物，而是命运多舛的知识分子，以博大的情怀与坚韧的意志主动承载国家和民族的苦难，他们的优秀才干和高尚品德成长于校园中，虽然校园戏剧不局限写校园中的人与事，但他们理应作为校园戏剧的首要描写对象，以正校园戏剧创作之根基。有了这样的根基，我们在做未来更多样的探索时，才不会偏离方向。

三

既然《衣被天下》是作为上海校园戏剧文本孵化中心1+1丛书之一推出的，也许就有必要对这个中心作一简单介绍。是2015年5月，市教委体卫艺科处处长丁力与蒋萍芳老师屈尊来到我办公室，就如何提升全市校园戏剧创作水平问题展开磋商。因为见解相同，目标一致，我们的工作效率很高，当下就决定成立四个中心，分别为：上海校园戏剧文本孵化中心，上海校园戏剧教育与应用中心，上海校园戏剧推广中心，上海校园戏剧实验中心，隶属于总部设在复旦的上海校园戏剧联盟。6月份，四个中心就开始设计并启动项目，当年都有一批鲜活的令人欣喜的成果问世。近期上海戏剧学院为接受学科评估，按要求需提供学科服务社会的四个案例，其中之一就与本中心有关，不妨将以学校名义总结的题为《发挥编剧学人才优势，为提升中国校园戏剧创作水平助力》的案例文字转录于后：

新时期以来，中国校园戏剧创作尽管取得长足的进步，但总体质量堪忧，普遍存在的问题是，剧作"搞笑多，无厘头多，拼贴式多"，审美趣味不高。鉴于此，上戏编剧学团队及时回应社会需求，以现实主义创作手法为主导，师生通过创作一批高质量的校园戏剧文本服务于社会，获得良好社会反响。

2012—2015年间，话剧《钱学森》（编剧黄溪）、《国家的孩子》（编剧孙祖平）获第三届中国校园戏剧节"中国戏剧奖·校园戏剧奖"，分列普通组与专业组最高奖榜首，《国家的孩子》还获得了中宣部"五个一工程奖"、国家艺术基金资助等荣誉。大师剧《潘序伦》（编剧牛文佳）、《王振义》（编剧姚扣根）、《钱宝钧》（编剧王濮），在上海高校教师节庆典演出活动中广受好评。同时，编剧学博士生、硕士生、本科生以及高编班学员创作的话剧《弄堂口》（编剧陈文梓）、《万户飞行奇谈》（编剧陶倩妮）、《心安何处》（编剧何雨婷）、《爱不释手》（编剧俞霞婷）、《四岔河》（编剧李宜橙）、《春天》（编剧贾彬彬）、《海岛日记》（编剧赵颖）、《分庭抗礼》（编剧张海岩），戏曲《寻找》（编剧彭毅文）、《长乐亭主》（编剧张燕）等十余部剧作先后获上海文化发展基金会青年编剧项目资助，约占全市青年编剧资助项目总数的四分之一。

值得一提的是，上戏与哥伦比亚大学联合培养编剧专业MFA研究生凯特·穆雷与本·胡佛，经中方导师陆军教授指导后的剧本《家庭教师》和《变相国度》被搬上舞台，赢得哥伦比亚大学的赞誉，不仅实现了国内外校园戏剧创作的切磋交流，还推动了中外互派MFA编剧专业研究生计划的连续实施。而从2007年至今连续十年举办的十期全国高级编剧进修班，既为各地培养了众多编剧人才，同时也催生了一批校园戏剧新作。

正由于在校园戏剧创作上取得一定成绩，2015年6月，受上海市教委委托，由上戏编剧学研究中心牵头，成立了上海校园戏剧文本孵化中心，当年获市财政专项资金87.5万元，2016年又获70万元。同时，在成功举办两届“戏文杯”全国校园戏剧征稿比赛的基础上，于2015年10月举办首届上海校园戏剧征稿比赛。此外，由中共上海市教卫党委副书记高德毅作序、陆军教授主编的“上海校园戏剧文本孵化中心1+1剧作丛书”由上海人民出版社出版。

毫无疑问，如果没有以校园戏剧文本孵化中心这个平台组织的多项活动，上述案例将逊色不少。因此，我们要由衷地感谢市教卫党委副书记高德毅、市教委副主任王平，上戏党委书记楼巍、副书记胡敏、副院长郭宇，以及市教卫党委宣传处处长曹荣瑞、市教委体卫艺科处处长丁力等领导，没有他们的卓识远见与全力支持，许多美好的设想就不可能变为现实，自然也不可能有本书的问世。谨此，我们还要特别感谢高德毅副书记欣然为本书作序，这不仅仅是对大师剧创作，更是对上海校园戏剧创作与演出的一种鼓励，一份信任，一片期待。当然，对我们来说，这更是一股动力，一种责任，一份担当。

那么，就这么一步一个脚印朝前走吧！我想。

是为记。

陆　军

2016年6月25日匆匆于上海江虹寓所